XUERONGDADI

血融大地

钟程发 著
Zhongchengfa zhu

中国文史出版社

有一种磨炼叫苦难

有一座熔炉叫军队

有一种信仰叫忠诚

有一种精神叫奉献

目　录

经历就是财富

——《血融大地》序

王　川

一个人的经历就是财富。当他呱呱坠地后，这笔财富就开始积累。一个人可以贫困终生，然而却绝不能缺少经历，经历复杂，这笔财富就异常巨大。但也有可能一个人虽然资积亿万，却可以是碌碌无为，闲抛闲掷，虚度一生。

每个人的命运轨迹自出生起就充满了变数。

一个人的经历就是传奇，可以平平淡淡，也可以百险丛生。一个里下河水乡的穷孩子，父母双亡，如果不是后天的机遇把他造就成一名好学生、好战士，他有可能会成为蜷缩在稻草堆前衣衫褴褛的老农；入伍后，如果没有种种机遇，他也只能成为普通一兵。

一个人的经历就是小说，充满了故事和悬念。明明可以平铺直叙、顺顺当当，却又峰回路转，还留下若干未完成的部分去接续。他生在水乡，到皖北去当兵，又远赴西北荒漠，去保卫原子弹基地。接着从北方南迁异国去援越抗美作战，后半生又献给了政府办公室、政协统战和关心下一代工作，一切都具有未知性，一切都有传奇故事性。

一个人的经历就是时代的缩影，看似个人的命运，然而却都与大社会密切相关，在偶然中有着必然，在必然中有着偶然。命运可以改变人，但人也可以改变命运。在大时代的背景下，人人都是社会棋盘上的一粒子，既有被动也有主动。如果没有中央决定在大西北研制原子弹，他或许只是开车修车；如果没有援越抗美的决定，他就去不了越南战场；如果没有他的努力奋进，就不能立功受奖。

一个人的经历就是荣誉，他可以告诉下一代的人：我曾经活得很艰苦，但也很辉煌；我经历过战争，也经历过胜利；我曾经与死亡擦肩而过，但也曾享受过幸福和欢乐。

一个人的经历就是回忆，他会把自己所珍惜的交给别人去珍惜，他会把自己所经历的讲述给别人去感慨，他会伫立于阵亡战友的墓前哭泣，讲述和他们曾经并肩战斗的场面，他会向孩子们讲述他的光荣历程。回忆过去，他可以为自己没有虚度光阴而骄傲。

一个人的经历就是铸魂，从一个乡下孩子成长为战士、军官、干部、领导和作家，一个不断壮大的灵魂，一个不断起伏的灵魂。

一个人的经历就是筑梦，一个终生追求的梦，一个终生进取的梦，一个不断向上的梦。

当年，我刚听程发兄说了他的传奇经历，就立刻鼓励他写成书。这些经历尽管是他个人所亲历，然而已经不只是他的个人精神财富，这是每一个中国人都乐意倾听的故事，这是一个听了令人掉泪、令人感奋的故事。一个普通中国人的故事，一个值得自豪的故事。

讲述得好坏并不重要，重要的是在历史上留下了你的印迹。

为了自己，为了人民，也为了那些长眠于异国的战友们。

所以，我主动要求给他的这本书写序。

作者系中国作家协会会员、中国美术家协会会员。

自　　序

我于1945年出生，1963年当兵，1965年加入中国共产党，2005年退休。退休前是镇江市京口区政协副主席、统战部部长。我在部队服役了二十五年，到地方工作了十八年，退休后又在关工委发挥余热十多年。我经常默默地思考，静静地回想：我为什么能从一个普通学生、普通战士成长为一名国家干部，从一个懵懂的穷孩子到能为社会做一点儿贡献的人？思来想去，得出一个真谛：我的每一步成长都沐浴着党的阳光雨露，是党的光辉照耀着我人生的每一个旅程，因此永远报党恩，永远跟党走，牢记使命，在党旗指引下永远奋进再奋进，是我永远不变的初心！

1965年7月1日，是我终生难忘的日子。那天，我高举右手向党宣誓。

在党旗下宣誓，我思绪万千，浮想联翩，深情地想起了我的童年。听爸妈说，那是1945年抗日战争胜利前夕，我的出世见证了十四年内乱外侮留下的满目疮痍。

在党旗下宣誓，我想起了我的学生时代。解放了，我赶上了好时光，深受文盲之苦的父母下决心让我读书，读完了小学，又读初中。1959年，我的父母同年同月去世，中间只隔了十二天。

那时我刚满十四岁，就在继续读书无望的时候，是学校党组织向我伸出了无比温暖的手，安排了最高助学金帮我渡过了难关。

在党旗下宣誓，我想起了人生中走向社会的关键一步。1963年8月25日，我光荣地加入了中国人民解放军。在部队大熔炉中，我励精图治，磨炼人生，经受了各种考验。1963年至1967年，我随部队参加了祖国第一颗原子弹和氢弹试验的防空作战任务，我以坚定的信念，战胜了大西北的风沙严寒和严重缺水的困难，享受了美丽的“蘑菇云”在罗布泊横空出世的自豪。我从内心感叹：祖国伟大！共产党伟大！解放军伟大！1967年至1969年，我又参加了援越抗美战斗，履行国际主义义务。在流淌的红河边，在茂密的森林中，在“胡志明小道”上，面对美军的狂轰滥炸，我和我的战友们置生死于度外，沉着应战，一次次击落击伤敌机，迫使美国不得不在巴黎谈判桌上签字。

在党旗下宣誓，在人生角色转换的时候，我不会忘记自己的目标、责任和执着的追求。1985年全军大裁军，在完成部队整编善后工作任务后，1987年我服从组织决定，转业到了镇江市京口区政府，先后担任政府办公室主任、区委统战部部长、区政协副主席等职，面对岗位的调整，我很快地适应了角色的转换。我在工作岗位上尽心尽责，曾两次立功，两次被授予“振兴京口”特别奖，荣获“江苏省优秀统战干部”称号。2003年京口区作家协会成立，作为主席，十多年来，我充分利用这个平台，编著出版《京口掌故》《京口与名人》《京口古韵》《京口名胜》《京口群贤》《京口风物》《京口名人轶事》等二十多部关于镇江、京口的历史书籍，为大家了解京口、了解镇江、进行爱国爱乡教育提供了生动的乡土教材。

2005年我退休了，退休后我担任京口区关工委常务副主任，工作中仍不忘共产党员的责任，切实做到离岗不忘责任，退休不褪色。十多年来，我带领八千七百多名“五老”积极开展青少年思想道德建设主题教育，全力办好校外教育辅导站，大力抓好“五老”义务网吧监督工作，认真开展关爱助学活动等，用全力为青少年健康成长保驾护航。

退休十多年来，我曾两次荣获江苏省离退休干部先进个人，我带领的区关工委多次荣获省、市先进集体；2015年还荣获了中央文明办颁发的全国关工委先进集体；2019年1月，我被评为镇江市“不忘初心，牢记使命”十佳正能量先锋标兵。

回顾我的成长，离不开党的阳光雨露滋润，是党的关怀给了我成长的动力，党的光辉照耀着我前进的步伐。在参加革命的五十多年中，我四次立功（其中一次战功），荣获“胡志明勋章”，多次受奖。我充满了对党的感激之情、报恩之心。我将毕生寻求奉献，在奉献中有所作为，在作为中实现人生的价值，在人生的天空描绘一片“红色晚霞”。

愿以此书作为美丽的初心为社会释放出更多的正能量。

第一章

苦难的童年

童年于我，如春天的河坡上一簇簇鲜嫩的芒草，无论天翻地覆，这根与大地都不离不弃；又如万丈高楼地基下的桩芯，深深插进地心，无论这楼有多高，它的根基永远像一个楔子一样钉在那里。几十年后再回望，绵延不尽的苦涩背后，亦有苦尽甘来的意韵。童年对我一生的影响之大，一时竟沉重得无法启齿。

每个人的一生中，无论历经多少事，长大了无论离家有多远，童年的记忆永远抹不掉。童年是人生宏大背景的基础，无论是心理上的，还是地理上的；无论是民族的、家国历史的背景，抑或人类、地球和宇宙时空的背景，哪怕再细微，其本质是巨大的、富有力量的。童年，是人之初巨大的宝藏。

我们里下河地区有一句俗语：三岁看到老，从小一看，到老一半。意思是：小时候的样子，到老了都不可能有大的改变。

我就是这样的一个孩子。我口里含着乡音，背负着家族的愿望走出家门，当兵第二年便走进茫茫戈壁。面对荒凉无边的大漠时，年轻的我如一粒滚烫的沙子，在沙漠上备受煎熬，但只要想起里下河清凌凌的河水和田垄上郁郁葱葱的青草，就不觉得孤单。那里有我的兄弟姐妹们，父母亲坟茔上的青草绿了枯，枯了绿，我感情的触角时常伸向那个绿绿枯枯的坟头，那方寸之地的泥土下有一股强大的热能催促着我只许前进，不能后退，我的魂落在那里风雨几十年。

离家越远，那份渴望回到故乡的心越深重。可是，近乡情怯，越是想，越是怕，怕那些碎片式的回忆切断自己与故乡连接的精神脐带。

在写下这本自传的时候，无数次想过，应该用什么样的方式和语言来描摹童年和故乡，描写我苦难的童年，以及在艰苦的大西北荒漠，与年轻的战友们在原子弹试验基地执行任务，在援越抗美的崇山峻岭中，炮弹、炸弹把耳膜震破，两手鲜血，却不知道疼。最终确定，就用纪实文学的写法来述说这大半生的真实故事，把这些真实的故事说与我同甘共苦的妻子陈兰英听，并留给我可爱的女儿惠惠、女婿眭尔佳、外孙女乐乐共享，让他们记住我们这一辈人所走过的艰难奋斗之路，记住我对他们的珍爱，记住一个曾经苦难的家庭和从弱小成长起来的强大国家所经历过的重大事件。还要告诉更多的后来人，如果没有上一代人的昨天，怎么会有今天的太平盛世，并希望他们珍惜当下的每一天每一刻——一个人活在世上的价值与意义所在。

一个人童年时的样子，就是他年老时的模样。

1945 年正月十五，我呱呱坠地。这一天，兴化下圩乡朱南村的元宵节过得有些不同寻常。一个贫穷的家中，一个弱小的生命出现在疼得死去活来的母亲面前时，茅草屋檐上挂下的尺把长的冰凌子，在太阳的鼻子底下闪着晶莹的光。

我是家中的第六个孩子，上面有三个哥哥、两个姐姐。母亲怀我的那年，家里穷得经常揭不开锅，一天只能勉强吃两顿。为了保存体力，父母让哥姐们少出门，没事坐在家里。父亲和母亲背着破竹篮子出去找野菜，把能吃的草根、榆树叶子、树皮都弄来，反正只要是听人说能吃的，都弄回来煮一锅菜汤。直到最后这些都吃完了，村里人开始吃观音粉（一种细腻点儿的泥土）。

我在母亲肚子里的时候，也没过到什么好日子。那时候，全国还没解放，抗日战争进入尾声，到处是战争留下的伤痕。我家没田，靠租地主家的几亩地过活，收的粮食有一大半交了地租，留下的一点儿粮食根本吃不到下一个收获季节。这点儿粮食中还得留下种子。乡里人说，谁要是吃了种子，嗓子眼要长毒疮，再好的东西都不能吃，最后会活活饿死。其实这恶毒的诅咒是专门为了对付那些可能守不住种粮的人家，给他们善意地提个醒：哪怕饿得前心贴后背，也千万别打种子的主意。

灾难来临的前夕，大家都在死撑活挨着，十天半个月好忍，想办法到野地里寻点儿掉在田里的粮食，比如，胡萝卜地里掉在土里的半截胡萝卜，玉米地里落下的几粒玉米籽，花生地里几株发了芽的花生苗。等这些全吃光了，乡亲们忍无可忍，开始打种子的主意，哪管那些恶毒的警告会一语成谶——谁吃了种子要挨天打雷劈，不得好死。

那一年春天，村庄里除了种子，已没有一粒余粮，村民们饿得前心贴后背，饿得胃开始痉挛，眼珠子发绿，最终忍不住把手伸向了种子。当这些种子被填入胃中没多久，大地上所有的植物神秘失踪，残忍地背叛了全村的人，让整个村庄陷入了无边的困境之中。

母亲怀我那年，年关将至时，家里开始准备年货。家里的粮食还是有点儿的，除了种粮，一春一冬也勉强够了。

俗语说，有钱没钱，干干净净过年。母亲挺着个大肚子开始忙过年，家里再穷，总得要收拾干净，该洗的要洗干净。五个孩子年年在长高，老大的裤子短得不能再短，大冬天的，裤脚快到小腿肚子，得找块合适的布接上一块。老二的棉袄是老大几年前淘汰下来的，硬得像铁板，穿在身上一点儿暖和气也没有，得拆下来再添些新棉絮。泥坯墙的土屋上，屋脊角上的毛草被大风卷去一个角，下雨天的时候，就往里渗水，麦草已发黑，得换上新麦秸秆。父亲顺着梯子爬上屋顶换草，母亲在下面扶着梯子仰着头望，风把她的头发吹得乱七八糟。屋脊修好，父亲要到田里给冬小麦上肥料，顾不上帮母亲料理家务。

记得我很小的时候，会跟在母亲后面帮着掸尘，太高的地方够不着，打扫的活计母亲便一个人担了。我跟在后面跳上跳下的，帮不上什么忙，反而帮倒忙。好在房子不大，只有三小间，一间厨房，一间小客厅，一间是卧房。卧房里有一张摇摇晃晃的破木床，床上放些乱穰草，草上扔张芦苇席，一床被子，全家人挤在一起。

小孩子盼过年，做大人的就怕过年，父母亲开始发愁，拿什么过年呢？

母亲想，总要和面做点儿青菜馅的馒头。没有面粉，用麸皮（小麦加工过的外壳）代替。麸皮硬，做出来的馒头冷下来硬邦邦的，像石头疙瘩。没有钱买猪肉，母亲刨萝卜丝和芋头丝做点儿素圆子。做不起豆腐，到卖豆腐的人家去要点儿豆腐渣回来做成豆渣饼子，也能算一个菜。这些菜在年三十晚上是要敬祖宗的，敬过祖宗了，全家人才能吃点儿。还不能全部吃光，正月里总有亲戚串门，得留着见客。

等母亲忙完了这一切，正月里叔叔婶婶、侄儿侄女和邻居们陆续上门拜年，父亲也带着哥哥姐姐们回访。母亲生我的那年因为大着肚子，出门不方便，只能待在家里。到元宵节这天，母亲的腰开始疼，像被人拿木棍子抽打，一阵比一阵疼。

还没有立春，门口的一只破水缸里的水冻得结结实实的。母亲疼得后背心出了层毛毛汗。早晨还能忍住疼，疼到太阳偏西，再也忍不住了，村里人开始听到她撕心裂肺般的号叫声。父亲在堂屋里急得团团转，他在心里祈祷着：小六子啊，小六子，不管你是男是女，平安落地就好。

父亲让大哥去喊村西头的接生婆，他在案前一边上香，一边祷告，祈求母子平安。这天晚上，哥哥姐姐们本来是准备去放孔明灯的，为了迎接我的出世，他们全挤在房门口，听母亲高一声低一声的哭喊声，到最后变成了呜咽。哥姐们吓得不敢进里屋，家里乱成了一锅粥。正月十五的孔明灯也没放成。

接生婆是个小脚老太太，穿着蓝布斜襟大褂子，腰里扎着青布裙子，走起路来像是走一步退两步，就是走不上前。哥哥的手架着她的胳膊往前拖着走，好不容易挪到我们家。她一看母亲的样子，倒吸一口冷气，眼珠子定住了。母亲躺在血泊中。接生婆小心地把我的脚送回母亲的体内，然后用双手使劲搓揉母亲的肚子，费了九牛二虎之力，像拔树一样把我从母亲的肚子里拔了出来。

随着婴儿的一声啼哭，母亲在血泊中把我带到这个世界。元宵节的月亮特别大，天也格外的寒冷。

长大后听村里人说，我在母亲的肚子里是横着长的，所以我出生的时候，是脚先出来。乡下人都知道这是倒生，如果接生婆没两把刷子，就意味着大人和小孩两条命都难保。

几十年的光阴里，无论我在哪里，每年元宵节这天，就会想起母亲，这天是我的生日，也是母亲的受难日。那年的这天她觉得时间静止，世界天旋地转，时间把她禁锢在疼痛里，让她受尽生不如死的滋味。这天在民间本来是个喜庆的好日子，可是母亲却在鬼门关转了几圈。

在我出生的第二年，哥哥姐姐们才在放草火、炸麻串（把用秃的洗锅刷积攒起来，留着正月十五放草火用）和放孔明灯中感受到元宵节的快乐。后来每年的正月十五晚上，在乡村盛大的节日里，孩子们把平时积蓄起来的力量和花样，在这天晚上全部拿出来，我也会跟在他们后面疯到半夜。

有钱的人家才买得起鞭炮，村里大多数人家是不买鞭炮的，乡里庆祝元宵节的古老仪式远比放鞭炮有趣得多。麦田里会举行盛大的放草火、炸麻串。小子们都喜欢放草火，在元宵节的许多天前就着手，用穰草扎起草把。扎草把多选一根一公尺出头的竹竿或木棍为轴，从它的二分之一处开始，用穰草编扎，粗若牛腿。草把讲究下面紧顶部松，紧一点儿燃烧的时间才能长，顶头松则易于点燃。一个孩子只扎一个草把。吃过晚饭，小子们各自扛着扎好的草把，来到村子外面的麦田、油菜田、蚕豆田里，大家约好了一起点燃，看谁的草把燃烧的时间长。点火后，他们便举着火把沿田埂疯跑，相邻的村子间都能看到星星点点的火把在移动。孩子们有时还要摆出不同的队形，有时是一字长蛇，有时是七星高照。几十个火把一齐舞动，甚为壮观。后来我很喜欢“星星之火，可以燎原”这一句，应该是得到了古时人们在大地上放草火场景的启示吧。这个时候放草火没人管，可以在能下脚的任何田里乱跑。老人们说庄稼不怕踩，越踩越旺。草把烧完了，他们还意犹未尽，顽皮的孩子会点燃田埂上长长的枯干的茅草。第二天一大早，早起下田的人在田埂上能看到一段段烧后的灰烬，黄一段，黑一段。不过没关系，春风一吹，它们依旧能长出新芽。野火烧不尽，春风吹又生。放草火的时候，孩子们嘴中念念有词：正月半炸麻串，人家田头长得如铜钱，我家田里长得像盘篮（一种竹篾子做的盛东西的器具）；人家田里长得像癞子，我家田里的长得像筛子（指长势旺盛）。

事实上，那时候家家户户的麦子都长得像盘篮和筛子，立春一过，几场小雨一下，麦子和油菜便绿得能淌出油来。我小时候只管跟在大孩子的后面乱喊一气，放完了草火，再跟在大孩子的屁股后面去放孔明灯。等孔明灯飞上天，灯高得和月亮靠在一起，星星是银色的，孔明灯是红色的，信号灯一样。直到孔明灯飞得老高，高得像和星星挨在一起，眼睛看不见为止，我们就地点燃沟渠边的毛草。干了一冬的毛草见着火，借着晚上麦田里的野风，呼呼着了，能烧一大片，这些草灰就这样刮进麦田里做肥料，田里的地越来越肥。之后孩子们会一起跨火，跨火的意思是跨越困难，这需要不怕火的胆气。草火玩得凶的人，在孩子群中很有地位，意味着他有霸气，长大了能成大事。男孩子和女孩子分成两组，放完了草火已是半夜，村上的孩子们还兴奋得不想回家，在草垛转圈圈，你捉他，他逮你，大呼小叫，十五的月光下一团团影子在嬉闹。绕着草垛转昏了头，几个人撞在一块儿，头撞得冒火花，有几个年纪小的孩子疼得忍不住放声大哭。后面的跟着笑他们：“哭宝，哭宝，烂泥吹叫叫。”这一夜哭着的，笑着的，疯到跑不动了，拖着灌了铅似的腿回家睡觉，一直睡到第二天太阳晒到屁股，也不肯起来。

也只有在这一天，村庄里的孩子们可以胡作非为一番，要是换了平时放火，那就是天上掉下来的大事。放火的孩子要是被逮到了，肯定会被家里人打得半死。特别是在有草堆和房子的地方，更不能放火，弄不好会造成大的火灾，甚至家破人亡。

解放前的中国大地上，没有多少值得让人兴奋的事，闭塞的村庄里，总能听到或喜或悲的消息。但任何消息都暂时无法改变那一个要人命的“穷”字。

一个家庭添了人丁，本应是件开心的事，但忧愁笼罩着我的父母。

听母亲说，我出生的那天，因为在母亲肚子里闷的时间长了点儿，大脑缺氧，生下来的时候孱弱不堪，还害得她在鬼门关转了几圈。在月子里，我几乎不哭，即便哭两声，也弱得像只小奶猫在叫，应是营养不良的缘故。我需要母亲的奶水，母亲需要营养。

那时大哥早成家，已另立门户，大姐也已出嫁。全家六口人，家里的米缸、面缸差不多见底。装种子的棉布口袋，父亲给打了个死结，怕老鼠糟蹋，挂到房梁上心才踏实。

拿什么养活这六张嘴，似乎成了悬在父母头上的一把刀，他们宁愿伤着自己，也不能伤了孩子们。父亲带着哥哥姐姐在正月里便走向冻得硬邦邦的田野，寻找早春的野菜。田野太贫瘠，连野菜都罕见。通常要走很远的路才能发现几棵被霜打红的野菜。那种红色跟泥土颜色差不多，若是直着身子走，根本看不见。哥哥姐姐们就弓着腰找，大半天时间过去了，篮子底还没铺满。

那时候家里养了三只鸡，就野在门口养。平时鸡自己出去找虫子和青草吃，隔三岔五能下个蛋。鸡蛋平时一个也舍不得吃，留着去换盐和点灯的煤油。

为了我的奶水，父亲偶尔在粥锅上给母亲蒸一只鸡蛋。在母亲端起蛋碗的时候，哥哥姐姐们围了一圈。母亲看着几个饥肠辘辘的孩子，怎么也咽不下去，招呼他们，你一口，我一口，分给儿女吃了。

父亲急得不行，后来再端蒸鸡蛋给母亲的时候，就把哥哥姐姐们全赶到外面，不让他们看见。

因为我在家中最小，全家人对我特别疼爱，哥哥姐姐们整天做活儿，但父母亲从来不叫我做事。家里偶尔有客人来做一点儿好吃的，哥姐们是从来不上桌的，唯独允许我上桌和客人一起吃。客人走后，桌上剩下的一点儿菜，父母亲舍不得吃，分给哥姐一点儿后，还是留给我吃。

小时候走过许多亲戚家，吃过的饭菜没一样比母亲做得好的。母亲做素圆子的本事就是高人一等，左邻右舍来向她取经，回家怎么做也没她做得好吃。

家里的孩子多，父母整天在地里做活儿，没有多少时间照顾我们。我们从小到大，就是这么拖着长大了。我还不会走路的时候，父母在田里忙，是哥姐们轮流把我抱着。他们的个子本来就不高，且瘦，背上还要驮着个人，吃力得很。小的时候，哥哥姐姐们的背成了我的移动摇篮。到我上小学的时候，才从哥姐们的背上下来。

全家人对我特别用心。母亲从田里回来，从哥姐的背上接我下来，她坐在灶间往炉膛里添柴草，我坐在她的膝上。母亲搂着我坐在灶膛前，享受温暖的灶火，火舌头蹿到灶膛口，母亲生怕烫着我，把我搂得紧紧的。在冬天的时候，外面早已结冰，西北风带着哨音在草房顶上呼啸着。每逢大风天，母亲总会让父亲站到屋外的烟囱下面望风，生怕从烟囱里蹿出去的火星落到茅草屋上引起火灾。屋上的草焦干，落点儿火星马上就能着。等灶膛里不再添柴了，母亲还是不放心，舀了满满一水瓢水，站在屋檐下踮起脚，使劲儿泼到烟囱上，防止滚烫的烟囱成为导火线。

在田间的母亲是顾不上我的，因为地里的活儿时刻拴住她的手脚，让她永远脱不开身，她忙得根本没有时间望我一眼。只有坐在灶膛间时，她才算是我的母亲。多少年后，我总会把母亲和熊熊燃烧的柴火联系在一起，那些瞬间成为永恒，时时温暖着我的心。

等我稍微大点儿不要哥姐们背、不要母亲抱的年龄时，我拥有了属于自己的快乐。

里下河地区，最不缺少的就是水。我们家朱南村圩子四周，水网密布。那清凌凌的河水下面，水草恣意摇曳，如在水中流动着的翡翠，河底的黑泥清晰可见。在粮食不够吃的时候，那些水塘就是村里人最大的食堂。

乡里人个个都是巧手，想各种花样做出捕鱼的工具，比如罾、簖等，只要心能静下来，总能捕些鱼来。捕上来的鱼很杂，大多为鲫鱼、昂刺、翘嘴白、胖皮鱼、鲇鱼蛙子、罗汉狗子、河虾等。

里下河的孩子都是水做的，不管是男孩子还是女孩子都是鱼转世投的胎，差不多生下来就会游泳，常常一个猛子扎下去，游出十几米才会浮出水面，手里偶尔还能摸到小鱼小蟹拎上来。孩子们只要摸到水，身子就会来个鲤鱼打挺，个个像是得到了神的启示，比平时要活跃十二分，眼睛开始会说话，在水浪里笑得发抖。

我上学读书后才知道，我们兴化的名人郑板桥先生写过一副对联："船过簖抓痒，风吹水皱皮。"他对兴化的水乡生活极为熟悉。水乡人，当然靠水吃水。簖，就是插在河水里的竹栅栏，用来阻挡鱼、虾、螃蟹的路，有专门坐在河边看簖的人，他们优哉游哉地在河边转，总能有收获。半大的孩子可没这个耐心蹲在水边，春天里在水边捞螺蛳、踩河蚌，最热闹的是夏末秋初，九黄十膏，正是吃螃蟹的季节。农闲的时候，我经常跟在三个哥哥后面下河，慢慢也学到了捕鱼摸虾弄螃蟹的本事。

小时候虽然苦，但也有快乐的事情。过年的时候，村庄里热闹起来，庄子里每年的传统节目是摇荡船和打连镲，我会跟在别人后面露一手。

小时候，我最喜欢钓鱼，把母亲的缝衣针烧红弯成钩子去钓鱼，或者用鱼叉去叉鱼，每次出去总有收获，父母亲很高兴。

秋天的时候收稻子，白天割，晚上在社场上用石磙子磙。我会躺在打谷场上仰望星空，那时的星星特别多，也特别亮，那些星带给我无限的遐想。到大人收工的时候，我会跳到小河里去洗个澡回家睡觉。我们村里的大人孩子冬天从来不洗澡，到了天暖和时，全部下河洗澡。

1951 年 8 月，父亲和母亲商量了很久，他们觉得这辈子都是吃了没文化的亏，决定送我去念书。解放前，我们家只能靠租种地主家的田过日子，给别人当牛做马；解放后分得几亩田，终于从吃两顿改为吃三顿，可仍然苦得像牲口一样。但这种苦，苦得其所，家里人不再挨饿。收获的季节，全家人再苦再累，心里都是甜的，父母亲说累得像条狗似的，躺下来休息一下，都不知道自己的身子在哪里，但在疲惫的梦里也会笑得醒过来，日子有盼头了，苦一点儿又算得了什么呢？苦日子过惯了，虽然有了自己的田，攒点儿钱还是舍不得花，又买了七八亩地，加上原来分的地，家中拢共有十三亩地。田多了，家里需要劳动力，五个哥姐都没能上学，拼了命似的去耕种。

父母怕我跟在哥姐后面捞鱼摸虾心野了，到了上学的年龄，就把我送进了学校读书。

父母一想到钟家几代人都大字不识一个，一辈子在泥里打滚，便铁了心：一定要让小四子念书去（因为我在家中男孩子里排行第四，取小名小四子）。这样钟家祖坟上能冒出青烟，从此改变一个家族的命运。

我成了家中唯一走进学校的人。父母不识字也就罢了，可哥姐们到上学的年龄，因为家里太穷而失去了上学的机会。三个哥哥直到解放后，进了政府的扫盲班好歹识了几个字，会写自己的名字，才不至于做文盲。

上学前，我没有穿过一件新衣服，都是哥哥姐姐穿过的破旧衣服，补丁连着补丁，袖子与裤腿接了几道还在接，轮到我穿上身的时候，已看不出衣服原来的样子。村里每户人家都有好几个小孩子，有的人家十来个孩子，上一个孩子刚满周岁，下一个孩子又落地，这是常有的事。全村的孩子年年跟着春风后面长大，眨眼的工夫个子就蹿得很高了。忙碌的父母们，都不知道自己的孩子是怎么长大的，日子就这么一天天拖过来了。

每年进了腊月，大地冰封，小麦在冻土里沉睡。原野上，除了乌鸦和麻雀的身影，再无其他。母亲开始翻箱倒柜，希望能找出一块陈年的麻丝结成的布。如她所愿，总算翻出一块三尺长两尺宽的家织布。她不识字，更不会算尺寸。手指便是尺，在哥哥姐姐单薄的身体上用手指丈量尺寸，再把这尺寸还原到布上，算来算去，只够做一件袖子并不长的小褂子。

母亲在裁制衣裳的时候，我们总是围在她身边，看着她的手在布上游走，看着她穿针引线把裁好的衣片缝合在一起。一件衣服差一针都不能收工，母亲怕赶不上过年，经常忙到深更半夜才睡。等到一件新衣裳穿在身上，一双新鞋子上脚，哥哥姐姐们的眼里大放光彩，这光芒要持续整整一个正月才结束。因为开春了要播种，过年的新衣裳就要脱下来换上旧衣裳下地干活儿，哪个舍得穿过年的新衣裳下田做事的。

以前我都穿父亲的长袍子，冬天的时候没有棉裤，只有套裤。这种套裤只有两条独立的裤腿，腹部和屁股后面都没有布，为了节省布，也没有裤腰，用两根布带子扎在身上，把夏天的单裤穿在里面挡住屁股，外面再罩上长点儿的衣服，妇女通常在腰里扎一条粗布腰裙挡风。冬天的风从前心蹿到后背，棉袄又短又单薄，穿这种套裤哪能挡得住寒风？我和哥姐的棉衣裤的袖子和裤腿都很短，手脚上年年生冻疮，脸上更难幸免。晚上一家人挤在一起睡觉，接到一点儿暖和气，冻疮就痒得钻心，忍不住抓挠，时间长了开始化脓，肿得像小馒头，手根本握不住笔写字。母亲找了些废布头，垫上一层薄薄的棉花缝起来，给我做了一副棉手套，但手上的冻疮还是烂得淌脓水。好不容易熬到春天，终于开始结痂了，手背上都是黑乎乎的冻疮疤。

没有书包，母亲用扎染的青花布给我缝了个书包。书包并不大，只够放两三本书，好在书不多。铅笔很金贵，在学校时用，回家舍不得用。母亲想了个招儿，从垛子田里挖了几簸箕的沙土，放在门口晒干，一点点捏碎，再上箩筛过，过滤掉粗沙土。母亲把这些晒干的细沙放在一个方木格子里，让我在沙上练字。我的字写得苍劲有力，无不与母亲的智慧有关。父母和哥姐虽然不识字，但他们识人识事。

自从进了本村的学堂读书，我感觉进入了一个新天地，老师教得用功，学生们学得起劲。上课的时候，我的眼睛都不敢眨一下，生怕漏掉从老师嘴里说出来的每一个字。

父母和哥姐在田里不到天黑不会回来。放学回家练习一会儿字后，实在没事干，我就开始在门前扫地，把鸡屎铲干净。三只鸡野在外面一天，吃得饱饱地回家，而我早已饥肠辘辘。看到父母和哥姐们回家时累得手都发软，我跟在母亲后面学会了烧锅做饭，他们累了一天回家的时候，到家就能吃上一口热饭，喝上一口热水。

逢年过节，有亲戚上门的时候，父母亲会对亲戚们说："我们家的小四子长大了肯定要有大出息。"而我会躲在一边，羞涩地一笑，心里甜滋滋的。

穷人的孩子早当家，尽管父母亲很照顾我，但他们力不从心，根本顾不上我。我六七岁的时候就开始帮家里做事，田里的重活儿我做不动，只能做些轻松的活儿。解放后分田分地，家里还分了一头白牛，这头牛成了全家人的福星，金贵得很。母亲说，不能让白牛受罪，要把它当人一样待，它才会帮我们家耕好十几亩地。如果没有它帮助，我们全家人真的要累瘫了。

许多人家都买不起耕牛，全靠人犁地。人犁地是纯粹的苦力活儿，需要三个人完成犁地的活儿，其中两个人在肩上拴一根麻绳，在犁前面的左右两边同时用力往前拉，犁后面的人负责扶稳犁向前耕地。地不能耕得太深，也不能太浅，耕得太深了会把下面没营养的死土翻上来，耕浅了不利于庄稼的生长发育。

白牛在春秋两季播种之时是最苦的。我经常牵着白牛过圩子，要么是牵着白牛一起下水，要么是我在圩上走，牛在水里游。白牛像我一样喜欢水，动不动要赖不肯从水里上岸。每天我乐颠颠地为白牛梳毛，打扫牛圈。放学后的第一件事，就是去割牛草。天冷的时候我把它牵出来晒太阳，喂黑豆或豆饼给它吃，让它在冬天里多长点儿膘，开春的时候它才会有后劲耕田，夏天的时候用蒲扇赶走吸在它身上的蚊子和苍蝇。

我们家的白牛还经常借给别人家耕地。都是乡里乡亲的，看到别人家趴在田里靠人力耕地，父母亲于心不忍。但借牛的人家多了，我们家的白牛累得吃不消，身上好不容易长出来的一点儿肥膘直往下掉。父母亲特别心疼，夜里经常起来给白牛加点儿黑豆补充营养。

里下河地区在江苏省的中心偏东，是典型的锅底形地势，外围地势高，中间凹，像个铁锅子的底，我们的家就在锅子的最底部。历史上里下河地区水灾不断，介于这样的地形，村庄的四周被挖成一块块圩子。路是水路，下田的时候，我们就下水游过去，耕牛也是从水里牵过去。小圩子里有七八个村庄，大圩子有十几个村庄，现在的乡镇就是以圩子来划分的。圩子建得很宽，两边栽树，有杨树、楝树、榆树、桑树，那些树根牢牢地扎入圩子，保护着圩子不被水冲垮。浓密的树冠如伞，庄户人在田间劳作累了，可以到圩子的树荫下喘口气、喝口水。随着时代的发展，现在这些圩子变成了村村通的公路。

那时候我们村庄是以圩子为单位，乡名以圩来命名，一个圩子小的有七八平方公里，大的有十多平方公里，有方圩，也有长圩。在不发大水的时候，圩子有几个开口，用于排水，船可以通行，一发大水便把口子封起来，形成自然的水乡景观，一是防止水灾，二是保护村庄。当时圩子是形成乡镇的基本单位，又是一个水上的基础网络组织，那时我们县有许多圩子，大圩、上圩、中圩、下圩、老圩、四合圩，发大水的时候以圩子围闸。

那么多的圩子像大地上无数的眼睛，无论走到哪里，那么些眼睛就盯着你看，你的影子在圩子的水里，你的魂也跟着圩子行走四方。得天独厚的圩子给了我们无尽的想象与乐趣，但也给我们的生活带来了许多不便。

那个年代，如果没有船休想出去。我们那里因为地形的原因，全部以圩围成一个个村庄。我们村庄就处在下圩乡的中心点。20 世纪 40 年代前出生的里下河的人，没有一个不记得 1954 年那场百年不遇的特大水灾。我们的圩子成了一片泽国，村庄像汪洋中的一座座孤岛。那时家家都是泥墙，遇到暴雨就是一场毁灭性的灾难。

发大水的那一年我九岁。这一年农村开始成立合作社，田和牛都要归集体所有，谁也留不住。从我记事起，白牛就在我家，大人们每天脸朝黄土背朝天，没有时间管白牛，只有我和白牛待在一起的时间最多。

1954 年 6 月的一场特大水灾席卷了整个里下河地区，给村庄带来了毁灭性的灾难。刚开始下雨的时候，谁也想不到天公会以愤怒的方式向村庄发难，以至于那场该死的雨怎么也停不下来。天空像被打开了一个大口子，把所有的雨水倾倒在大地上，给生在锅底洼的里下河人一个措手不及。

我家在下圩。整个村庄一片汪洋，泥墙倒塌，人畜难安。

连续暴雨，圩子里面的水和圩子外面的水全线涨高，想打开闸放水，滔天的水已经没处放。眼看着村庄就要全军覆没，唯一的办法是把圩子里的水抽到圩外的大河里，村庄才能得救。

可是大河里的水也满了，满世界全是水，白茫茫一片，谁看了都感到绝望。人畜和庄稼都泡在滔天的雨里，无法前进，更找不到后路。

那个年代，没有抽水机，只有传统的抽水工具——木制水车。几十个村庄的生死存亡就是眼皮子底下的事情，所有的劳动力都去圩子上抗洪。以户为单位，用水车车水自救，整个圩上有一万五千多台水车，就是一万多户的人家，密密麻麻排满了大大小小的圩子，没日没夜车水，一场保卫家园战打响了，用惨烈来形容也并不为过。

当时大哥和二哥成家已分出去单过，大姐、二姐也早已出嫁。我和父母及三哥四个人为一组，把我们家的水车架到圩子的闸口上去车水。我们家分到车水的地点就在黄庄对面。

天上的雨往下倒，地上的水到处流，没有一个人身上的衣服是干的，手和脚上的皮肤在雨水中泡久了胀开来，瘆得慌。

我们家的房子因为地势稍微高些，没有倒塌，但墙脚泡在水里不少天了，如果圩子里的水再排不出去，雨还不停止，我们家的房子肯定是难逃一倒。眼巴巴看着它快支撑不住了，父母亲整天泡在雨里拼了命去车水，心却像在油锅里煎一样。为了方便做农活儿，我们家在田边搭了一间小房子，结果难逃厄运，那房子在连日的暴雨中没过几天便成了一堆烂黄泥。全家人开始做最坏的打算，把屋里所有的东西往高处搬，有一些直接搬到船上去，用蓑衣、雨篷盖住，不怕淋雨的东西扔到房顶上去。纵然是这样，因为风大，还是有些东西被大风刮跑了。

如果房子倒了，全家人真不知道住到哪儿去。

那段时间，整个大圩上每天都是吱吱呀呀的水车车水的声音，还有车水的人们沉重的叹息声、疲惫的号子声。

那号子声我至今记得，一直记到后来我上战场参加援越抗美战斗。那号子声里面充满了沉闷、悲伤、恐慌、绝望。在我的印象中就像是到了世界末日，天要塌，地快陷，而我们全村的人无处逃生。

1954 年发大水时车水的号子声是那么的刻骨铭心，那是一场惨烈的家园保卫战，绝不是儿戏。我也顶一个劳动力，那场天大的水灾，让一个才九岁的孩子几天之间感到了前所未有的恐惧不安，但也在瞬间成长起来。

连续二十多天，雨几乎没停止过，我们全家人把锅子带到圩子上，挖坑架锅烧点儿粥喝，轮流上阵车水。夜里，圩子上一团漆黑，也舍不得点油灯，闭着眼睛使劲儿车水。

水车由架子和槽桶组成，槽桶里有个轴，四块板。那时没有钟，用线轴计算时间，轴头上有一个线锤，水车在转动的时候，那个线锤就跟着转，一轴线绕光了才换人，起码一个小时，非常辛苦。人吊在水车上方的一根横木上，脚踩在木镫上，一上一下踩动木镫。那镫子连着轴转，带动叶片把水引到槽桶里流出去。

我因为个子小，腿不够长，在踩水车的时候受了大罪。水车的木镫子是按照大人的身高设计的，小孩子的腿短，踩木镫的时候怎么也够不着，左脚才踩下去，右脚离木镫还有一段距离。父母和三哥早就在前面发力，等我的右脚才感觉到的时候，木镫已经飞了过来。我根本来不及踩，木镫就飞上来，正好打在我的小腿上，我的心一哆嗦，腿硬生生地被木镫打得青一块紫一块，锥心的疼痛过后，开始麻木，再也不知道疼痛。好多次我从水车上摔下来，摔得鼻青脸肿，可是大人们根本顾不上我，他们得拼了命，抢时间车水，一刻也不能停。

我不敢喊疼，不管怎样都希望能凭一己之力分担一点儿家人的痛楚。

三个大人因为长时间用力，鼻子里先是开始呼呼喘气，到后来气都喘不动了，直接张开嘴巴用口呼吸。他们像暴风雨中离水的鱼，嘴巴一张一翕，感觉快被淹死的样子。我的心里越发恐惧，这样下去什么时候是个头儿啊。

二十多天后，雨停了，上万台水车一齐发力，滔滔洪水终于一点点退下去，这一场人车与洪水的激战终于结束了。泡在水里的村庄湿漉漉的，所有的东西被烂泥包裹着。等全庄的人回到自己的家园时，面对满目疮痍的村庄，女人们的眼泪再也止不住，汹涌而出。男人们长长的叹息后，开始到河里挑水擦洗泥尘，重建家园。

站在高处望整个村庄，已不是原来的模样，污泥满目，只有少数稍微高一点儿的房子得以保全，地势低的全部倒塌。这样的天灾，百年不遇，没有人有本事搬起石头去砸天。

田里的秧闷在水里二十来天，全泡在烂泥里，大水退去，没有一株是活的。离收获季节还有两三个月的时间，为了生存，县里调拨了一批晚稻种子，每个村都组织抢种晚稻。七月如火，当头撒下，田间地头，人欢牛哞，又是一场恶战。老天保佑，在收获之时，还有收成，只是旱季作物错过了播种时机，没有办法补种，地只能荒着。

如果你是那个年代的水乡人，你一定会听说或亲身体验过踏水车的故事。那是生命的节奏，是人力与自然力量之间的一场无可奈何的抗争，内心空茫而又真实，无论是在插秧或是排涝的过程，我总是忘不了那年发大水踏水车的情景。"吱嘎""吱嘎"，那几乎是一种呻吟和喘息，节奏中带着股无法言说的压抑。水车的戽水声冲刷着踏水人的大脑，像两个人在磨嘴皮子，无法停止。

里下河地区有一种鸟，它的叫声很特别，村里人都叫它苦啊，它每天苦啊、苦啊地叫着，其实它是一种鱼鹰，我从来不知道它正式的名字。在白天，我经常看到这种鸟用一只脚站在河边的水码头上，或立在歪脖子柳树上，那姿态很闲适也很优雅，但只要听到它叫，我的心就莫名其妙发冷。我后来把它想象成大师级的天才演员，它美丽的形象和凄苦的声音实在是两个极端，让孤单的人更加孤单，苦难中的人更悲鸣，那声音呜咽袅袅，如怨如诉……可是在夏天的季节，它一如既往地出现在田间地头和小河边。说实话我很讨厌这种鸟，我的记忆中，苦啊鸟总和悲苦的水车连在一起，它总是带给人悲苦。水乡的汉子们一旦爬上水车，像被神灵附体，开始生命中最雄壮的舞蹈，齐刷刷趴在水车上头的横杠上，逆光望去，脊梁骨骼峥嵘，在阳光下炫闪着雕塑般的质感。而我太小，像"吊田鸡"一样吊在水车上。大人们双手抚着横杠，如同琴师抚着琴台，骑手拉着缰绳，随心所欲的样子。他们如训练有素的士兵，行色匆匆奔赴前线，打着越来越急的号子，水花飞溅，粗暴地撞击着木踏板，身体的每个部位都在剧烈地运动着，胸膛里似乎有一面大鼓，擂出生命的巨响。这样的时候，全神贯注，不能踩错一个步点，更不能偷懒，只要上了水车，脚步就要如百米冲刺，有点儿置之死地而后生的味道。多少年后我在战场上，就感觉小时候踩水车的场景，是一种箭在弦上，不得不发的境况。

因为这次重大水灾，人民政府开始安排里下河地区治理水道。在苏北地区北部修建了灌溉总渠，在南边江都地段修建了万福闸，让长江的水可进可出，这样把淮河与长江的水阻挡住，防止水灾。里下河兴化地区受灾最重，当年的兴化县每家都抽调劳力奔赴江都，修建万福闸，工程浩大，还请来了苏联的技术顾问。南北大修水利，淮河与长江水得到了有效的控制，既可以抗洪，又可以灌溉。

要兴修水利，必须挑河，全村的壮劳力都到了河线上。挑河一般要在冬季枯水期完成。河滩上插满了红旗，以村为单位，村再划分小组，小组再落实到个人。每个人都带着铺盖卷、泥筐、铁锹，浩浩荡荡奔赴河线，整乡整村全部出去。河滩上到处是人，一眼望去，红旗飘飘，人头攒动，黑压压的一片。每个组每天要挑多少方河泥，都画成了方块。

为了夺取那面“优胜红旗”，父亲和哥哥姐姐一起拼了命挑河泥。天虽然冷，身上的汗却不断，父亲的腰累得快要断了，到最后弓着腰挑泥。夺得“优胜红旗”就可以多拿积分，积分就是年终的钱，所以个个如狼似虎，挑得动的步子跨得大，挑不动的也撑着往前奔，有的人鞋子都跑掉了，被后面的人不注意踩到烂泥里。寒冬腊月，西北风吹着哨子，河中心有水的地方全结了冰。挑河的人并不觉得冷，倒是那些站在岸上指手画脚的村干部冻得够呛，他们穿着长大衣，还是冻得直抖，脸色乌青。

河道上挑河的有一半是娘子军，她们姑嫂、姐妹结伴，也有夫妻结伴来的。挑河，纯粹是拿命拼硬碰硬的力气活儿，在河线上谁也照顾不了谁，扁担一上身，整个人就像打了鸡血。挖泥的使劲往泥筐里装，两只泥筐装得满满当当的。挑泥的张开两腿，腰一弓，一个马步，双腿开始发力，把全身的劲运到肩膀上，用意念在心中轻呼一声“起”，人和担子如同神灵附体，瞬间便健步如飞，一口气把河泥担到该去的地方。如此往复，从早到晚也不知道要挑多少担泥。只是等到晚上收工了，回到工棚里休息，浑身已软得像烂泥，连洗脸洗脚的力气都没有，滚到稻草铺的地铺上，一觉睡到天亮。第二天从地铺上爬起来时，力气又回到了身上。

河线上专门有人烧饭，做饭的地方就在附近的村民家，借人家的锅灶煮饭，煮好的饭提前打到木桶里，埋到穰草里焐起来保温。二尺的大锅子里烩满满一锅胡萝卜、青菜饭。河工是苦力，一顿能吃三大碗米饭。就是这么苦的力气活儿，也吃不到纯米饭，饭里有一大半是胡萝卜、青菜，米只是点缀。上万名河工，伙食都差不多，想吃一顿荤菜比登天还难。那个时候猪肉是三角五分钱一斤，挑几天河泥挣的工钱也不够买一斤肉。烩蚕豆里放几把大蒜叶子，尽管油水不足，倒也是香喷喷的，但油每天都是定量的，所以油也不能多放。

在河里挑泥，不比在岸上，下河的时候是空担子，两腿要刹住劲，稍不留神就会一下子冲到沟底。从河底往上爬的时候特别吃力，担子是实的，全身的力气凝聚在两腿和肩上，河坡上走的人多了，烂泥被踩出一道道坑，滑得要命，每走一步都害怕连人带筐摔跟头。遇到晴天还好些，逢到小雨天，河滩上像倒了层油，走一步滑一步，必须用脚趾抓住地走。十几个小时下来，脚趾上的力都用尽了，只能硬撑着走。身上穿着蓑衣，头上戴着斗笠，一锹一锹地往筐里装烂泥，河泥很快结冰，担在肩上越走越重，走一步怕一步，但感觉被一根无形的鞭子时刻抽打着，必须得走。

挑河是个苦差事，每年在河线上总有个把硬汉或铁姑娘能拔得头筹。年终，村里要给他们戴上大红花，奖励一袋粮食或几斤肥猪肉。在河线上拼死拼活一冬天，年年都会产生几个强手，夺得头筹，只为了能让一家人过个像样的肥年。

因为那几年一直在挑河，水灾得到了有效的治理，一直到1989年都没有再发过像1954年那样的水灾，里下河地区得以旱涝保收。那三年，父亲和哥哥姐姐在河线当河工，每天在河上挑泥长达十五个小时，大河小河都要挑，年年挑河，虽然苦不堪言，但只要想想1954年的那场水灾，个个心有余悸。所以当时挨家挨户出劳力出粮草，都是自愿的。里下河地区的人被淹怕了，全村人挑河的积极性都很高。就这样我们那一带一直挑到1958年，四十三亿方的挑河任务圆满完成，河道越来越宽，水利工程告一段落。

那时候我已经升入了本乡的戈家村读高小，离开家越来越远。每天起床的时间更早，通常是天蒙蒙亮就已经吃好早饭往学校赶，半路上能遇到同学还好，如果一个人走难免害怕。特别是寒天，乡间的小路冻得硬邦邦的，鞋底与冻土摩擦发出嘎吱嘎吱的声音，头顶上有一两只鸟飞过，丢下两声呜哇呜哇的叫声。那声音像是一个人在哭，我的心便不由得一紧，紧走快跑到学校，额头已经有一层麻麻汗。

我上学的那几年，村里好些孩子读完初小就不再读了，大部分回乡务农，算是半大的劳动力，等成年了，就是家中的顶梁柱。

读高小的时候，偶尔也能遇到一两个同路的同学，都是差不多大的年龄，有的虽然不在一个班，但也不影响我们放学后结伴回家。通往学校的田埂上，不同的季节里，风景各不相同。最开心的是春秋两季，不冷不热，衣裳虽然有点儿短，打着补丁，但不影响我们一路打打闹闹一直玩到教室门口才收手。春天里我们会弯到河汊边的灌木丛中找鸟窝，运气好的时候，还能掏几枚鸟蛋，等不及带回家煮熟了吃，就直接扔进嘴巴里，一咬碎蛋壳，蛋清和蛋黄就顺着嗓子一下子流了进去，像猪八戒吃人参果一样，还没感觉出什么味道就下肚了，等再回味时，就只剩牙齿缝里淡淡的腥味了。

通常是过了正月就盼望着清明节。这时候田里的蚕豆花香得熏头脑子，小麦开始扬花，油菜田里成千上万的蜜蜂从早晨“嗡嗡”到太阳落山。上学的路上总是觉得昏昏欲睡，脚底板发软，痒丝丝的感觉。清明节前后，地里的各种野菜一个个长得像模像样，青枝绿叶惹人眼。肥硕的马兰头、酱色的麻丝菜、清秀的竹节青、饱满的癞浆草、高挑的灰灰菜，没有一样不引诱人的。田里开始忙碌起来，薅草、间苗、施肥、罱泥，哪一样都不能偷懒。

那时候粮食还够吃，但还是很节省。母亲说，好天要防下雨天，好年景时要防荒年景，平时不能粗喉咙一下子把粮食吃光，所以只有过年的时候才能吃上米糕，平时以胡萝卜和青菜这些粗粮为主。过年的时候家里会炒点儿花生，炸点儿米花，我到现在都记得炒花生的香味。

小的时候，我吃青菜萝卜都吃怕了，以至于后来闻到那个味道胃里就开始冒酸水。

到了清明前后播稻秧，家里要做粘饼子去敬菩萨，以求一年风调雨顺。就是那一顿粘饼子，对我们家六个孩子来说，实在是奢望，甚至是天大的奢侈。因此，春节过后，我就开始盼望着清明节前后的那顿大餐。天气越来越暖和，一个冬天的寒冷宣告结束，终于可以脱下厚得有些板结的棉袄和套裤，换上春衫。所谓春衫，也早已洗得只剩下布筋。河帮上的野草萌出的嫩草芽时刻勾引着我们的舌头。我们可以到河边上去寻找一种叫芒针的甜草心充饥，经常嚼得满口草汁。河滩上有一种芦柴根很好吃，挖出来用水洗干净，那个鲜甜，比商店里的任何糖果都要好吃。可是，一贫如洗的胃始终还是填不饱。我们村的几个同学通常一吃完饭就往学校奔，这样可以留点儿时间在路上找野食吃，就算是找不到好吃的，半路上玩耍的时间多一点儿也是开心的。

记忆中的母亲，担子从来没有离开过她的肩，挑泥，挑水，挑一切能挑得起来的东西，在我们年幼的时候，也曾挑过我们几个孩子。母亲把我放在篮子里，另一头挑农具下田做活儿，等到收工的时候再把我挑回来。到了晚上，母亲终于可以放下担子，但她又垂下双肩，眯起眼睛，在煤油灯下为全家人缝补衣裳。

哥姐们用不着写作业，早早上床睡觉了。我和母亲共用一盏煤油灯，一大一小两个影子在土坯墙上跳动，有时候分开，有时候重叠在一起，分不清彼此。为了节省煤油，有时候连作业都来不及做完，就吹灭了灯。躺在黑暗中，一个少年活跃的思想却无法跟着无边的黑暗消失，反而越发明亮。

在我们家，我是唯一的读书人，哥哥姐姐们平时话不多，一天到晚埋头干活儿，风吹雨打，田间劳作，使他们的皮肤黑黑的，但身体很壮实。大哥的孩子和我差不多大，我经常和侄子们一起玩，并把我在学校里遇到的趣事讲给他们听。

要想庄稼好，肥料来当家，那时候种田不像现在有化肥。没有肥料，再金贵的种子播下去，总不能望天收。农闲的时候，父亲会背着竹篓去野外拾粪，可是，那年头人都填不饱肚子，村子里连狗都很少，哪来粪拾。父亲便带着哥哥姐姐到河里罱泥，挑到田里当肥料，或者把泥墙上的土铲下来铺到田里；春天的时候到沟边去铲杂草，背回家用草木灰捂上任其腐烂，做成绿肥料，反正想着花样找肥料。我们对土地就是这样用心，但一亩田最多也只能收二三百斤粮食。

春天的早晨，雾还没有完全散开，庄子上的茅草屋顶被露水润得湿答答的，格外清新。母亲早早起来开始忙碌，把农具从屋里拖出来放在门口。父亲从门后面摸出扁担，等喝下早晨的那一碗稀得能照见脸的粥，他们就得准备下田做活儿。

放假的时候，父母和哥姐临出门时才会喊我起床吃早饭，蒙眬中能听得见木门吱呀一声，家中突然恢复了宁静。而我每天总觉得睡不够，一觉睡到鸡叫，太阳快要爬到草屋顶上时，最后一个梦还是没法醒过来。迷迷糊糊地端起四方桌上的粥碗，不冷也不热，筷子也不需要，直接往嘴里倒。吃完用手一抹嘴，腋下夹着书到牛棚里牵着我的白牛出门。

有时候我会坐在牛背上看书，有时候就让牛自己吃草去。牛这位沉默的朋友看上去老老实实的，但它再老实也有犯错误的时候。它趁我看书看得入迷的时候，自顾自跑到庄稼地吃人家的麦子。这不能怪牛不好，它哪里认识什么是庄稼，什么是青草，就这么一股脑儿地乱啃一通。等我发现它闯下大祸时，已经来不及了，麦子被它啃去一大片。回到家，心虚得要命，站在墙根处不敢进家门。父亲倒是没有碰我一根手指头，但还是忍不住骂了几句。

我们那里是水乡，水田特别多，每年三夏大忙季节到了，插秧成为农村最盛大的仪式。八九岁的时候，我便加入了插秧的行列。大人们手臂长，可以插九棵，我人小，只能插七棵。跟在大人后面插得久了，我的速度越来越快。开始下田时所有的人一字排开在同一条线上，过不了多久，我就能把一同下田的大人落下十几米远，心里自然受到了巨大的鼓舞。右手下水的瞬间，抓秧把的左手轻轻捻动，四五棵秧苗便从拇指和中指间吐出来，右手接住往水里栽，这套动作一气呵成。横竖之间的间距，眼睛就是尺，人在水田里倒着走，就是前进。每次插秧，我总是第一个到田埂，这样可以躺在田埂上喘口气休息片刻。等别人都到头了，再重新开始。

大哥二哥和大姐二姐比我大不少，成家也早。他们的子女跟我年龄相差无几。我懂事的时候，大哥和二哥都已成家，两个姐姐也相继出嫁。二姐姐靠家稍近点儿，大姐姐嫁得远些。只有三哥那时候还没成家，我和三哥跟父母过。事实上把大哥和二哥分出去单过也是无奈，全家那么多口人捆在一起太难了，老的老，小的小，顾不过来。大哥和二哥两个小家庭，像圩上的两叶扁舟，开始在风浪中飘摇，却并没有好到哪里去。

这两个小家庭，孩子都还小，帮不了什么忙，就靠他们夫妻两个。大哥和大嫂不分日夜在田里刨食，抚养后代，并努力让他们走进学堂读书。大哥终因积劳成疾，加上后来大饥荒的影响，六十出头就病死了，没过多久大嫂也因病追随大哥而去。好在他们两个女儿已出嫁，儿子也能单立门户，现在过得还不错。

我印象中的大哥很壮实，中等个子，长得像父亲，老实巴交的一个农民。大哥和三哥长得很像，我和二哥长得很像。二哥1947年就去当兵了，参加过黄桥战役、七战七捷、抗美援朝。在苏北盐城打仗的时候，敌人的手榴弹扔在面前，他来不及捡，用脚去踢，结果手榴弹爆炸，他被炸掉了一个大脚趾。受伤的二哥后来评上二等军残，因为国家的照顾，子女孝顺，二哥二嫂现在九十几岁仍健在。

二哥家的大儿子钟仕云高中毕业后当了代课老师，但不幸的是得了肺结核，未能治好，二十多岁便病故。二哥二嫂中年丧子，白发人送黑发人，痛苦万分。所幸后面的几个孩子相继长大成人有了出息。大女儿钟仕巧从小善良聪慧，长大后在安丰镇文化站工作，现已退休。大女婿刘洪远自小努力上进，先在村里当干部，后调到安丰镇当镇长，在群众中威望很高，现已退休在家，一家人其乐融融。二女儿钟仕美从小勤劳朴实，二女婿解余庆文化水平并不高，说起话来文绉绉的，他父亲经常夸他是文曲星下凡。他脑子活络，很有经商头脑，在担任村长和民兵营长的同时学习养殖螃蟹蟹苗，成了远近闻名的蟹苗大户，年收入一百多万元，他致富不忘村民，帮助大家一起致富。二儿子钟仕平在家养殖螃蟹，兼做油漆工，还会照相手艺，经常走乡串户帮别人拍照片。三儿子钟仕海为人正派，在安丰派出所工作。四儿子钟仕江也在家养殖螃蟹，兼开一个螃蟹专卖店，日子都过得红红火火的。

三哥也走得比较早。1954 年去当兵，当时东南沿海形势很紧张，三哥在浙江乐清县当兵，吃了很多苦。当了四年兵退伍，被分到扬州拖拉机厂当工人。受饥荒的影响，那个时候，走到哪儿都一样，难上加难，能填饱肚子的人不是一般的人。就算当个工人也很困难，主要是吃不饱。后来国家经济调整以后，三哥下放回到老家，回来没过多久就得了肺气肿。这种病要换到现在能治好，但那个年代没法治。

我记得三哥从厂里回来的时候特别瘦，面色黑得吓人，看样子，体重不会超过一百斤。三哥有气无力地咳嗽，喉咙口咕噜咕噜的，是痰卡在嗓子眼，出不来。他吃力地抱住胸口，剧烈地咳嗽，脑门上冒出一层汗来。三嫂给他端了一碗热水润嗓子。肺气肿到最后的时候生不如死，甚至完全休息时仍感到气短。

三哥和我一样，做什么事都好强，当兵时肯吃苦，最苦最累的事抢着做。后来从部队到拖拉机厂工作更是个拼命三郎，什么活最脏最累，他干什么活。据他自己说，在厂里时有个车间灰尘特别大，跟下雾似的，看不清人，他就是在那个车间一直干到回来。为了完成任务，还经常加班加点。三哥的肺气肿就是在那个时候埋下的祸根。才发病的时候，什么症状也没有，等到发现的时候，已经很严重了，而且无药可治，只能回家。

三哥最后是张着嘴巴走的，呼吸衰竭。他到最后已无力咳嗽，导致嗓子口的一口痰咳不出来，活活给憋死。三嫂抱着三哥哭得几次昏过去，四个孩子还很小。三嫂含辛茹苦把四个儿子养大成人，助他们成家单立门户，日子过得不错，而三嫂在前些年病逝了。

都说长姐如母，读高小时我在大姐家栖身的情景历历在目。

大姐早早嫁出门，日子过得也不顺当。当年嫁到戈家庄的大姐命运多舛，千错万错错在她不该嫁到一个富农成分的家庭。

大姐夫家的祖辈曾富甲一方，但到大姐夫这辈人时早已穷困潦倒。第一次土改时，他们家顺理成章被定为富农。大姐夫老实厚道，说话文绉绉的像蚊子叫，生怕把别人吓着。尽管我们家是下中农成分，但嫁给富农分子的大姐，并不能把下中农的身份带到丈夫家。大姐贤淑能干，人长得也秀气。我至今记得她两根粗粗的麻花辫子，挂在背后，走起路来，像两条乌鱼在背上游来游去。

“文革”开始的时候，我已经到了部队。富农成分的大姐夫在“文革”到来的时候，理所当然逃不过去，他经常被人五花大绑架到大队部的晒场上，一跪就是大半天，说是请罪。大姐知道他性格懦弱，硬着头皮去和“造反派”据理力争。“造反派”火了，也把她五花大绑起来，扔在大姐夫旁边陪斗。没过几年，大姐夫得了绝症，丢下大姐和一儿一女，自己给自己做了个了断，绝命而去。

大姐领着一儿一女在婆家苦度光阴，一个成分不好的家庭，在村子里连大气也不敢出，人前人后自然抬不起头来。大姐夫虽然老实，不管怎么说，他在还是一个完整的家。一个家没有一个男人支撑着，再怎么强悍也无济于事。

然而这个家像被下了魔咒。

他们家成分不好难逃一劫也就罢了，可是一对儿女的家庭也出现变故。女儿嫁了人家，虽然不算富贵之家，日子过得倒也顺畅安逸。然而天有不测风云，女儿人还没到中年就一场恶病，不幸离世。

都说女儿是母亲的小棉袄，贴身的小棉袄说没就没了，大姐把眼睛都哭坏了，以至于她的眼睛见光就胀，见风就流泪。

长大成人的儿子因为这样的家庭，很难说上媳妇。后来好不容易给儿子娶了亲，那个外地嫁过来的媳妇在这个穷家没待几年，像一阵风似的，说跑就跑了，从此消失得无影无踪。儿子开始泼天地去寻找，无果。回来后闷坐在家里心存幻想等媳妇回来好好过日子。一年过去了，三年过去了，也没等到。

大姐想，总不能在儿子这代就断了香火，再说自己也越来越老，哪天死了，儿子一个人无依无靠。大姐为儿子抱养了人家的女孩子，大姐和儿子好不容易把抱来的女孩子培养成人，招了个上门女婿。随着改革开放，儿子除了种好家里的几亩责任田，空闲时就出去拼命打工挣钱养家，剩大姐和孙辈在家。孙女婿头脑活络，也能吃苦，开挖水稻田养了鱼虾和螃蟹，还开了一个摩托车修理店，日子过得很殷实，家里翻盖了两层的小楼。

大姐的前半生，命苦得能挤出水来，造化弄人，一个妇道人家，如风中飘萍，硬是靠自己的心性把一个风雨飘摇的穷家徒手托起。直到垂暮之年，终于苦尽甘来，一直活到九十多岁病故，属于有后福的人。

我是1951年上小学，1955年上高小，我们村没有高小，只有我大姐家戈家庄那边有高小，她家在下圩的中心偏西。学校离我家有六里路，中间隔一条河，只能寄宿。可是我们家太穷了，学校又没法寄宿。父母亲想了个办法，让我寄住在大姐家中，但是大姐家非常艰难，如果再负担我，将面临揭不开锅的可能。大姐舍不得小四子弟弟，还是接纳了我，当时也只能在她家落脚。大姐用草绳子圈了一个泥巴的锅灶（里下河人叫它锅腔子）让我做饭用，给我收拾了一张板凳搭的土板床。父母亲每周给我带一些粮食和柴火去，吃饭问题只能靠我自己解决。因为年龄太小，没有太多的生活经验，开始学着生火做饭的时候，不是水多了，就是水少了，经常做夹生饭。不太干的柴火很难点着火，好不容易点着了，弄得一屋子的烟，熏得眼泪水直淌。好在我同村还有一个同学叫朱庭豪，和我一起上高小，他比我大一些，比我能干。我俩合伙，睡在一张床上，吃在一个锅里。

上高小时，每周只能回家一趟，从大姐家到我家要过一条河，河上没有桥，我只能游过去。不记得我什么时候会游泳的，在水乡长大的孩子，好像一生下来就会游泳，个个会玩水。

星期六放学后我便从小河里游水回家，下周的星期一清晨还得返校。母亲把家中不多的粮食装进一个小布袋子里，把烧锅的稻草捆扎紧让我背上，书包只能挂在胸前。到大姐家过自己的日子，一切全靠自己。大姐家有两个孩子，她实在没有能力顾我这个小兄弟。母亲拐着小脚一直送我到村口，直到我走远再也看不见，她才回家。很多时候，我背着粮草上路，都不忍心回头看风中的母亲。

每次过河要来回三趟，把身上的衣服脱光，所有的东西顶在头顶上，先送粮食，再送草，最后把书包顶在头顶上过河上岸。我水性特别好，找河道窄的地方下去，估计着河的深浅、水流的方向，每次踩着水过河都没弄湿过一样东西。

在夏秋的时候过河是享受，但在别的季节时很够呛，春冬寒冷的时节下河，脚一碰到水，寒便到心底。为了上学，咬着牙，憋住气下水，来回三趟游过，到对岸的时候，牙齿开始打架，身子冷得发青，穿衣服的手在打抖。经常听村里人说水里有鬼，也曾听村里人提过看见水猴子把小孩子拖到河里淹死的事。他们把鬼说得有鼻子有眼睛，红头发，尖嘴猴腮，身上长满了黑毛，看人的眼神既狠又毒。虽然我从来没看见过鬼长什么样子，但听多了别人的话，心里真有点儿害怕。河的两岸没有村庄，要是真遇见鬼，小命就没了。在过河的时候，我不止一次想到过鬼的样子，好在从来没有遇见过。一个月四个周末，想回家又怕回家，最后还是决定回家。每一次游水过河上学、回家，只要走到空无一人的河边，就全身汗毛倒立，心里直打鼓，如同过鬼门关。

冬天，出奇的冷，茅草屋檐下的冰凌子挂下来有尺把长，田埂、麦田冻得硬邦邦的，整个圩子上都是冰冻，在并不温暖的太阳底下闪着寒光。遇到雪封大地的时候，我的上学路上就是毁灭性的灾难，走一步，滑一步，每走一步都费劲儿，生怕半路上跌伤了，到不了学校。遇到这样的天，我比往常起得更早，天上的寒星还眨着眼睛，公鸡还没有开声打鸣，我已经沿着田埂边的小路出发了。

然而，河还是要过的。家里的孩子多，母亲根本来不及做鞋，也没这个条件做鞋。入秋后，满滩的芦苇随风飘展，父亲从圩子上打来许多芦花，用木头做成鞋底，芦花结成鞋帮子，再用麻绳做鞋带，自制的草鞋毛窝子就是一双御寒的鞋，暖乎乎的，走起路来咯噔咯噔地响，清脆极了，却很笨重。木头做的鞋底磨的时间长了，走起路来比乌泥塘里的泥鳅还要滑。那时候里下河的冬天很冷，有一个多月的时间所有河道都封了冰。穿这样的草窝子过冰河，得把一颗心拎在手心里，心里来不得半丝的杂念。冬阳下的河冻得像一面镜子，照人双眼开始发花，把头伸得长长的，还是看不清岸边。穿着毛窝子的脚才搭到河床，人就摔了个大马叉，太滑了。只能把牙齿咬咬紧，深吸一口气，脖颈一梗，硬生生地爬到河的对岸。

上高小那年，许多同学都有了钢笔，我还没有。家里唯一的收入就是几只下蛋的母鸡，卖鸡蛋好不容易凑到六角钱，父亲带我到供销社买了一支六角三分钱的钢笔，黄杆子的，闪着光。可惜这支钢笔跟着我并没多长时间，在有次游水过河的时候，意外失踪了。钢笔丢了后，我的魂似丢了一半，发了疯似的到河两岸的田埂和麦地里寻找，在来回的路上找了多少遍始终没找到。回到班里一说，班主任知道后发动全班一起帮我找，来回找了四五趟，终于在麦田里找到了，我悬着的那颗心才落了地。

1957 年 8 月，我考进了安丰镇初级中学，刚上初中的那一年，还算风平浪静。第二年，我就加入了共青团，介绍人是当时的班长苏乃厚。但上初三后，我遇上了人生中最大的冲击。

1958 年实现人民公社化，我最爱的白牛被牵到生产队归公，家里的几只鸡、两头壮猪也一起给了生产队。父亲把牛牵走的时候，我最后一次给白牛梳毛，弄了些黑豆喂它。白牛离家的时候，一步三回头，眼睛一直盯着我望，它好像已经知道了自己的命运，知道它从此以后再也回不到这个家来。要知道，它到我们家来，立下了汗马功劳，我们全家人从来不把它当牲畜待，它是我们家庭的一分子，与我们一起同甘共苦，共渡了多少难关。记得父亲对我说过："牛是这世上最苦的畜生，吃的是草，卖的是最大的力气，它把人应该受的罪全受了，哪怕累死在田里，也从不叫一声苦，几个人的力气加起来都不抵一头牛，不管什么时候，一定要善待一头牛。"我谨记父亲的话，对白牛像对待自己的兄长一样。后来的岁月里，无论我在何方，总会忆起我家的白牛，它像一个天神驻在我的心头。

后来这头白牛在生产队得不到好的照顾，瘦得背上的骨头像刀背一样，身上的白毛成了灰黑色的毛，要多丑有多丑。有时候我会偷偷去看看它，望着它忧伤的眼睛，我的眼泪都下来了。它虽然不会说话，但通人性，它会用眼神和家里人说话。我每次从学校回来，总会骑上它去河坡上遛一小会儿，每次坐在它的背上，它都会走得特别小心，生怕把我摔下来。

再后来，因为一场浩大的运动，我们家的白牛给生产队杀掉了。我们家也分到了一点儿牛肉，那天放学进家的时候，我闻到肉的香味，父母耷拉着眼睛坐在家里，桌上的粗瓷大碗里有一碗肉。父母让我吃了一点儿，然后大部分给大哥和二哥两家，他们一口没吃。

一场浩浩荡荡的运动拉开了序幕，"高产放卫星，十五年赶美超英”，主要是要突破钢产量和粮产量，钢要达到年产一千零七十万吨。大队开始动员每家每户不开伙，锅灶全部拆掉，家里凡是有铁的东西全部交公家炼钢。还有许多人家的房子要拆掉，拆下来的材料用来修水利、盖食堂、造窑厂和建大队部。被拆掉房子的人家哭得呼天喊地。房子拆掉后，一部分人家在大队搭建的草棚子里居住，也有的人家住在小船上，有的住在猪屋里，有的住在草堆肚里。总之，为了支持“大跃进”，所有的人都在努力做贡献。

我们家也不例外，父母就和分出去的大哥、二哥家都吃起了食堂。那个时候我在学校吃，放学回家的路上无论走到哪个大队，只要是有食堂的地方，我就跑过去吃。所有的粮食都集中到每个大队部，开始的时候放开肚皮吃，一大群人排着队去吃，因为吃饭的人太多，一顿饭要吃好几个小时才能结束。天冷的时候饭容易冷，去得早的人还能吃点儿热的，去得迟的人往往要排到午后才能吃上饭。那饭早就冷透心了，只能吃冷的，如果拿回家吃的话，家里没有锅子和烧锅草，也没办法热。那个时候，如果哪户人家烟囱里冒烟，就要倒大霉了。据1960年春官方统计，全省共有农村公共食堂十六万八千个，参加农户四十八万户，占农户总数的百分之五十五。

当时我们学校有两件重要的事情：搞高产试验田和“除四害”活动。当时学校搞试验田，计划亩产要超万斤。我们学校有三亩地，两亩种的菜，在生物老师的指导下，准备用另一亩地搞试验田。我们开始深挖土地，要挖到八十厘米到一米深才行，熟土和生土一起挖掉，每个人一把铁锹。我那时候才十三岁，上初二，人很瘦，力气根本跟不上，跟在别的同学后面挖。土越是挖到下面，越是难挖，那么深要一点一点地把土挖出来，然后下面铺上厚厚的肥料。所有的肥料全部堆到田里，庄稼就开始疯长，稻秆子长得一人多高，还没等到稻子扬花，就倒伏了一半，等到好收割的时候，差不多全部倒伏。我们眼睁睁地看着这一亩田稻子全军覆没，但是一点儿办法也没有，只能听天由命。一亩田总共只收了三百多斤稻子。这可怎么办？离“放卫星”要求的一万斤差距太大了。后来想了个办法，把稻田里和田边上的所有野草一起收割下来，草根也搅进去，连同稻秆子，一股脑儿放在一起过秤，总共也不过四千来斤。那些草很高，比稻子还要高。在没有达到万斤的情况下，还是往上报了一万斤稻的产量。记得当时兴化的报纸还特别为我们学校的试验田亩产达万斤的奇迹做了报道。

除了种试验田，学校里还组织“除四害”活动。“四害”是麻雀、苍蝇、老鼠、蚊子。学校要求每个学生完成多少任务，每周星期日要求学生回家捉麻雀、逮老鼠，到周一交到学校去算成绩。每只麻雀用两只脚来计算，一只老鼠要求剪下一条完整的尾巴计算。每次回家要求带五条老鼠尾巴。任务太重，每个同学都在找老鼠尾巴，但哪来这么多。哥哥姐姐在田里做事的时候帮我挖老鼠洞，用水灌的方法逼着老鼠出洞，在老鼠出没的洞口张个网，只要它出来就会被网住。想想那个时候的老鼠要把我们给恨死了，真的是在挖地三尺逮它们，让它们断子绝孙。有段时间感觉能看到一只老鼠，像看到了天物似的。

在学校，每天停一节课，组织同学们用敲锣打鼓的方式到处赶麻雀。那些可怜的麻雀被赶得无处可逃，飞到东飞到西，根本无法落脚，最终它们的头飞晕了，魂被吓掉了，辨不清方向，精疲力竭，纷纷栽倒在地。我们乐得去捡晕倒的麻雀。同学们害怕麻雀会苏醒过来逃跑，三下五除二逮住了马上摔死它们。周日放学回家，田边地头到处是孩子们捉麻雀逮老鼠的身影。父母和哥姐们为了帮我完成学校的任务，给我逮麻雀和抓老鼠。开始的时候同学们觉得好玩得很，对这件事乐此不疲，课也不上。时间久了，大家开始攀比谁上交给学校的最多，个个都在算计，反而成了一种心理负担。本来和同学之间单纯而快乐地相处，但在这件事上互相比，甚至有的同学趁人不注意的时候，到别人的书包里偷老鼠尾巴和麻雀腿，被举报后挨老师一顿狠批，弄得后来彼此翻脸，给幼小的心灵留下了阴影。

我父亲在“大跃进”的时候参加生产队的大会，场场必到，生怕做落后分子，生怕不参加会被扣工分。每一次开会，父亲都躲在别人不注意的角落里，因为他嘴笨，不会发言，也不敢发言。

1957 年冬天的时候开始吃大食堂，家里的锅子送到生产队被砸成废铁炼钢。到了 1959 年春天，队里已没有存粮，只有种子。大食堂也揭不开锅了，全队那么多人像蚂蚁一样也不回家，就挤在食堂门口等饭吃。后来没有办法了，生产队把种粮也拿出来吃。到最后在临近播种的季节，全县各地已没有种子。每个村都有饿得撑不下去的人，为了活下去离开家乡。我们那里有个大营公社八一大队，就有三千七百多人外流。后来动员他们回家，县里资助安排了两千五百斤粮食，结果一天内全部吃光。

我的父母老实巴交无处可去，也没有能力出去，只能窝在家里坐吃山空。

父亲出生于1899年，那时候还是清朝，印象中他留着细细的长辫子。到了民国时期，他把前半个头的头发剃得光光，后半个头留下七八寸的齐发，像似清朝人把长辫子剪掉似的。他平时木讷少言，在田里累了一天，到家第一件事就是拿起桌上的水烟枪，迫不及待地往烟锅里塞上烟丝，纸捻子点着火，狠狠地吸上两口旱烟。随着烟管里发出的呼噜呼噜的声音，父亲眯上眼睛，幸福得像个神仙。在我印象中，父亲从来不会笑，也只有这一刻，才活回了自己，他的脸笼罩在烟雾中，微笑在脸上停留一分钟后，又恢复了常态。

母亲个子矮小，脑后永远盘着个髻，这个发型一直到她去世都没变过，上身穿一件洗得发白的蓝布大褂子，一双小脚走起路来永远颤颤巍巍地无法走快。母亲一生活得很卑微，在这个家里，她什么事都听父亲的，从不做主，对人说话细声细气，生怕吓着别人。我们六个孩子喜欢绕在柔弱的母亲身边，如一群小羊羔，无论是冷了热了，还是饿了病了，第一时间都会寻找母亲。特别是我，一旦在外面受了委屈，回来的第一件事就是绞着母亲的蓝布大褂的角，哼哼唧唧说自己的委屈。这个时候母亲再忙也会停下手里的活计，把我搂进怀里，拍拍我的后背。她什么都不会说，只是用这种肢体语言传达她对我全部的疼爱。

那时候，成家的哥哥姐姐们，他们每个人的日子都如同被盐腌过了似的，又咸又苦，心在风中被这种苦涩吹得颤抖。父母和哥姐们没有一个人能够负担我继续上学，才进入初中，我就面临着辍学。那段时间，我的心惶惑极了。以我的学习成绩日后一定能考上高中，这个危难的关头，是班主任帮助了我。鉴于我的学习成绩在班上很优秀，他帮我申请到了全县勤工俭学的名额，经过层层审核，我有幸被选为全县勤工俭学的代表，并到南京去参加全省中学生勤工俭学大会。

那是我头一回坐船离开安丰镇去一个陌生的地方，并因为这个天大的好消息暂时忘却了家中贫困的痛苦。母亲跟别人家借了一点儿面，给我做了两个面饼带在路上吃，拐着小脚送我上船。船途经镇江的码头，站在船头上，头一次见到滚滚的长江水，一个少年的心中开始像长江水一样，涌起无数的波浪。在镇江下船后，转乘火车，直向南京方向驶去。这也是我平生第一次见火车、坐火车，觉得外面的世界真精彩。心里暗暗下决心：长大了我一定要走出家门，学点儿真本事回来，改变家乡落后的面貌，让家人过上好日子。

小时候，安丰镇是我眼中最大的世界，在镇江第一次看到火车，第一次看到楼房，那时候安丰镇最好的建筑就是二层楼房。到南京下宿在南京药学院，第一次走出家门，我的心中充满了企盼，感觉美好的生活时刻在向我招手。

我因为受到学校的照顾，才得以度过了三年困难时期。而可怜的父母为了顾及这个大家庭，在生命的边缘线挣扎了很久，终没能逃过去。

虽然说 1954 年特大洪水是全村人的灾难，但那一年没有死人，整个村庄跌跌爬爬都挺过来了。而 1959 年对我们家来说，是黑色的。那一年，国家和人民遇到了巨大的困难，老百姓的生活陷入困境。长时间没有饭吃，人们开始全身浮肿，到无病而亡。

那一年从春天开始，村里就不断有人倒下。我在放学回家的路上，走着走着就看到有人一头栽倒在路上，还看到有人走到家门口，还没跨进家门，就一头栽倒在黄泥墙根下，像一捆枯萎的干稻草落在墙脚根。一路上经常看到人家送葬，哭声一片。到后来，我发现送葬的人连哭的力气都没有，隔几天就有人永远站不起来。

我的父母亲自己再苦都尽量不让我苦，他们知道我在学校也吃不饱饭，虽然每个月有三十二斤的计划粮食，但真正吃到的并没有这么多。所以在我每周回家的时候，他们总能给我留一点儿吃的。我刚上初三的时候，那时生产队的大食堂已关了许多天，从刚开始一天吃三顿，到吃两顿，再到最后只能吃一顿；从开始有米饭吃，到最后白水里扔几片烂菜叶子，稀得能照得见人脸的粥锅里能捞出麦芒，喝粥满嘴钻，往下咽卡嗓子。这段难挨的日子里，全家人满世界去找榆树叶子、野菜、芦柴根，可是各家各户都在找，后来别说榆树叶了，榆树身上的皮也被剥光了。玉米芯吃光了，野菜吃光了，开始用观音土来填肚子。结果吃多了观音土的人大多没逃得过去。

从开始我回家还能吃到父母留给我的一小块豆饼，一直熬到六七月份，父母亲已经再也拿不出任何吃的东西给我。他们自己开始浮肿，腿肿得发亮，肚子肿得像一面皮鼓，而人特别的瘦，眼睛成了两个深坑，腮帮子上一点儿肉也没有，颧骨老高，脖子上的皮裹着骨头，青筋暴跳。

我回家的时候，母亲躺在床上，有气无力地询问我学校的情况，问我在学校饿不饿，和同学们相处得好不好，学习还跟得上吗。母亲握着我的手，她的手是软塌塌的，手腕子瘦得像根芦柴棒子。我看着她的样子，忍不住想流泪，但又怕哭了她更难受，咬着嘴唇硬忍着不哭。

那些日子我还没有意识到母亲已经快要走到生命的尽头，我只以为她是病了，慢慢会好起来的。

母亲在浮肿前有一段时间特别瘦，瘦过了之后开始浮肿，然后又开始瘦。最后几天吐水不止，吐到最后，只有进气没有出气，眼睛瞪得老大老大的。

母亲终于撑不下去了，临走前瞪着眼睛对父亲说："吃，吃，吃……"声音越来越微弱。

1959 年 7 月 17 日这天，四野寂静，骄阳似火，母亲永远停止了呼吸。可是她一双饥饿得变了形的眼睛却睁得圆圆的。那是因为她最小的儿子还没有长大成人，死不瞑目啊！在我以后的生涯中，无论走到哪里，我都把那双眼睛安放在灵魂的深处，时刻不敢忘记。母亲生前对我寄予很大的希望，而且是整个家族的希望。不识字的她希望识字的我以后能光宗耀祖，能摆脱世代农民悲苦的命运。

在母亲离世的时候，父亲其实和母亲一样，虚弱得像一根水里的稻草。他之所以在母亲去世后的第十二天离世，完全靠自己的意志苦撑着光阴。他要为母亲送终。

哥哥姐姐们同样度日艰难，一个都无法依靠。其实这个家就只有我和父母三个人。母亲一走，无论我走到哪儿，都感觉魂丢了一半。父亲让我不要常回家，节省点儿体力保证学习成绩不落下来，这是他对我唯一的希望。

母亲走的时候，把屋后的两棵柳树锯了，勉强做了一口薄薄的小棺材。哥哥们和家族里的几个至亲抬的棺材，母亲瘦小的身子躺在里面，很轻很轻。

那时的父亲全身浮肿，肚子胀得不行，走路的时候肚子挺在前面，都无法看见自己的脚到底往哪儿走。料理母亲的丧事时，父亲连哭的力气都没有，面如黄纸。

母亲的娘家人住得远，是大哥去舅舅家报的丧信，可是他们同样遭遇饥饿的围剿。

哥哥姐姐们回家帮助父亲把母亲草草安葬了，然后各自回自己的家。

母亲离世后的十二天，我无从知道父亲是怎么熬过来的。等我十天后回到家时，父亲已躺在门板上，骨瘦如柴，双目圆睁。

父亲与母亲离世的时间，相隔仅短短十二天时间。我想母亲走后，父亲一定陷入了无边的恐惧。他想得更多的是在他离世后，家里连办丧事的能力都没有，所以他在最后的几天时间，吩咐大哥和二哥，挖个坑埋了算了，人生本来就是一抔土，死了归于土。1959 年 7 月 29 日这天晌午，父亲吩咐完自己的后事，合目而去。

大哥和二哥把屋后的另两棵柳树砍了，请木匠做棺材，声声斧凿，如敲在心。父母这一走，永远不会回来，他们双双去天堂，已感受不到饥饿、困苦，而我们呢？

这几棵树是父亲亲手栽下的。一到夏天，浓密的树荫遮住我们家的茅草屋，外面那么热，屋里却是清凉的。榆树被揪了叶子，剥了树皮，成为庄户人的口粮，而柳树之所以能活下来，是因为柳树的叶子和皮不能吃，太苦。这几棵树肆无忌惮地长在我家屋后，好像就是为了给父母亲送终的，而同样长在屋后的两棵桑树，跟柳树一起栽的，才长到碗口那么粗。

哥哥向生产队借了点儿米回来办父亲的丧事。大食堂尽管断炊，但生产队的仓库里还有些粮食，只是庄户人只能眼巴巴望着。堂屋的供桌上摆着四小碗米饭，饭尖上撒了点儿白糖，这饭是留给抬棺材的人吃的。抬棺材的人辛苦，亡人也苦，按乡里的风俗，抬棺材的人得吃甜饭。

在送葬的路上，我发现原野里又添了好些新坟。正值盛夏，本应该是庄稼绿到极致的季节，可是村子里竟然看不到绿色的植物，田野里什么也没有，褐色的大地死了一般，放眼望去，寸草不生。因为早在春天的时候，由于强烈的饥饿，田野河边，包括墙根下，每一个石头缝里都被挖遍，草根无一幸免。在春天的时候，田野就被伤到骨髓里，到下一个季节，能不死吗？

父亲的棺材被抬到田边，与母亲合葬。母亲坟茔上的土晒得发白，大哥在母亲坟茔的另一侧开挖，新鲜的泥土被翻上来，大哥挖一锹喊一声：“妈，妈哎，你等等哦，父亲陪你来了，你二老在阳世没过一天好日子啊，到阴间把日子过得富足一点儿哎，不要惦记我们哪……”

大哥的声音平静，但每一句都从骨头缝里渗出悲怆。他的声音并不高，气若游丝般，是饿的。站在坟头，叔叔和婶婶们抹着眼泪，一声不吭，拿铁锹帮着铲土填棺材。

几个抬棺材的人分吃了一碗饭，剩下的饭他们一口没动，那撒了白糖的饭是留给我的。父母一走，我成了真正的孤儿，我一个人的家从此没有了父母的庇护。

处理完父母的丧事之后，我回到了学校。此时此刻，我感到从未有过的孤独无助。在一个月内父母双双病故，这对于一个十四岁的孩子来说，等于天塌地陷。班主任知道了我的情况，考虑我在班上学习成绩很优秀，如果因为交不起学费、吃不上饭而失学，就太可惜了。为了我能继续学习，班主任找到学校校长和党支部书记盛士修，学校专门开了会，决定向我伸出无私的援助之手，给我安排了最高的助学金。

整个初三学习非常紧张，要想考入高中，没有一定的实力是不行的。有些同学感觉考高中无望，就不那么用功了，混日子等着最后拿毕业证书。粮食的危机同样波及了学校。老师们饿得没力气讲课，一堂课有时候上一半就停下来，让大家自己看书自学，实在遇到不懂的，把问题集中起来再问。班上的同学们年龄也不大，十三四岁的少年郎，正是长身体的时候，可是人人腹中空空，个个面黄肌瘦，经常饿得头昏眼花，哪来心思提问题，各自混日子。课间十分钟也很少有人到操场上活动，趴在桌上打瞌睡，减少运动量，可以保存一点儿体力。越是运动，消化得越快，肚子越饿。从上课铃打响，到下课时间，班上能有三分之一的人听讲就不错了。

我就是这三分之一中的一个。我觉得和他们所有人都不一样，他们最起码还有父母，但我没有。我只能用功再用功，勤奋再勤奋，没有后路。逢到周日，是我最痛苦的时候，别人都回家了，我也得回家。

以前回家时，母亲会站在路口等我，看到我的时候，她老远就招手，等我走到她的身边，她很快接过我的书包，而父亲已坐在堂屋里等待。平时哪怕有一点儿好吃的，他们都要想办法留到周日我回来吃。他们最后的时光，家里实在没吃的了，一碗粥他们也想办法留着。天热的时候害怕粥馊掉，把粥装到篮子里，篮子上系根细绳，吊在井里头降温。

现在我回家，再也看不到父母。冬天来临的时候，屋子里四处窜风，冻得骨头都疼。

大哥家靠得近些，有时候我会到大哥家吃点儿，去的次数多了，大哥不说什么，但大嫂脸色就难看了，毕竟他们家也有几个孩子要抚养。后来有几次去大哥家，侄子一看到我走到门口就会说："四叔，你怎么又来了？"

比我小一些的侄子侄女们，也是长身体的时候，饿得恨不得能吃下一头牛。我一去他们家，他们的锅里就得少一碗饭。

后来，我再也不去了，受不了大嫂的脸色和侄子的问话。一个少年的自尊就是从那时起养成的。

年轻的时候还无法理解大嫂与侄子们，等我走出家门后，才明白大嫂对我的态度，不是她心狠，而是她首先是一个母亲，面对自己饥肠辘辘的孩子，她实在做不到无私无畏。为了保全自己的骨肉，我想当我站在她家门口的时候，她的心里应该是忐忑不安和深深的无奈。

在我的成长过程中，二姐一家人对我的帮助让我永世难忘。家家都没有吃的，偶尔能弄到点儿豆腐渣或豆饼就算是天大的好东西，二姐自己舍不得吃，也不给自己的孩子吃，都留给我吃。

只要我去二姐家，她第一件事就是弄吃的。她家里只有一点儿米，二姐把米淘了倒进锅里，上面放胡萝卜。二姐把胡萝卜给儿子吃，下面的米饭盛给我吃。二姐夫看到我吃饭，把盯着我看的几个孩子往外面拉，二姐把一锅胡萝卜菜汤省下来给家里人吃。二姐有三个儿子、两个女儿，个个都是吃饭长身体的时候，我吃着他们的米饭，心底酸楚不已。

到初三最后一个学期，我不再回家。周日这一天，我离开学校，一个人走好远的路，去寻找早春还在沉睡着的野菜，哪怕遇到一棵，都努力把它挖出来，就算是苦涩的，我也会果断地吞进胃里，只为了活下去延续父母的生命。父母临终前最放不下的就是我，他们为了我节省每一粒粮食，希望我能有出息，不要像他们一样。

寻找野菜的路上，一个人就容易想心思：如果我那时候能懂事点儿，拒绝吃母亲节省下来的食物，她和父亲活下来的希望就大得多，我后悔自己的无能和不懂事。

一边寻找野菜，我的眼前总是幻想出父母在世时的模样，回想起他们对我说过的每句话，我便容易走神，以至于把有毒的草也吞下了肚子。结果中毒，肚子疼得在地上打滚，冷汗直流。

所谓饥不择食，饥荒年代的人们，在残酷的现实面前，活得已无尊严，更无底线。面临生存的挑战，饥饿的烈火炙烤着每个人的心。到荒野里寻找野菜的人不止我一个，一路上，我经常遇到衣衫褴褛的庄户人。我一个人无牵无挂，而他们的家中可能上有耄耋老人，下有嗷嗷待哺的娇儿等待供养。看到他们摇晃的身影，不由得想起刚刚逝去的双亲，他们也曾如此在荒野中奔走，努力寻找几棵野菜或一把榆树叶子。其实那个时候中毒的人有不少，好在我运气好，中毒不算深，躲过了一劫。

我们学校有个图书馆，以苏联的作品为主，还有报纸。那几本书被同学们借来借去，书页被翻得都卷起来了，纸页中有许多手指印，那是蘸着口水翻书时留下来的指痕。正是这些书为我的心灵打开了一扇天窗，在双亲亡故、食不果腹、内心孤寂之时，图书馆里的几本书撑着我一定要活下去，不仅要活下去，还要活出自己的风采。

初三上学期，我读到苏联作家奥斯特洛夫斯基的长篇小说《钢铁是怎样炼成的》，保尔·柯察金这个平凡又了不起的苏联英雄成长故事深深打动了我。

书中主人翁的一句名言使我终身受益。“人最宝贵的东西是生命，生命属于人只有一次。一个人的一生应该是这样度过的：当他回首往事的时候，他不会因虚度年华而悔恨，也不会因为碌碌无为而羞耻；这样，在临死的时候，他就能够说：我的整个生命和全部精力，都已经献给世界上最壮丽的事业——为人类的解放而斗争。”在以后的几十年中，我一直以此为座右铭，并为之铸造自己的灵魂，追逐自己的人生理想。

在任何一个时代，各种各样的灾难一直如影随形，当人们没有能力把灾难挡在门外的时候，只能挺胸面对。我的祖辈们没有一个识字的，到了我这一代才开始摆脱这样的命运，我万万不能辜负父母的期望，否则他们在另一个世界心都难安。

为了父母的遗愿，为了改变几代人不识字的命运，我必须背水一战，没有退路。我和别人不一样，我一定要考上高中。最后的这几个月是人生真正的分水岭，这样的想法每天都会到我脑子里遛上几遍。

失去父母的哀伤慢慢变成了学习的动力，每天的学习如苦行僧修行一般。每一堂课上老师讲的题目都努力刻进脑子里，课后反复做题目，遇到不懂的题目从来不过夜，到处求解。

初中三年里，也有极个别的同学异想天开犯下了弥天大错。说到底，那个年代的学生正值青春年少，正是头脑简单、四肢发达的时候。我们班就有一个叫安开同的同学，因为一个闪念酿成大错，将自己的前程断送。

当时学校的司务长掌管经费，按照规定可以配枪。全校人都晓得这把枪的存在，就在司务长的宿舍里，但从来没有人见过这把货真价实的手枪。没有人知道长得很漂亮的安开同为什么要去偷司务长的枪，是好奇心起，还是其他原因。他的家庭并不算穷，他是活腻了，直接把自己往死路上送?

等到司务长发现枪丢了，学校炸开了锅。校长汇报到县里，兴化县公安局连夜来了一帮穿制服戴白色宽檐帽的人，开始了拉网式的搜索。

一把枪丢了，可不是小事，如果给不法分子偷走了，是要出人命的。司务长首先把自己的宿舍翻了个底朝天，就差拆墙了。每个教室、学生宿舍、老师宿舍，犄角旮旯全部搜了个遍，还是没有。最后大家把目光锁定在学校内的那个小水塘，先是派了许多人下去捞，一无所获。最后实在没办法，在小塘的两头拦起河坝，把河里的水全部抽干，再下去找。河底的淤泥又臭又脏，冷得剐骨，在大家的努力下，那把陷在烂泥里的枪终于被摸了出来。

全校就这么多人，在强大的盘查下，公安局的侦查员最终把目光锁定在我们二丙班同学安开同身上。安开同交代了偷枪的详细经过。

安开同被公安局逮捕后，我们班的同学沉默了很长一段时间。大家每天一起学习，和他多少是有感情的，平时看他这个人也很老实。后来有人说，老实人尽做没屁眼的事，吃饱了撑的没事干，这种掉脑壳的傻事能做吗？更何况，那时候天天吃不饱，肚子饿得前心贴后心，更不能做这种蠢事。安开同最终被判了一年的刑，刑满释放后他又去了哪里，那时候已没有人去关注了。每个人自顾不暇，各奔前程。司务长说和手枪放在一起的钱一分没少，安开同并不是为了钱，最终解释，他还是因为好奇。十三四岁的孩子，哪个没有好奇心？

我读的初中安丰中学创办于1952年，只有初中，到我这届初中毕业是1960年，这一年学校正好办高中，这真是从天上掉下来的好事情。

学校的校训以读书明理成才报国为重，校风是勤奋严谨求实创新，老师们的教风崇德求精，学生们的学风以立志进取博学见长。如今算来，这所中学已有六十多年的历史，人才辈出。如果那时候不是老师对我的重视，也没有我今后的发展。那时候学校的规模不算大，条件也很差，但校风和学风好。我上初中的时候，一个年级只有三个班。能考进高中的学生都希望能考上大学，从此跳出农门，改变全家人的命运。现在的校园向南扩了五十六亩，总占地面积一百一十亩，有三十三个班级。我上学的时候每年都有航空部队来招飞行员，一直到现在，安丰中学成为南京军区招飞工作的先进单位。

当时每个月的伙食费是六块钱，我的助学金是每个月五块钱，还不够。学校为了照顾我，安排我和另外三个同学勤工俭学，寒假和暑假里，承担巡逻护校的工作。寒暑假三个月的假期，每个月给我二十块钱劳务费，这三个月我能挣六十块钱，可以顶我十个月的伙食费，再加上四十五块钱助学金，基本上够我吃饭，剩下一点儿钱，我一分钱也不敢花。就这样，我以全优的成绩读完了高中。

还在上初中的时候，我就发誓一定要考上高中，如果考不上高中，我走出村庄的门将从此堵死，只能回家种地。所以在高中的三年中，我非常刻苦。在高二的时候，这一年招收空军，我才十七岁，去验兵的时候体重不够，被刷了下来。这么好的机会太可惜了，当时我的体重不足一百斤。

在高三快要高考的时候，又发生了两件重大事情。一件事是在六月中旬有一次招兵的机会，当时我想，尽管上大学免费，但多少还是要花钱。在人生的转折点上，我做了两手准备，验兵与考大学同步进行。记得是 8 月 6 日，接到人武部的通知，我验兵合格，25 日就去报到。我也不想去上大学了，当兵是最好的出路。

另一件事是我们班的两个同学被雷劈死了。6 月份暴雨多，那个雷雨交加的日子，我们班遭遇雷电的袭击。我们的教室在操场中间，是一所独立的房子。那天下大雨，我们谁也不知道雷电会从屋顶的电线潜入教室。那时候大家都进入紧张的复习迎接高考，真正是“两耳不闻窗外事，一心只读圣贤书”，窗外哪怕下刀子，与我们有何干？教室的中间有电灯线，雷电是沿着那根电线进入教室的，坐在电灯下面的一位同学正好被雷击中。我就站在讲台前面，一股强大的电流把我紧紧地吸贴到黑板上，好几个同学被击倒在教室墙脚下，老半天也没法站起来。等有人能站起来的时候，看见那位被雷击过的同学，衣服全被烧掉，身体已被烧成焦黑色。更离奇的是，那个雷打死教室中间的同学后，变成了个硕大的火球往教室后墙滚去，顺着墙拐了个弯，一直拐到坐在后门口的一位同学头顶上，并把他放倒，当场毙命。

没有几天我们就要参加高考了，在这个节骨眼上，两位同学惨遭不幸，说实话，给我们的心灵留下了巨大的阴影。

快到毕业考试的时候，班上又出了件事。有个叫张继龙的同学，他家里的条件很好，家人在江南工作，每个月寄生活费过来。但他的成绩很差，如果考不好，连毕业证书也拿不到。那时的考试卷是由老师负责刻钢版，再交给传达室的潘老头印。张继龙很想毕业，可是平时成绩太差，很少考及格，想毕业太难了。于是他说通了传达室油印卷子的潘老头，悄悄捎一套卷子过来。可是捎来的卷子他根本不会做，于是他请同学帮他做题目，每个题目都问到了，结果考完了他全部及格。同学们开始怀疑，一个平时从来不及格的人怎么考试及格了，而且他问同学们的题目全部考到了。后来，传达室的潘老头和张继龙全部受到处理。

“造反派”造反的年代，张继龙回校闹革命，把当时处理他的老师、校长斗得不轻。最后学校实在没办法，给他补发了毕业证书，后来他回家还干得挺好，生活得也不错。

我们的学校里，有一座小红桥，桥上有一个长长的葡萄架，桥下有一条内河，与外河不通。我和同学们经常坐在这座小红桥上谈人生，谈理想，交流学习心得，放飞我们的心灵。今天来看，这座小红桥如同北京大学的未名湖畔，它承载了我们的精神世界。我们成立了红桥诗社，我们谈“五四精神”，在红桥边写剧本，搞演出。我记得曾演过《火烧赵家楼》中的一出戏，我扮演的是一个反动人物小士兵，站在军阀赵家楼门口站岗。我们大家经常写诗，写文章。我后来参军到部队沾了文学的光，别人训练我写稿，办黑板报也是我拿手的，写新闻、写诗歌也有模有样。这颗文学的种子就是在红桥种下的，对于文学的爱好一直延续到今天。

我们是安丰中学首届高中毕业生，我们班就我和程学贵两个人到部队当兵。从此我离开兴化，走进了另一个全新的世界。一直到 1969 年参加援越抗美战斗结束，我才回家探亲。

1963 年 8 月 25 日，这天是我终生难忘的日子。我从兴化县北小街人武部招待所出发，乘船离开了生我养我的故乡。小轮船先抵泰州的高港，后乘上轮船至镇江，转乘火车抵达安徽省蚌埠市南岗营房，从此开始了二十五年的军旅生涯。

1993 年和 2013 年，我先后两次回到故乡中学母校，参加了安丰中学首届高中毕业生毕业三十年和五十年的同学聚会。又一次在小红桥重逢，与老同学们一起回顾往昔的峥嵘岁月，畅谈友情，真是感慨万千。

第二章

追梦蘑菇云

魔鬼训练

现在流行一句话：不当兵后悔一辈子，当了兵后悔三个月。为什么后悔三个月？因为新兵连头几个月的魔鬼式训练，让人不累死也得掉层皮。无论是现在还是以前，对新兵们来说，这句话的含义最终在三个字上：当兵苦。没有当过兵的男儿，不算好男儿。在那个年代我当兵的理想很简单：离开一个贫穷的家，能吃饱饭就行。至于理想那是后话，但要时刻把“努力”二字挂在心头，不努力，怎成人。

在部队的二十五年光阴里，我的成长从新兵连开始，这是每个军人的必经之路。

父母早亡，哥姐们相继成家，过他们自己的小日子。他们对我是关爱的，但我的心里总怀念父母在世时的琐碎事情。哥姐们虽然能够忍苦接纳我，但我不能继续连累他们，必须自食其力，所以当兵成了不二的选择。

我们班上就我和程学贵两人体检合格，我们开始收拾行李准备出发。程学贵还没离家就开始想家，我内心无喜无悲，这是缘于少了父母。感觉这一走，哪怕到天涯海角都是孤身一人，不过倒是省却了对亲人的牵肠挂肚，所以在离家那一刻我的离别之痛并不怎么深切，心中更多的是对新世界的期盼。

我们一起先到安丰镇，再从镇里到兴化人武部。人武部在一个叫北小街的地方。

全体新兵集合完毕，又在兴化待了两天。部队给我们发了军装，只是没有帽徽领章，我们还不能算是正式的军人。只有下连队后佩戴上领章帽徽的新军装上了身，才如同一个新的灵魂附体，意味着自己从此与从前的日子告别，踏上新的征程。

第三天，我们整装待发，在干部的带领下排着不算整齐的队伍，坐船离开了家乡。看着里下河最后一条河汊离我而去，我真正离开了生活了十八年的家乡，不想这一走就是七年。等我从战场上凯旋的时候，却有种物是人非之感。这是因为，有父母在，家还可以称之为家乡，父母不在了，家只能称之为故乡。从我离开家的第一天起，我知道自己已经没了家乡，只有故乡。

第一站停靠的码头是高港，带兵的干部从这里开始以军人的规范要求我们这群新兵，大家开始还稀稀拉拉地很不习惯军事化的生活作风。第二站到了镇江码头，来不及休息便整队上岸，改坐火车往蚌埠南岗营房。

一路上，带兵干部给我们介绍了部队营区的规模和设施，待我们到达目的地后才发现安徽蚌埠南岗营房比干部描述中的要大得多。它容纳了高炮第六十六师师部和所辖的第六一五团、第六一七团、第六一八团、第六二四团四个高炮团。这个师有着光荣的战斗历史，留下了许多前辈们可歌可泣的英雄故事。

刚到新兵连，一切都是新鲜的，我们既紧张又兴奋，两眼都看不过来。老兵看到我们这些嫩瓜兵，心里发笑，漫不经心地对我们说："以后有你们看的，看够的日子在后头呢。等三天的新鲜劲儿一过，有你们好看的。”老兵是在戏谑我们新兵，但说的是大实话。几天后，我们中的少数新兵在训练场上就㞞了下来。我们参军的这一年是1963年，三年困难时期刚过，大多数人还是处于半饥半饱半暖的状态，肚子里的油水严重不足。

新兵连的第一餐，全体新兵都理所当然地出足了洋相，好像这辈子没吃过饭似的。大家一看到从食堂里抬出来的白花花的馒头，眼珠子都齐刷刷地落在馒头上一动不动了。多少年后回忆新兵连第一餐的情景，我心底里并不感到好笑，更多的是心酸。一大群精壮的小伙子，在食物面前眼珠子发绿发红，那是怎样的滋味。凡是出生在那个年代的人，每个人都会把粮食当成命来爱，把土地当成神来供。面对一堆白馒头，我第一个想到是早逝的双亲，如果父母手上有了哪怕一只这样的白馒头，他们也不会这么快离世。在我啃下好几只馒头时，我承认，我的喉咙发紧，眼发红。

我们是中午十一点钟到达南岗营房的，正好是开饭时间。我们这批新兵共一百八十三人，其中兴化兵六十三人，其他是泰县来的。

当白花花的馒头放在每个人的面前时，我们的大脑开始短路，一句话也没有，整个食堂鸦雀无声，只听到嘴巴咀嚼馒头的声音，敞开肚皮吃。头一批人吃好离开食堂，然后第二批、第三批人开始吃，就这么一直吃到下午三点钟还没结束。结果头一批吃过的人又饿了，跟着后批的人继续吃。

这一天，食堂做了三次共四锅饭，从午饭连到晚饭吃，无法停止。连长是四川人，看着我们这些新兵蛋子风卷残云的吃相，忍不住大笑，用地道的四川话对我们说：“这帮新兵蛋子，个个都是好娃子，能吃就能干，上了战场肯定是好汉。”

连长没有说错，我们这群新兵，在后来的日子里真的个个是好汉，没有人给部队丢过脸。连长也开心，可以让新兵蛋子们操练起来了。

两天的时间，总算把饥饿问题解决了，战友们很开心，终于能填饱肚子了，心里美滋滋的。

第三天，召开大会。我们的班长是1959年的老兵，排长是1957年入伍的，连长是解放前从国民党那边投降的俘虏兵。这个部队里不少营、连主管是从国民党军队投诚或俘虏来的，虽然打仗的阵营不同，但起初的目的是相同的，都是为了吃饱饭才当兵。他们大多数都是穷苦人出身，虽然国民党打了败仗，但这些人素质很好，军事过硬。

连长开始给我们训话：“你们虽然穿上了军装，但还不是一个合格的军人，要想成为真正的军人，必须要做到三条：第一要铸造军魂，军人的灵魂是什么，是为人民当兵、为人民打仗的，保家卫国，随时准备牺牲。第二要树立形象，军人和百姓是有区别的，走路要挺腰收腹，要保持军人的形象。从现在开始，要求你们走要有走相，坐要有坐相，站要有站相，两人走路要成排，三人走路要成行，举手投足要一致，肩上只能背黄挎包，不许扛东西，袖子不许卷起来，无论天有多热，风纪扣不许解开，吊儿郎当的样子肯定不行。第三要培养军人的内涵，要努力学习文化知识，提高自身的素质。干部们要以身作则，遵守执行上级的指令，给新兵树立好榜样。”

连长还说：“既然当了兵，你们的命运就和国家紧密相连，个人意志一定要服从国家意志。你们是中国军人，就必须塑造军魂，以铁的意志融入国家的意志中去，一切行动要听指挥。”

这三个要求，我从当兵的第一天起就刻在心上，一直记到今天。

新兵连强化训练的目的是为了有一个强健的体魄。连长更注重对我们思想品德的熏陶，组织我们去南京雨花台和淮海战役纪念馆参观，到南京大屠杀殉难现场参观，教育我们向英雄学习，牢记国耻，勿忘历史，为国而战。

我当兵的时候，国家形势并不稳定，国内三年困难时期还没结束，国际形势也是风云翻卷，似乎军队随时都可能开赴前方征战。如果有作战任务，我们这些新兵蛋子可能都来不及结束新兵连训练，就得分编到实战部队中去。

我们的连长说：“既然来当兵，就要往死里练，往极限练，哪怕有一口气在，都得练。训练场就是战场，训练不刻苦，上了战场真刀真枪干就会送命，没有人来救你们。”

连长对我们够狠，但不得不狠。我们当时理解连长如同理解我们自己一样，我们没有任何理由不刻苦训练，只要一息尚存，都要练，一刻也不敢懈怠。

除了前三条要求，还有三大条令，都是做一个真正军人的实实在在的规矩。队列条令非常严格，像阅兵式、分列式那样的队列。首先就是要把立正这个简单的动作练到极致，要求我们半小时内身体都不许动一下，要站得比松树还直。有的新兵耐不住这苦，悄悄嘀咕：“站如松？我们站得比松树还挺直，树干不动，可树叶还能摇呢，我们哪里都不能动，蚊虫叮在脸上都不准动，连长也太狠了。”这强制性的半小时，让少数的新兵因虚脱而倒在了训练场上。

卫生队的救护车就停在训练场边上，倒下来一个抬走一个。就是这么往死里训练，让我们感受到了上战场的气氛，脑子里只有一句话——往死里练。

有些人实在撑不住了，腿会不自觉地弯曲，好省点儿力气。连长从后面一看，上去就是一脚踢过去，吓得他赶紧挺直了背。

大夏天，我们的腰带扎得死紧，一个个汗如雨下，眼睛都睁不开，脑子晕乎乎的，脸色煞白，像缺水的鱼儿奄奄一息的样子。

魔鬼式的训练中，我也好几次差点儿虚脱得快栽倒，硬是靠意志撑着，和战友们一起咬着牙往死里练，身上像着了火似的，每个人的衣服都像从水里捞上来似的。到了晚上，我们累得像死狗，连吃饭的力气都没有了，但必须得吃，因为吃饭也是任务，不然没有力气熬过新兵连这一关，毕竟没有一个人愿意掉队。

从当兵的第一天起，我最渴望的是学会打枪。如果上了战场，枪就是自己的命，手中的枪除了杀敌外就是要保命，但不是那种贪生怕死式的保命。一个分不清敌我连自己的命运都无法掌握的人，还有什么资格说保家卫国。

还没有摸到真枪的时候，我无数次幻想过真枪的模样，它的重量、款式，握在手里的感觉，它的味道。枪，是证明一个血性男儿的标配，它是阳刚之气的象征。

待我真正摸到枪的那天，心脏扑通扑通直跳，眼睛发直。我的天啊，终于能摸到梦寐以求的枪了！拿在手上比我想象中的笨重些，但它散发出的铁性光芒瞬间就把我击倒了，感觉自己有点儿眩晕，呼吸急促，我的魂被枪给俘虏了。

等熟悉了枪，我和它之间很快产生了感情，并把它当成了自己身体上的一个部分，只有与枪建立起契约式的情感，才配拥有它。只有这样，在射击的时候，枪手才会与枪合二为一，让枪跟随自己的意志，最终的结果是必须要百发百中。

连长先给我们讲枪的构造原理，又讲怎样上子弹，怎么擦枪，怎样背枪。连长讲得最多的一句话是："我必须警告你们，枪千万不能走火，谁的枪要是走火了，关你们禁闭。"

我曾听说过枪走火的事情，听说过手榴弹没扔出去，把人炸伤的事情。在我第二年到汽训队学驾驶的时候，还真的发生过一起枪走火打死人的重大事件。

那个惨案发生在两个值勤战士换哨的瞬间。这个真实的瞬间在今天听来都感觉是电影里演的、书本上写的一样，似乎太戏剧性。可它就是真实地发生在我们身边。

那是一个星月全无的深夜，哨位上寂静无声，夜太静了，微小的声音都可能会吓到自己。两名战士在换岗时都没有多少对话，他们像往常一样履行交班仪式。哨所离营区稍微有点儿远，远方微弱的灯光若隐若现，给哨位涂抹上一层神秘的色彩。

这么宁静的夜晚，没有人能预料会发生一件人命关天的大事，可偏偏发生了。

灾祸就在这样一个不经意的时间与地点，在两名年轻的战士验枪的瞬间降临。

交接班验枪有着严格的要求，检查枪膛里的子弹时要特别小心，千万不能碰到击发机。还有一个重要的环节就是在验枪时，枪口必须要成四十五度对着天空，千万不能对着人。

年轻的战士麻痹大意，违规操作，忽视了这两个致命的关键点。在交班的时候，不知道他是分神了，还是站累了，抑或是在想马上就可以回宿舍睡觉了。他没有按照验枪要求把枪口成四十五度角对着天空，而是不经意间对准了来换他下哨的战友。最要命的是，他的手碰到了击发机，子弹在瞬间冲出枪膛，射进了战友的胸膛，导致这名战士当场毙命。

只要是枪对着人，哪怕枪膛里面没有子弹，都有可能发生伤亡事故，其原理是：枪里有一根击针，这根击针非常的尖锐，它的作用是撞击子弹后座底火，让子弹射出枪膛。在没有子弹的情况下，只要扣动击发机，击针也有可能会脱落，会射出来伤到人。

这件枪走火导致的死亡事件在我的脑海里萦绕了很久挥之不去。这样的伤亡太不值得了，一个战士若是在战场牺牲，无可厚非，如因麻痹大意、违规操作而造成不必要的伤亡，则有太多的悲哀与耻辱。

后来我在每次的实弹训练或站岗换岗中，都时刻记着这个血的教训，从不敢大意。

我记得开始学射击是在数九寒天里，趴在冻得结结实实的泥巴地上，一动不动，寒气往骨头缝里直钻，可是再冷都要克制，不能让手抖。瞄准目标要三点成一线，要稳，手抖的话将无法命中靶心。我们那时候用的是苏联产的 54 式冲锋枪，这种枪采用冲、铆、焊工艺制成，结构简单，成本低廉，便于大量生产，质量轻小，压弹容易，但震动大，后坐力强，连续射击容易跑靶。

训练之余，我都舍不得把枪放下来，恨不得抱着枪睡觉心才安。连续多日的训练，大家的进步神速，我在一次打靶考核中，以六发子弹命中 57 环的优异成绩通过。

除了残酷的训练外，部队执行纪律条令要求极严。军令如山倒，连长说，军队是说一不二的地方，一切行动要听指挥，否则无法打仗。没有条令约束的军队，盲目性强，不仅容易丢了性命，还会影响集体作战，上了战场如同一盘散沙，就是乌合之众，怎么能打赢仗？

连队有规定，一百个人的连队，每次外出的请假数量不能超过五人，请假要讲明事由，回来得销假。

内务条令也要求极严。所谓内务，不仅是整理个人内务，而是一切活动的总和。茶杯、毛巾的摆放要朝一个方向，杯子上的字一致朝外，晚上睡觉鞋子要摆成一条线，衣服放在指定的地方，一切为打仗做准备，这样在夜里紧急集合，摸黑穿衣服才能准确无误。有些新兵对内务条令理解不到位，鞋子乱放，摆放衣裤的时候忘记位置，或在紧急集合的时候太过慌张，穿裤子时前后不分反过来穿，穿鞋子左右搞错了，背包捆得不牢固，结果跑步的时候被子散开了，鞋子别在脚上，裤子绞在一起。他们抱着被子，狼狈不堪、丑态百出地跑完全程，不仅成为大伙儿的笑料，还要被点名批评一通。

我们的所有行动，都必须在规定好的时间内完成。出操半小时，洗漱一刻钟，每天八点半上课，十一点四十分下课，吃饭十五分钟，晚上在规定时间内写家信、学习文化。晚上八点半点名，点名内容是连首长讲评一天中的工作，总结全连当天的成绩与缺点。八点四十分点名完毕，洗漱上床，九点熄灯，整个营房一下子寂静无声，隐到了黑暗之中。

部队有严肃的一面，也有温情的一面。部队有个传统，那就是尊干爱兵。干部爱兵如子，士兵们以敬干部为荣。

战士们劳累了一天，挨到枕头三分钟不到就能呼呼大睡，宿舍里的呼噜声如雷贯耳。这个时候，我们的连长和指导员还不能休息，他们要打着电筒，蹑手蹑脚地到每一个宿舍去查铺，到每一个岗哨点去查哨。查铺的时候，发现许多战士蹬被子，他们会轻手轻脚地帮战士盖上。

我平时没有什么爱好，就爱读书。白天训练没时间读更多的书，只能晚上躲在被子里打着电筒读。有许多次都被连长和指导员发现，他们也不干预，轻声地嘱咐我早点儿睡觉，不能影响白天的训练。

在新兵连，我们发现许多军车涂了白漆，开始不明白，后来才知道这些车子参加过天安门的阅兵仪式，刷上白漆以示不同于普通的车。

新兵连的训练有小半年时间。1964 年元旦，新兵连解散，所有的新兵都被分到各建制分队。

春节前，我被分到汽训队，开始学驾驶，学了半年时间，后来正式分到团部小车班，给首长开车。

部队学驾驶不同于普通的学习，什么车都要会开。爬山路、雪地驾驶，战地驾驶不同于一般的驾驶，拿到什么车都得会开，在任何行驶条件恶劣的道路上都得有本事向前冲。仅会开车还不算本事，会开还会修才叫厉害。在荒山野岭中车坏在路上不会有人帮你的，所以学会修车技术很重要。为了学会修车技术，我又到修理所学了三个月。我跟着老兵师傅杨文忠学习，师傅教得认真，我也学得用心。那时候的汽车和现在的汽车不同，现在的车都是集成的整件，哪里坏了换整件就行。那个年代的车全部用各种零件组装而成，我学着把一辆整车全部拆下来，然后再重新装起来。只有懂得汽车所有的构造，才能准确判断故障，排除故障。掌握全部的修理技术，学会紧急情况下的急救方法，这是一个汽车兵应具备的最起码的能力。后来我跟大部队到大西北执行任务，一直在一边学车，一边实践。我印象最深的是开车送团电影队到部队放电影。部队驻扎在山头上，八九个连队放同一个片子，就在山头上放电影。山陡，人爬上去都够呛，开车更困难。放电影前一般先放新闻纪录片，后面才是正式的片子，等几个连队放完片子，再收拾完东西，已经是下半夜了。大西北的夜冷得剐骨头，手脚冻得麻木。一部电影在每个连队放一遍，轮流下来要十天半个月，然后再到兰州军区文化站换片子。部队的文化生活非常枯燥，除了每周看一场老掉牙的电影外，偶尔会有团部演出队下连队演出。

在新兵连的时候，还发生过几件大事。部队附近的村庄有户人家失火，火场就是战场，部队得第一个上。那个年代没有消防车，我们连队接到求救消息，很快组织了几百个人去村庄救火。

安徽有的地方是山区，不像我们苏北里下河地区到处有河塘。老百姓在前面引路，我们在附近寻找水塘，离失火点最近的水塘大约有四百多米远，而我们救火的工具只有脸盆。几百名官兵人手一只脸盆，组成一条长长的救火龙，在燃烧着的茅草房子与水塘之间来回飞奔，那场面蔚为壮观，震撼人心。一场大火，就这样在脸盆接龙队伍的接力下被扑灭，每个人都跑得汗流浃背，直喘粗气，满脸通红。

明火虽然扑灭了，有些地方还在冒着烟，万一死灰复燃那就糟了。为彻底消除火灾隐患，我率先爬上房梁，几名战友紧随其后也攀上房梁。下面的战友排成队伍往房顶递水，我们几个人一齐往冒烟的地方浇水。那时正好是 11 月份，天干物燥，冷风扑面，从地面往房顶递水的时候，脸盆里的水免不了要溅到战士们的身上，水沿着盆口淋到他们的头脸上，衣服湿了一大片。我们几个人站在房顶上也是心惊胆战，如临大敌。脚踩着房梁，隔着薄薄的胶底鞋很快地就能感觉烫得要命，还闻到橡胶被烧焦的煳味，有种支撑不下去的感觉。房梁被烧了一半，有些地方快要断开，加上我们几个人的重量，稍不注意很有可能栽下来，后果不堪设想。我也顾不得这些，一心想把火彻底扑灭，这才是最要紧的。

我们里下河地区的孩子除了游泳是强项，爬树翻墙的本事也颇高，但像爬这样的危房还是头一回。当时我根本不知道害怕，更没考虑后果，一心只想着救火，事后听站在下面的战友说起当时的情景才知道害怕。

因为在这次救火事件中表现突出，连队给了我和几个战友嘉奖，但也批评了我冒险的行为。连长说，一个不懂得保护自己生命安全的士兵不是好兵，尤其是在战场上，莽撞行事的行为不可取。新兵连的这次嘉奖是我参军后获得的第一次嘉奖，虽然我在后来的军旅生涯中，受过许多次嘉奖，但这次嘉奖让我记忆深刻，因为它给了我不断前进的信心与勇气，特别是在困难的关口，让我愈战愈勇。

这场大火烧毁了两户人家，第三家被烧了一半，如果不及时扑灭，会殃及更多人家。

军民本是一家，当兵就是为了保家卫国，老百姓的事就是国家的事，老百姓的灾难也是我们的灾难，我们有义不容辞的责任去帮，大难大帮，小难小帮。

比如农忙收割，就是老百姓每年都会遇到的小难。

部队经常组织战士们帮助当地村民做农活儿，特别是在风雨无情的收获季，部队都要帮驻地的百姓们从“虎口”抢收粮食。广袤的田野里肯定会有军人们的身影，割麦栽秧，打场翻场，个个赛似小老虎。

我是农村兵，田里的活儿样样在行，但城市兵不行，他们从来没做过，刚开始下田做事，笑话百出。

那一次出丑的还是我的战友程学贵。那天，我们连队帮老百姓挑粪，我挑担子轻轻松松，他是城市兵，本来就不会挑，又不好意思说，怕做落后分子，便硬着头皮挑担，结果一不小心滑到茅坑里。幸好我在他旁边，将扁担伸进粪坑让他抓住，费了九牛二虎之力才把他拉上来，我们两个人身上全是臭味。活儿还没做成，只能找水塘去洗脏衣服。程学贵虽然做农活儿不如别人，但他脑子灵活，心灵手巧，能说会道，还会唱。因为他的门牙特别大，战友们给他取了个外号叫“程大牙”。在新兵连，我和程大牙形影不离，互相关心和帮助。程大牙的牙大，个子也大，我们在初中就是同学，到部队又是战友。他比我要大方些，会跳少数民族的舞蹈，还会唱许多我们从来没有听过的歌，给大家带来很多的欢乐。我们在大西北和越南执行防空作战任务时，除了样板戏，就只有《龙江颂》《红灯记》《智取威虎山》《奇袭白虎团》《沙家浜》等几部老电影可看，翻来覆去地放，我们都能背得出里边的人物对话。实在无聊的时候，我们就怂恿程大牙来一段“新鲜货”。他也当仁不让，往中间一站，张口就来。

离开新兵连后，程大牙被分到第六一五团85炮连二连当二炮手。二炮手负责装填炮弹，一枚四十多斤的炮弹全靠右手大拇指的根部用巧力顶送进炮膛，既要有力气，又要有技术，二炮手的作用十分重要。一直到现在，他的手上还有当年当二炮手时留下来的老茧。后来在参加援越抗美战斗中他当上了炮排长，一直没有离开炮。我则离不开汽车。我们一个是技术精湛的炮兵，一个是技术过硬的驾驶兵，真正是干一行、钻一行、爱一行，一直到现在，我还是爱开汽车，是那种刻骨铭心的热爱。

忙完了老百姓田里的活儿，在训练的空隙我们就到荒山野坡地去植树。那些荒坡上全是碎石头，要刨很深才能见到一点儿土，还要把碎石头捡干净。许多战士的手都破了，血直淌还在干。我们植的树大多是榆树和苦楝树，这两种树耐旱，生命力强，在荒山上容易生长。山坡上的小树苗，像极了我们这些初出家门的新兵，只是它们生在哪里，就在哪里扎下根。我们不一样，铁打的营盘，流水的兵，走到哪儿算哪儿，像一粒种子，随风漂泊，天生就要接受凄风苦雨的磨炼，茁壮成长。我们每天都要上山浇水，起码连续浇一个月，这些小树苗才能活。

在新兵连时，我和战友还有一次“壮举”。周日那天，我和程学贵约好上街买点儿生活用品。公交车姗姗来迟，好不容易挤上车，满满一车人，每一次刹车，身子便东倒西歪做不了主。汽车行驶到一半时，站在我前面的一个人举止有些反常，在不刹车的时候，他也故意往别人身上挤。我向程学贵挤了挤眼睛，他很快会意有情况。我们果然发现那家伙，他正把手伸向一个中年妇女的口袋，眼睛却望向车窗外，装出气定神闲的样子。当汽车拐弯又一个急刹车的时候，这个毛贼成功得手。几乎是同一时间，我和程学贵两个人从两个方向一齐挤到他面前，一左一右揪住他的膀子，制伏了这家伙。最后在司机的帮助下把这家伙送到了当地派出所。

作为一名军人，无论何时何地，无论遇到怎样的事，哪怕与我们无关，都要伸张正义，挺身而出，这是部队严格教导的结果。

刚开始我们对新兵连的生活有许多的不适应，最常见的就是着装上的不适应，特别是在任何季节都要全副武装。夏天训练，最大的苦是出汗多，背脊后面起盐霜，解放鞋是橡胶的，不透气，全身的汗灌到脚底，鞋子里全是汗水，滑得很，走路都有水声，有点儿像青蛙在叫。那声音怪怪的，听得人心里痒丝丝的。穿解放鞋必须要穿袜子，否则脚要磨破皮。脚泡在鞋子里久了，袜子被汗吸足，散发出一股恶臭。白天在外面还好，晚上回宿舍，臭味满屋子窜。开始我觉得特别的恶心，恶心得连呼吸都怕，后来习惯了，也便成了生活的常态。

新兵连的宿舍是一个大房间，一个排三十多个战士住一间，排长睡在门口，连长、指导员住在连部。我们的床围着墙排成一圈，沿墙是上下床，中间还有两排。冬天气温低，臭味好些，到了夏天，三十多双解放鞋释放的臭味，熏得人脑子晕乎乎的。

说说我们的解放鞋，那时候一年只能发两双解放鞋，而且不像现在的解放鞋这么结实，薄得很。训练强度太大，尼龙袜和解放鞋一点儿也不耐穿，至多两个月，解放鞋就烂了，袜子则烂得像被老鼠啃过。有战士说，老鼠肯定也会嫌弃我们又烂又臭的鞋。后来许多战友的鞋穿得像叫花子的鞋，到最后鞋帮全掉下来了，只能用绳子绑起来走路。

新兵连时衣服很少，夏天只有两件衬衣、两条短裤和两条长裤，一换一洗；冬天有一件棉袄和一条棉裤，没有衬里的衣服。冬天一到，我们只能把夏天的衣服衬在里面穿，总不能光着身子穿棉袄。西北风刮起来的时候，我们把腰带扎得紧紧的，防止风钻进胸口。里面太空了，不扎紧腰带，身上的热气保不住。一个冬天下来，我们的棉袄上全是亮闪闪的污垢，但没有办法换下来洗，就这么一套，洗了就要挨冻。一年只发一套棉衣，到第二年，这套棉衣就无法再穿了，只能上交或者扔掉。

后来到了大西北，部队给我们发了皮大衣和大头鞋，里面的衣服还是老一套。那件皮大衣货真价实，里面全是羊毛，特别重，少说有二十几斤。如果没有这件皮大衣，我们非冻死不可。

一直到1966年，部队才增发了一种黄色的和尚领卫生衣，相当于现在的保暖内衣，冬天的日子就好过多了。

新兵连的战士，每一个都进过厨房帮厨，人人都可以当厨师。炊事班的战士每天要做饭，很少能休息，为了让他们得到休息，部队让所有的战士轮流进厨房帮厨。我就是在新兵连学会了包饺子、做馒头、炒菜、包粽子等厨艺的。更神的是切菜的刀功，我们练习切土豆丝，切得细小均匀，这是每个炊事员的基础功夫。

后来我当后勤部副部长的时候，组织炊事员进行切土豆丝比赛。土豆丝要切得细到什么程度？考核人员抓一把切好的土豆丝往墙上使劲儿一扔，按墙上能粘多少土豆丝来打分。刀功厉害的炊事员，能把土豆丝切得像头发丝那么细，都是苦练出来的硬功夫。

当兵的第一年，战士的津贴费每月只有六元，但我很节省，每月只花五毛钱，买一些牙膏、牙刷之类的生活必需品，办了个零存整取的存折，把剩下的五元多钱存起来，留着日后用。我出身苦，养成了勤俭节约的好习惯。但也有极少数的战友原来在家时生活条件好，用钱大手大脚惯了，六块钱的津贴根本不够花，还经常写信向父母伸手要，连长和指导员知道了会把他们批一通。

当兵是我人生的真正启航，军队是座大学校、大熔炉，新兵连的魔鬼式训练则是给了我人生的第一炉沸腾的钢水。

看看现在新兵连里的流行语，我觉得必须改一下才对，“不当兵后悔一辈子，新兵连的魔鬼式训练受益一辈子”。

新兵连，是每个军人启航的地方，是值得一辈子回忆的地方，是一个军人生命之初的荣光所在，更是奠定军魂的人生基石。

秘密行动

1964 年 9 月上旬的一个深夜，当第一声急促的警报声在安徽省蚌埠市南岗部队营区上空昂扬地响起，十分钟不到，一千五百多名官兵全副武装汇集到大操场中央，整齐划一排好队伍。偌大的操场上黑压压的一群人，鸦雀无声，天上的星星静静地凝望着操场上的一切，小半个月亮斜挂在天上，似乎在聆听嘹亮的军号声。

我刚到部队才一年，一个新兵对新生事物都很好奇，既保持警惕又有些害怕。还记得在新兵连训练的时候也经常夜里紧急集合，为了训练新兵们的胆量，在黑漆漆的夜里，我们爬上解放牌汽车，车厢被帆布蒙得密不透风。车开到半路上，把新兵放到山岗或坡地，让大家去寻找目标。有些战士在山里碰上坟堆，一个挨着一个，胆小的吓得腿软脚酥，被吓得不轻。

以前夜里紧急集合通常是小打小闹，一个班或一个连队的紧急集合，像这样大规模的紧急集合还是头一次，感觉如临大敌。

我预感肯定有重大的军事行动要发生，否则不会有这么大的动静。

中秋的夜露，无声降临大地，微凉。一千五百号人的操场上，每个人的心里却是热气腾腾的。大家都感受到了这种紧张的气氛，心里像揣了个小兔子扑通扑通乱跳起来。

这时，队伍的前方有几个身影快速地移动，有一个高大的身影很快跃到队伍的正前方，是团参谋长王臣。他在向王怀义团长和姜海滨政委报告："队伍集合完毕，请团长、政委指示。"

王怀义团长洪亮的声音响彻夜空："全团官兵同志们，我们是全军的值班部队，党和国家不管有什么重要任务，我们都必须首当其冲。现在接到中央军委命令，要求我们炮兵第六一五团带第六二四团一个37炮营，必须在一周内整装完毕，待发至秘密地区执行秘密防空作战任务。从现在开始，全团官兵必须进入战斗状态，以对党和国家绝对忠诚，快速完成临战准备，确保按时向目的地开进。大家有没有决心！"

"有！"

"现在请姜海滨政委做临战动员。"

震耳欲聋的回答声响彻夜空。三个"必须"顿时点燃了官兵们内心的激情，刚才内心的紧张消减了一半。

姜政委是个急性子，做政治思想工作是他的强项。他三步并作两步，迅速来到队伍前面，亮出了厚重并略带嘶哑的声音："同志们，这次秘密作战任务是中央军委对我部的高度信任，也是我团全体官兵的极大光荣。养兵千日，用兵一时，考验我们的时刻到了，希望我们全体官兵珍惜荣誉，勇敢地接受这一珍贵的锻炼和考验，当好新中国的可靠卫士！"

姜政委换了一口气，提高了嗓门继续说："同志们，这次作战任务属绝密行动，不容许有丝毫的泄密。因此要求：从现在开始，全体官兵不准对外通信、打电话，不准回家探亲，不准离开部队营区。”

这三个“不准”让大家又开始紧张起来，没有一个人敢出大气，静得出奇。

“从现在开始，做好四件大事：一是思想动员，把备战的情绪调整到战时状态；二是整修武器装备，确保随时拉得出、走得动、跟得上、打得响、打得准；三是补足弹药、给养，完成后勤保障；四是开展临战训练，突出空中拦截，一举歼灭。”

姜政委话音刚落，全体官兵喊声雷动：“坚决完成任务！”

团长、政委动员结束，宣布解散。一千五百人的方阵像潮水一样，流向各自的驻地。

大家抱着随时准备出征的思想，根本顾不上休息，没有人停顿。事无巨细，不能错过每个小细节，大家开始了不分昼夜的忙碌。吃饭放到炮场，走路变成了小跑，整个营区都处在紧张而有序的临战准备之中。第二天下午各连、营都纷纷向团政治处送来了大红的请战书，还有一千多份官兵用热血写就的决心书。只用了五天时间，圆满地完成了战前的一切准备工作，战士们激动得嗷嗷叫，只等一声令下，立即出发。

炮兵第六一五团是一个具有光荣传统的英雄部队，它的组成部队中有红军、八路军、新四军等老部队的传统基因种子，从抗美援朝战场撤回后，参加了 1953 年在天安门广场的大阅兵，受到了毛主席的检阅。检阅后，全团的车辆、火炮等装备，都在轮毂上涂上白漆，作为参阅部队引以为豪的留念。据说，在阅兵广场行进的关键时刻，一台嘎斯 51 车（苏联产）突然油管漏油，在万分紧急的时刻，老兵驾驶员灵机一动，随手用一块肥皂紧紧地堵在漏油处，临时解决了问题，保证了顺利完成阅兵任务。阅兵结束后，这个老兵荣立二等功，成为全团的佳话。

一周后的又一个深夜，震耳的警报声再一次在部队营区上空拉响。因为有了充分的思想和行动准备，只用了五分钟，就完成了全团官兵的集结。团参谋长在队前训话："同志们，接中央军委命令，我团（带第六二四团一个57高炮营）立即以铁路运输的方式奔赴祖国大西北执行秘密防空作战任务。具体行动计划是：85高炮一、二、三连为第一行动梯队，四、五、六连为第二行动梯队，57高炮营为第三行动梯队，团直属队为第四行动梯队。第一、第二梯队于今夜凌晨一点出发，赴蚌埠铁路分局货场进行编组，进站装车；第三、第四梯队于今夜凌晨两点出发，赴安徽三界车站装车。在装车的站台附近都有民兵站岗，不允许任何无关人员靠近，行动高度隐蔽。装车完毕后，确保第二天傍晚后发车。"

我参军后这是第一次执行作战任务，心里难免紧张与好奇，不知道前面会有什么事发生，神经绷得很紧。

晚八点，军运列车准时发车，车轮与铁轨摩擦出来的哐啷哐啷声由慢到快，变成轰隆轰隆声时，列车向北方驶去。

在微弱的灯光下，我们一千五百多名高炮官兵向站台上的民兵招手告别，带着三百多件高炮等重型装备，依依不舍地离开了我们熟悉的营地。

为了保密，装在火车平板上的重型装备全部用大篷布包裹得严严实实，从外面看像一条灰白色的长龙。除汽车驾驶室内留一名战士值班外，其余人员全部钻进闷罐子车厢。没有窗户，空气不流通，白天在车厢里也不敢露面，看不见外面的一切，夜里行驶的时候更看不见，条件相当差。一路上，列车优先放行，外界看不出是军事行动。餐食主要是啃压缩饼干，夜间偶尔停车，由地方军供站供应一些茶水和馒头之类的食品，极其艰苦而简单。抖动的车厢，沉闷的空间，让战士们分不清白天黑夜，人昏昏沉沉的，困倦得不行的时候，我和战友们相互间依偎着打打瞌睡。但这样的睡眠很不踏实，半梦半醒，感觉连呼吸都很困难。这是因为车厢里人多，空气浑浊。

好不容易熬过了一天一夜，第二天夜间，透过车厢缝隙，我看到了一个站台上方有“徐州”二字。我知道，列车已经到了徐州，过了一会儿，我感到列车有向左转弯的感觉。我猜想，大概列车要西行了，究竟向哪里去？我们什么也不知道。

不管白天黑夜，车厢里都是一片漆黑，我们只能用微弱的马灯照明，听到的就是哐啷哐啷的火车车轮与铁轨有节奏的撞击声。

列车行驶了四天三夜，到第四个夜间，列车停下了，无线电报话员传来消息，通知我们准备下车。我们打开车厢门一看，是一个不知道地名的荒郊野外的小站台。不一会儿，来了一位中校军官，通知我们准备下车。经他自我介绍，才知道他是兰州军区空军作训处的一位处长。这里是兰州以西，河西走廊、戈壁沙漠一带，我们要在这里安营扎寨，担负着一个具有特殊使命的防空作战任务。

几天前在营区的新奇感消失，没有想到我们来执行任务的地方要跑这么远。到达目的地就要执行任务，说不出心里到底是兴奋还是紧张，好像什么感觉都有点儿。我还是一名新兵，心想，跟着老兵们拼命干吧，争取立战功。

短暂的休息后，我们用了一个多小时的时间，全部卸完了人员和装备，并且排列整齐，整装待发。随着指挥官红旗一挥，我们在兰州军区空军指挥官的引导下，继续向目的地开进。一路上，根本看不到人，满目荒凉，道路都是沙土，说是公路，实际上就是一片沙漠上勉强修建的一条半沙漠便道，路太长，没有机械设备，没法浇筑混凝土，所以无法将路面硬化。这条路充其量只是一个标识，让走的人不至于迷路。一路行走一路灰尘弥漫，急行军近四个小时才走了一百多公里。这时天已蒙蒙亮，隐隐约约地看到远处连绵不断的群山。指挥员说我们就是要到那远处的山头上占领阵地。又走了一个多小时，终于到了大山脚下。

那山，耸入云天。有的山体寸草不生，裸露的岩石呈现灰褐色、酡红色、土黄色、灰白色，呈绵延不绝之势。远观前面山像一幅气势磅礴的山水长卷，近观却有咄咄逼人之势，震慑人的神魂。我的家乡在苏北平原，见个小土丘都觉得很稀奇。这是我平生第一次见到这样又高又大的群山，独特的地貌使得这里没有一棵树木、一棵小草，连草木都不愿意眷顾这里，更别说是人，苍凉至极。

大部队在山脚下稍稍休整。过了片刻，兰州军区空军指挥部的同志来了，他们跟我们介绍说：目的地已到，高炮阵地必须设在三千二百多米高的山顶上。这里人烟稀少，十分荒凉。上山原本没有路，是一个多月前兰州军区专门安排了一个工兵团，用推土机、挖掘机临时造出了一条简易土路，又陡又窄，只能单车通行，不能交会。

我们才反应过来，我们的“新家”到了。我们要在这个不毛之地安营扎寨，谁也不知道归期。

我们先用一台牵引车在前面尝试着开道。山坡太陡，新修的土路脚踩下去都能留下印痕，质地很松软。牵引车刚走了三十多米，后轮就开始在原地打滑，马力加到最大，还是无法前进，趴窝了。还是兰州军区空军指挥部的同志想得周到，他们早就准备了几十台履带式拖拉机，帮助我们牵引。就这样，拖拉机在前面用钢丝绳牵引着汽车，汽车拉着高炮，费了九牛二虎之力，一台一台十分艰难缓慢地拉到了山顶。

经过一天一夜的奋斗，我团的所有武器装备全部进入了阵地。站在山顶上向四周瞭望，群山绵延，无边无际。整个西北五省区，以及内蒙古的一部分，总面积约占全国的三分之一，总人口却连全国的十四分之一都不到，但战略地位很重要。

后来我们才听到部队首长们从内部传达了一点儿消息，说我们保卫的目标是一个核武器生产基地。

我们九个炮兵连部署在一个环形的群山山顶上，群山之中是一个盆地。单我们六一五团就有五个高射炮兵连、一个高射机枪连，加上六二四团的三个高炮连，将整个核基地及周围的配套设施围成了一个环形防空保卫圈。

由于保密的原因，我们来到了这片在地图上都无法找到的地方。然而，就是在这个神秘的坐标点上，中国要在这片人烟稀少的地方进行导弹核武器试验。一群笑容灿烂的年轻军人，来到这个新的地方，一个被包、一个脸盆、一个水壶，就是我们全部的家当。我们脚下的地方后来与神秘之城罗布泊、马兰的命运紧紧相连，为共和国挺起了撑天脊梁。

原子弹试验要求百分之百的精确，那么保卫原子弹生产试验基地的安全任务也要百分之百的完成，容不得出半点儿差错。

“核武器试验”这个当时的新鲜名词，对我们这些兵来说就是天方夜谭。仅从这次秘密出征来大西北，就足以管窥一斑，更何况我们的驻防地离核试验基地有百公里的距离，对这个新鲜名词更是一头的雾水。

后来才慢慢地知道：核试验区一般有“前面（前方）”和“后面（后方）”的叫法。“前面”是指核爆区，“后面”一般是指“马兰”基地的生活区。而我们既不在“前面”，也不在“后面”，我们在生产区，驻扎的位置在山上。以核爆区为核心地带，在罗布泊核试验基地的周围布下了天罗地网，一方面防止生产区、核爆区周围的空中“猎物”；另一方面是如果有“猎物”进了生产区、核爆区，要当好基地的狙击手。

我们像隐匿在山巅上的一群鹰，在群山的制高点，不分昼夜地从山顶上俯瞰着生产区、核爆区，确保核基地安然无恙。我们只有在关键时刻才会现身。当然，我们不希望有现身的机会，否则对正在紧锣密鼓中进行核试验的将士们而言，那将是一场毁灭性的灾难。

参加核参数测量等试验的工作人员工作地点都在“前面”，也就是核爆区，但所有人的居住地离核爆区很远，在三百公里以外。我们也在离核爆区、生活区数百公里外的地方执行防空任务，防止有空中不明飞行物来干扰或袭击“前面”的核试验基地。

我们是在核基地基础工程都建设完毕，正式开始进入试验阶段才受命来大西北的。比我们先来的第一批参核试验先遣部队，在几年前就进驻核基地了，所以先遣部队官兵们所吃的苦比我们要多得多。

先遣部队在吃住上都遇到了不少困难。他们初来乍到，一无所有，住帐篷姑且可以将就，但吃是大事。路还没修好，运输不通，给生活带来了巨大的困难。他们都是各部队调来的，专门修通向核基地的道路和飞机场。

工兵某团执行修飞机场的任务。他们 1959 年 10 月秘密进入大西北，到基地的第一件事就是要解决水的问题。他们挖地窖储水，然后开始建飞机场。

生活区到核试验基地有三百公里的公路要修，有限的机械全调配修公路去了，建机场全得靠人工。这一年，工程兵们累得手脚抽筋。五公里长的飞机跑道，方圆那么大，看看都吓人。黄沙、石子、水泥全靠一副铁肩或挑或扛，一个人实在扛不动，就两个人抬。肩膀由红到肿，皮磨烂了仍然要挑，旧伤还没好，又添新伤，后来破皮的地方结了血痂，日子长了，血痕变成了黑色的老茧。

生活区离飞机场太远，况且还没建好，修机场跑道的部队只能就近居住。夏天四十几度，帐篷里晒得像蒸笼一样，热得快中暑。外面虽然晒，有风好得多，所以大家都不愿意住帐篷里，太阳再怎么毒，还是觉得待在外面舒服。

冬天风大得吓人，带着哨音的风把战士们搭的帐篷吹得东倒西歪。半夜里睡得迷迷瞪瞪的，突然觉得奇冷，才晓得帐篷没了顶，起来重搭。

工兵团的战士才进马兰基地时，许多人生了病也不去看，硬撑着不肯说，不愿意拖连队的后腿，得抢工期。

机场建了一年整才竣工。

直到第一颗原子弹爆炸以后，他们也才知道自己来的地方是在核试验基地。

为了早日试验成功，国家对核基地的投入相当大，成立了一支以军人与科学家为主的特种部队。只要是基地需要的，国家全力支持。第一颗原子弹爆炸前夕，国家开始调动全国的资源，要物给物，要人给人。理发员是从扬中调过去的，补鞋匠从苏州调，烧澡堂子的、裁缝……都从全国各地调。基地在全国范围内都成立了办事处，得到各地政府的大力支援。核基地真正是从无到有，到后来有了医院，有了食品厂。随军过来的家属们到后勤上去工作，孩子们进基地的学校。学校从托儿所、幼儿园，到小学、初中、高中、中专，老师都是从全国各地调来的。

整个60年代，国家仍然很困难，不是所有的人都能吃饱穿暖，但国家保证大西北基地的供给，真正是举国家之力来做这件大事，在当时想来，真的是不可思议。国家调动十多万人的军队力量参与核试验基地工程建设与试验。这里成了周恩来总理等国家领导人密切关注的地方，当时中国泰斗级的科学家们会聚在一起，他们制造的原子弹，是可以捍卫国家的安全，也可以毁灭人类的终极武器。

我们在基地外围执行任务的部队，虽然无缘见到这些伟大的人物，但一样能感受到他们强大的气场在身边流动。尽管生活条件艰苦，内心却非常的温暖。

基地建成后，各大军区派师级以上高级军事干部前来参观。他们临时居住的帐篷有很多，虽然离我们住的地方还有一段距离，但我们站在高处都能看到那些帐篷，非常壮观。

基地的建立，经常会受到国内外各种敌对势力的干扰和破坏。他们不仅派特务收集情报，还威胁要对我国的核武器试验工作进行破坏和空中袭击，以阻挠我们发展核武器。

1964 年 9 月，美国探得中国马上就要爆炸原子弹，他们想与苏联联手把中国的核武器基地给炸掉。这些是许多年后从美国的解密文件上得知的。结果当时赫鲁晓夫说了一句："没有我们苏联人的帮助，中国人干不出原子弹来，你们放心。"就这样，美国没有炸，我们成功了。

美国是通过卫星在天上看见我们的核基地的。当时有人说在那上面看得可清楚了，能分辨出巴掌大小的东西。也就是说，地上的人是烫头发的女人，还是一个梳分头的男人，都能看得清清楚楚。现在我国的卫星分辨率更高。

就是在这种情况下，我高炮部队奉命调至大西北担负核武器研制、生产和试爆的防空掩护作战任务。

当年由于保密的原因，我们所在的核试验基地在地图上都无法找到。然而在几十年前，这片极为神秘的坐标点与共和国的年轻军人们紧紧地联系在一起，像散落在沙漠上零星的火种，很快就能燃成燎原之势。我们这群青春洋溢的年轻人的命运从此与这个国家的命运紧密相连。

这是因为，在我们身后有强大的国家力量支撑着，任何困难对我们来说都无所畏惧。

我们保卫的这个核基地在几十年后才慢慢出现在公众的视野中，而当时对外只称为××机械厂，通信地址为××信箱。基地人员一律不准外出，进入车间必须经过三道门卡，使用三种不同的通行证。所有涉及人员不得以任何形式向外透露有关秘密和消息。基地的一切行动由中央军委直接指挥。

高层决策

广岛、长崎腾起的蘑菇云，给当时还套着几重枷锁的中国人带来巨大的压力，基本停留在农业社会的神州古国仍没有能力生产重型坦克、飞机等热能装备，而核武器的出现又会把中国远远抛在世界武器发展跑道的后面。只有以“跨代”的方式掌握具有巨大物质力量的原子弹，中国才能在国际上挺直腰板。

近代中国积弱积贫，由于没有强大的国防力量，成了任人宰割的羔羊。要使新中国成为谁也啃不动的硬骨头，真正站得住，不受人欺凌，就要有尖端武器。为加强军队建设，20 世纪 50 年代初，中央军委扩大会议提出了研制、试验核武器的任务。

1945 年 7 月美国人研制出三颗原子弹，同年 8 月 6 日一颗被用于日本广岛，另一颗原子弹在随后的第三天被用于日本长崎。美国动用了五十万人，花费了二十三亿美元研制原子弹，在当时可是个天文数字。美国总统杜鲁门说：“研制原子弹的费用足以买下整个宇宙。”

苏联在美国投下原子弹后，于 1949 年首次成功爆炸了原子弹，前后只用了五年。

那时的中国处于第一个五年计划开始的第二年，还没有形成完整的工业体系，却想搞尖端的工业科技结晶的核武器，这让美国人和苏联人很吃惊。当时的法国总统戴高乐曾说过一句话："没有核武器的国家不算是大国。"

造原子弹，是为了证明中国在世界上能取得话语权，不得已而为之。中华人民共和国成立不久，国力落后于西方国家许多年。

就冲这句话，中国领导人才下了决心：一定要有核武器，无论有多大的困难。

1955年，中央指定陈云、聂荣臻、薄一波负责筹建核工业。1956年10月，中央军委批准了聂荣臻提出的"自力更生，力争外援和利用资本主义国家已有的科学成果，发展我国核武器、导弹事业"方针。

从萌生为发展"两弹"事业开道，到不遗余力地上下奔走，请钱学森出山，广泛物色发展"两弹"新技术的人才，再到参与对苏谈判争取发展新技术的外援，在中国"两弹"登场准备的全过程中，陈赓付出了辛勤的汗水，展现出他的大将风度。

中苏协定签订后，"两弹"事业的发展又进了一步，许多工作迅即开展起来。苏联专家即将来华，有些工作要早做准备。"两弹"试验靶场和原子武器储存仓库的选址定点及建设问题已提上工作日程。陈赓除参与研究外，还为靶场和仓库的主管人选物色对象。

陈赓为国防科研战线大力培养人才之事，聂荣臻直到晚年写回忆录时仍念念不忘，说："陈赓同志是我们党内热心科学事业的老同志。"并称赞陈赓以高度负责的精神，源源不断地为国防科技事业培养了大批研究设计人才。

《中苏国防新技术协定》实行后的一年多时间里，协定执行得比较顺利。从1957年年底开始，苏联相继运来了几种导弹样品及有关的图纸资料和工程设备，派来了几批技术专家。刚开始这些专家大多态度比较好，对中国科技人员熟悉情况、掌握技术，在原子能、导弹、火箭和作战飞机、试验基地建设等方面，提供了一些帮助，使中国科技发展的前进步伐加快了速度。

但是，陈赓心里非常清楚，“从根本上说，不能奢望苏联会把最先进的技术提供给中国。在国防新技术产品上，若认为苏联会对我们毫无保留地支持，那是太天真了”。所以，他对哈军工领导干部说：“国防新技术协定是签了，但我们工作总的指导思想还是自力更生为主，争取外援为辅。你们不要完全依赖那个‘大公无私的援助’，苏联给我们的东西，都是我们花钱买的。他们有许多资料不给我们，先进的实验室不让我们看，有些东西不是现在的装备，都是他们用过的，不是最先进的。当然专家来了，我们还要好好关照。多知道和了解一些情况，总比我们自己从头摸索研究好嘛。‘自力更生’不是说不吸收别人好的东西，美国等西方国家的资料和技术我们也照样用。”

1958年9月，苏联援建的7000千瓦实验性重水反应堆和1.2米直径回旋加速器在北京建成，中国的核武器研制加快了步伐。

为了适应仿制苏联几种导弹和研制原子弹的需要，当务之急是建设研制基地、导弹发射基地和核试验基地。研制导弹、原子弹，要建立大型的试验基地。基地需要大量技术复杂、精密度要求很高的仪器设备。由于试验这两种武器的特殊要求，试验基地又必须建在没有人烟或人烟极为稀少的大漠戈壁地区。因此，建设试验基地的复杂性和艰巨性，不亚于研制“两弹”。

为了安全，要建一个无人区的试验基地，一切都是白手起家。此时，苏联专家根据高空气象资料分析，由于风向原因，原选定试验中心区的高空风向为自西北吹向东南，敦煌地区处于其下风，为此正式函告中方建议将试验场区改到新疆罗布泊地区。

1959 年 3 月 13 日，中央军委正式批准核试验场定点在罗布泊西北地区。

由陈赓点将，张蕴钰成为第一任核试验基地司令员。他带领大部队进驻罗布泊时，在当地人称作马兰滩的地方，捧起一束马兰草，倾吐满怀诗情，“万顷黄沙一点蓝”，就在这里安营扎寨吧。

张爱萍将军从朝鲜回国后，担任人民解放军副总参谋长，由他主持核武器试验工作。这位著名的将军诗人给这儿起了个极富诗意的地名——马兰。从此，“马兰”这个闪烁着特殊光芒的地名被载入中国甚至世界核试验的史册。

于是，在马兰这片贫瘠荒芜的土地上，张蕴钰等人带千军万马创造了惊天动地的业绩。他在这里参与组织指挥了中国首次原子弹、氢弹、核导弹等科研试验任务。

然而就在中国研制原子弹进入关键时期，中苏由于意识形态方面的分歧导致两国关系的破裂。1959 年 6 月，苏联以与美国、英国举行部分禁止核武器会谈为由，单方面撕毁中苏合作发展核武器的协定。并于次年 8 月，撤走全部专家，带走了重要图纸资料，停止供应设备材料，给正在进行中的中国核武器研制工作造成了巨大的损失和困难。

苏联背信弃义，加上国内正值三年困难时期，更是雪上加霜。

但原子弹试验绝不能因为这两大困难半途而废。在这紧要关头，中共中央毅然决定：自己动手，从头摸起，准备用八年时间把原子弹研制出来。

苏联拒绝提供原子弹教学样品的那天是1959年6月，从这天起，中国人决定自力更生造原子弹，并把这“596”三个数字作为第一颗原子弹的代号。

1960年夏天，中央军委命令陈士渠将军率领中国第一批工程部队进入罗布泊，开始了中国第一个核试验基地的工程建设。同时，中央在7、8月份召开工作会议，讨论克服面临的严重困难，发展国防科技特别是尖端技术的问题，提出要“埋头苦干，发愤图强，自力更生，奋勇前进”，并采取了一系列重大措施，使我国在核武器试验研究方面取得了一系列重大突破。到1964年春天，我国终于全面突破了原子弹的技术难关，取得了原子弹研究方面的巨大成就。

许多科学家为了原子弹试验，隐姓埋名，坚决完成党交给的任务，直到去世。技术人员为了确保万无一失，对每个操作步骤、每个动作都是反复演练，甚至拧螺丝应该拧几圈都要烂熟于心，安插雷管、引爆的环节就更不必提了。

在核武器研制试验过程中，工程技术人员需要阅读大量的外文资料，可是许多人不懂英语。那时候连图书馆都没有，找英语资料非常困难，即使找到了还要从头学起。

中国人下定了决心，中国必须坚定不移走自己的路，以实际行动回击了少数大国的阴谋。经过广大科技人员奋发图强，进行了千百次试验，1964年6月6日，经过爆轰模拟试验，胜利实现了预先的设想。

沙场磨炼

20 世纪 60 年代的大西北，一片荒凉。我们面临的最大问题就是严寒、风沙和缺水。冬天时间长达四至五个月，气候寒冷到零下三十多摄氏度，天寒地冻，真是滴水成冰，呵气结霜。早晚温差特别大，战斗部队还要部署到山顶上，温度更低。没有房子住，住在双层的棉帐篷里，再加上一个煤球火炉，仍然抵挡不住酷寒，还是冻得晚上睡不着觉。白天在外面执勤，必须全副武装，头戴垂耳的栽绒帽，脚穿大头毛皮鞋，身着羊毛绒皮大衣，好厚好重。同志们开心地说，重在身上暖在心上。

大西北树木稀少，风沙肆虐，当地老百姓形容"风吹石头跑"，当然有点儿夸张，但风沙满天飞确是习以为常。

我们执行任务的地点在山顶上，海拔三千二百米，比地面要冷得多，风沙也比地面上大得多，吹得人难以站立，睁不开眼睛，要猫着腰拄着拐棍走路。人在风沙中行走，远远看上去，像在天上飘，像雾又像风，但张嘴说话就有沙子跑进嘴巴和鼻孔里。

什么样的环境造就什么样的人，这话一点儿也不虚。比起打头阵的部队，我们的生活环境还好了许多，但我们刚去时还是对沙漠地带的野外生活很不习惯。当兵的人适应能力强，时间久了，从不习惯到习惯，习惯到把饭菜里的沙子当成美味大嚼大咽，眼睛也不眨一下。

哪怕是到了雨季，大西北的雨量都很少。有人说，干枯的大西北，水比油还要贵，这话并不虚。

部队用水全靠汽车从山下很远的地方拉上去，供应量少得可怜。要优先保证炊事班的烧饭做菜用水，干部、战士每人每天只能供应一脸盆和一茶缸的生活饮用水。冬季用水要比夏季困难得多，洗澡洗衣服根本无法解决。

干旱缺水，空气干燥，对部队干部战士的身体造成严重伤害。最突出的就是鼻黏膜干裂，经常流血不止。还有就是维生素C严重缺失，造成手脚指甲盖内凹外翻，形成指甲周边出血，而且碰到硬物就疼痛无比。指甲很难好，冬天早晨起来要发动车子，用手摇柄摇，手指头上的血往下直滴。每个人的皮肤都很干燥，嘴角干裂出血，讲话都疼，吃饭喝水更疼，但总不能不吃不喝。所以吃饭的时候，嘴角上的伤会破，血流到饭碗里。皮肤都糙得不成样子，开裂得很厉害，稍微用点儿劲就淌血珠子。我们最好的护肤品是歪歪油（一种装在河蚌壳里的护肤霜），这种油对我们来说也很金贵，只在裂口子的地方抹一点儿，舍不得多用。

好不容易挨到夏天，天公开始可怜大地上的人，终于遇上第一场并不算太大的雨。大家高兴得像过年一样，真正是久旱逢甘霖，一个个把衣服脱得精光，就在露天里用雨水冲身洗澡。年轻的战士们一边在雨中冲澡，一边打闹嬉笑，随便开着彼此的玩笑，那个欢乐的场面至今记忆犹新。

我们六一五团有个高射机枪连，他们的阵地最高，无法修筑上山的路，汽车上不了山，只能将机枪拆件分解后靠人力拉和肩膀扛进入阵地。他们没有办法用汽车拉水。办法总比困难多，他们向老百姓借了一头小毛驴，弄了一个水罐放到驴车上，从山下拉水上山。一个水罐只能装二百多斤水，就这样靠驴车一趟趟往山上拉水。

天寒地冻黑夜漫长的隆冬，战士们每天起床都要经历一番思想斗争挣扎着起床。打开帐篷的帆布门，一条通向山下的崎岖小路上，清晰的车辙或毛驴蹄印子被青霜覆盖。上山的路很陡，小毛驴显得力不从心。三个战士，一个人在前面牵着小毛驴的缰绳掌握方向，两个人在后面稳住车上的水罐，最重要的是要帮疲惫的小毛驴搭把劲。后面的两个人显然很吃力，要用手或肩扛着水车往前推。三人一驴可谓是使出了浑身解数，像蚂蚁爬一样负重前行。

同样负重的小毛驴眼睑低垂，又长又浓的睫毛半遮着水润润的瞳仁，眸子里的光是那么的温善，长长的瘦驴脸，嘴唇上绒扑扑的粉白。小毛驴像战士们一样在上山的路上忘记了疲惫，只知道往前迈步子。它不知道战士们是来执行重大防空任务的，每个战士的肩上都有重担，就像小毛驴背上的重负一样，都是责任。如果不是来到这里，小毛驴应该优雅地站在一条清澈的溪边，小蹄子淹没在带着露珠的草地上，举着它花瓣一样的嘴唇，低头饮着清澈的河水，咀嚼鲜嫩的青草。可是帮我们拉水的小毛驴，不仅没有青草吃，更不可能有清水喝。战士们都没得喝，它更没得喝。它吃的只有几把干草、一小把黑豆。哦，住在山顶上的战士们，没有大米吃，只能吃粗粮。黑豆简直是奢侈，人都没有黑豆吃，喂驴也只是偶尔为之。小毛驴是帮人拉水的重要劳动力，不吃饱了，它拉不动。它要是趴窝了，喝水就成了天大的问题。专门照顾小毛驴的战士和它相处久了，熟悉小毛驴的身体语言，知道什么时候喂它几颗黑豆，以加强营养。喂豆的时间一般都是在夜里，白天它要干活儿。那黑豆是要数着喂的，看它吃光手上的最后一颗黑豆才敢离开，生怕它浪费了珍贵的黑豆。

毛驴拖着沉重的水车，心无二志地迈着步子，拉得直喘粗气，口吐白沫，一点儿也不优雅。三个战士推拉得满头大汗，头上开始冒热气。这个人驴组成的团队，全在用蛮力。小毛驴很听话，不需要战士们催促，低着头，把步子调整到最佳状态，身子绷得很紧，脖子上的毛直立起来。战士们看到小毛驴累得快瘫了，就拼尽全力帮它。尽管如此，小毛驴的承重能力还是超过了极限，它累了，想休息，开始不停地放屁。它放屁也就罢了，在半山腰上，只能前进，无法后退，小毛驴肚子里的尿和粪跟着屁像子弹一样飞溅出来，喷到后面两个推车战士的脸上，臭得快让人窒息。

两个人顶着一脸的驴粪，用衣袖擦擦脸，赶着小毛驴继续走路。拉一车水上山太不容易了，哪舍得用水洗脸。小毛驴放光了屁，屙光了屎和尿，终于可以轻松上阵了。虽然弄了一脸的脏，好在车上的水安然无恙。大家一齐发力，好不容易把水拉到营地，总算松了一口气。

世界上的万事万物都非常微妙，矛盾往往都是“双刃剑”。严寒、风沙、缺水，给我们的生活和执行防空任务带来了极大的困难，但对于勇往直前的军人来说，这些困难也是一种磨砺，有了这些磨砺，才有了今后的精进。

大西北防空作战那会儿，我担任驾驶员工作。最头痛的事是冬天出车，零下三十多摄氏度，发动车辆就成了大问题。如果上午要出车，驾驶班的全体同志凌晨四点前就要起床发动车辆。我团装备的汽车都是苏联的嘎斯 51、63，吉斯 151、157 等车，这些车辆发动都靠手摇柄人工摇动。刚开始摇时，不能打开点火开关，全班司机先要轮流摇上一个小时，给发动机和机油进行预热。摇车是个苦活儿，两腿叉开，像练气功蹲马步那样，整个下盘要扎实，然后把全身的力量集中到手臂上来，使出吃奶的力气摇手柄。一个小时摇下来，再冷的天都是满头大汗，内衣湿透。一边摇，一边还要预测点火的时间，等到摇得差不多的时候，将点火开关突然打开，一下子就发动着了。发动起来后才能往水箱里加水，而且要加热水，否则边加冷水边结冰，会把水箱冻坏。

有时出车任务紧急，为了缩短摇车时间，驾驶员们把炭火盆放在发动机油壳底下，给机油加温，机油升温稀释了就可以摇车发动了。但用火盆烤发动机油壳风险很大，火小了起不了效果，火大了容易引起火灾，如果油箱烧起来，瞬间就会爆炸，那就是车毁人亡的特大事故。因此在用炭火盆给发动机油壳加温的时候，我们每个人心里都捏着一把汗。现场经验再丰富都无法预测风险系数，如果因为我们操作失误引发火灾事故，那肯定是惊动全团的特大事件。

我们一边急于求成，一边在心里默默祈祷：千千万万，不能出豁子。否则，我们真的成了罪人。

摇车也有危险，用手摇柄摇车就是通过摇动手摇柄带动发动机曲轴转动，曲轴转动的过程中，每转一圈就可以完成进气、压缩、点火、排气四个冲程。当摇手柄摇到压缩最高点的时候，点火开关一打开，汽车即刻发动。但有时候摇手柄摇到的位置与点火开关打开的时间不一致，就可能出现反火，就是曲轴自动反转，摇手柄就会反转伤到人。

摇车不仅是体力活儿，更是技术活儿，要心手如一，一鼓作气，凝神贯注，心里千万不能作慌，还要学会用巧劲儿。如果太下狠力，就会过了头被反转的回力打伤打残。刚开始摇车时是经常被反转的力量打到手臂，我也被打过许多回，手臂上青紫一大片。好在我还算机灵，反应灵敏，慢慢开始不断地总结经验教训，摸出一套摇车的经验出来，后来再没有被打过手和脸。但我们驾驶班有好几名战士被手摇柄反转的力量打成轻伤或重伤，手臂上瘀青累累，脸也被打肿。零下三十多摄氏度的天气，外伤本就很难愈合，又添了冻伤，疼得钻心。手臂有衣服护着，脸露在外面，戴口罩也无济于事，结果生了冻疮，整个冬天都无法好起来，一直到天暖和了才结痂愈合。痂褪尽后，皮肤上留下很深的疤痕。

更危险的是在冰雪地驾驶。大西北的高山上下雪，冬季的积雪时间长，每年在雪地驾驶长达半年之久，在结了冰的雪地驾驶非常艰难危险。白茫茫的山体，住在山巅上特别寒冷，山头上像戴了无数顶白帽子，到处是白色的，山路上的标识被雪遮盖，看不清道路在哪里。人在雪地上走如履薄冰，更别说是开车。那时大西北的公路边几乎没有行道树，车开到沟里是常有的事，好在大多数路边的沟比较浅，一般只要挂上前轮驱动挡就可以一跃上路了。在结冰的路上驾驶，不仅轮胎打滑，车轮空转，车辆原地不动直打战，而且最危险的是在冻雪路上紧急制动，遇到紧急情况一踩刹车，汽车必然会发生横滑，或者原地打转掉头，或者直接翻车下沟。

我曾碰到过一次，紧急制动后，车辆原地转了三百六十度。好在公路是在沙漠地带修建的，路面与沙漠连成一片，加上路上空无行人，也无来车，汽车转了一圈后，原地停下，安全无事，但还是吓出一身冷汗。

在大西北的野外山地，遇见狼群是常有的事。有两次与狼共舞的事记忆犹深。

一次是在一个深秋寒冷的夜晚，我背着苏式54冲锋枪，独自一人在一个大庙前站岗。大庙是一个空房废庙，没有和尚，我们一个排的战士在大厅里宿营。我站岗警卫的目标是庙前排列整齐的十四台汽车和全排战士的安全。大庙位于两座土山交会的山沟处，周围数十里之内空旷无人，一到夜晚就是野兽，特别是狼出没的地带。

这天夜里两点至三点轮到我站岗。从热乎乎的床上爬起来，穿上毛皮大衣，用皮带束紧腰。月光皎洁，寒风飕飕，在耳边打出哨音。远山深处的狼嚎声顺风传向哨所，阵阵催耳。刚出门就听到狼嚎声，我的心不自主地抽了一下，总感觉各种魑魅之物随时会出现。我把哨位选在大庙前围墙的右侧，背靠着围墙。身后有一堵墙做靠山，万一有情况发生，也不至于四面楚歌，面前可以环顾左右和正前方。为了给自己壮胆，我打开冲锋枪保险，把子弹上膛，处于击发射击的位置。过了约莫二十分钟，狼嚎声不再是在远方的山谷里，而是离我所在的哨位越来越近，越来越近，近得可以听到它们的奔跑声、喘息声。我觉得是自己内心的恐惧引起的幻觉，也许它们离我尚远。事实上，这并不是我的幻觉，狼群真的来了，因为我看到了朦胧的月光下，由远而近的绿莹莹的光。有许多绿莹莹的光在山谷里跳跃，像我老家坟茔堆上的磷火，像老人们口中常说的鬼火。

就在我胡思乱想的当口，它们真的来了，越来越近，越来越近……一群狼从我右侧的山坡上簇拥而来，它们是一群饿狼，能感觉出它们的嚎叫中带着很不耐烦的杀气。它们一定嗅到了我这个人的气味，一定在不远处观察了我很久才决定冲过来。

在它们冲过来的一刹那，我的大脑停止了思考，恍惚成一片空白。

借着月色，狼群刚进入我视线的时候是一片黑暗，等到近处时，我惊得连大气也不敢出。起码有二十多只狼，壮硕得很，头狼更加高大，威风凛凛。

长这么大，我只听说过狼，在书里读到过描写狼的文字，看过书上狼的照片，从来没有遇见过真正的狼，更要命的是狼群。领头狼已经到了我的正前方，它披着一身灰白色的毛，脸很大，眼里的光像两把刀子射向前方，离我只有七八米。我把呼吸控制得紧紧的，丝毫不敢出声，手里的枪握得紧紧的。我站成了一尊雕塑，拼命地控制自己吸气。对，只有这样，才能不被狼攻击。

听当地老百姓介绍，遭遇狼群不要紧张，千万不要主动出击，你要是攻击它，它们会群狼拥上，把你咬伤撕烂……你不主动攻击它吓唬它，保持绝对寂静，也许它会与你相安无事。但是猪、羊、鸡、鸭等动物与它相遇，就不会那么幸运了。

尽管这样，我还是做好了与之搏斗的准备。虽然我有枪，但听当地猎人讲，对狼群开枪是要倒霉的，只要你伤了其中一只狼，其他狼便会一拥而上与你拼命的。所以我只能屏住呼吸不敢出大气，安静而又焦急地等待着，以静制动。

在狼群面前，我在它们的眼中可能太渺小，渺小得不堪一击，特别是对一群西北的沙漠狼来说。狼的凶悍、残忍、智慧和团队精神，狼的军事才能和组织分工，曾经是13世纪蒙古军队征战欧亚大陆的天然教官和进化的发动机，它们的智慧若是和人类的智慧相比，恐怕人类是望尘莫及的。许多时候只能模仿它们，并不能超越它们。

领头狼带领狼群快速向我的左前方冲去，我的大脑还来不及反应，它们就从我面前擦身而过。那么冷的天，我的身上热汗涔涔。

那天夜里，如果我动弹一下，肯定成为这群西北狼的活靶子，手里的枪都来不及射击，就会被它们三面夹攻，撕成碎片。狼的团队精神比人类高出许多，其凶狠程度不亚于部队的一个加强连，人类的血气性永不及狼。人可能还会有怜悯之心，在弱小面前会犹豫得丧失自己的意志，可是狼不会。

西北狼因喜欢夜间活动，又名夜月狼，性情凶猛，稳健机智，锲而不舍，在中国狼中属于体形大的一种，强壮的背部和腿部肌肉很适合长途奔跑。

在它们经过我面前的时候，旋起一阵风，这股风里带着杀气和血腥气。我只敢用余光斜视，领头的那只狼似乎朝我望了几眼，高大挺拔的它神态坚定，耳朵直立向前，尾巴竖得高高的。它可能没有发现我这个猎物，所以才没露出愤怒的牙齿，对我这个“木头桩”只是好奇。它从远处默默地观察这根“木头桩”时，发现并不是猎物，也许很失望。

西北狼代表着大西北，西北人在外闯荡的精神，就是从西北狼身上学到的。聪明的狼有时候比人更神。狼无须抬头，用鼻子和耳朵就能知道猎物在什么地方。幸亏我穿着厚厚的大衣，戴着厚绒帽和口罩，只有两眼露着，才没有让它们嗅出活物的味道。为什么马背上的民族不把马当成图腾，却把马的敌人——狼，作为图腾，因为狼比马的生命力、抗争力、智力和血性更强大。

在我刚刚当新兵的那年，在安徽蚌埠军营周围的山沟里也曾听到过狼嚎，但没有看见过狼。和西北狼的嚎叫比起来，南方的狼远不算是真正的狼，甚至有些奶声奶气的，像长箫，像薄簧，像小钟，像牧童吹的短牛角号，尾音不断，余波绵长，有些矫情。西北狼的嚎，也许是恶劣生存环境下由于捕猎的心急，它们的叫声多亢奋而激越，底气很足，均匀平稳地拖着长音，拖啊拖啊，一直将一腔激情全部用尽为止。然后，再狠命吸足一口气，继续长嚎长拖，像西北秦腔里的“哭腔哀调”。头狼通常率先调好这个音腔的哀调，众狼跟进。它们站在山巅摆开架势，面向群山，把内心的狠劲拼尽全力通过这种“鬼哭狼嚎”的方式表达得淋漓尽致。

狼的语言谱系，比人类的语言复杂多变，它们通过声音传递喜怒哀乐，也传递敌情。西北狼就是以这种先声夺人之势征服恶劣的生存环境，征服一切弱小，运用超级的智慧屹立在大西北。

多少年以后，我听到草原上的歌唱家腾格尔的歌，就会条件反射地想起在核基地站岗时遇到西北狼的情景，那一夜的场景一遍遍地在脑海里回放。大西北蒙古草原上的民歌风格正是源于这荡涤尘埃的狼嚎。我永远无法忘记狼的眼睛在暗夜中的绿光，阴森森的，像磷火，又像黑暗中的探照灯，绿莹莹的光能驱逐黑暗，能照见弱小，能征服世界，能激发每个活物内心的潜能，只有冲出去，才能挽救自己。

我们这群士兵，需要的正是这种狼的刚韧、果敢和冒险精神。

这二十多只西北狼就这么从我身边招摇而过。头狼一路嘶嚎，余音悠远，像是在对它的兄弟们说："兄弟们，快跟上我去抓黄羊，今夜又可以饱餐一顿了……"

我没想到的是，后来再一次遇到狼群，可没有这次这么幸运。

那一夜我带着一个驾驶班共两台车十个人，到青海湖周边的公路上进行一周的夜间驾驶训练。那个年代，这里既没有柏油马路，更没有高速公路，只有沙漠中的沙土路。我们在夜间驾驶的第三个夜晚，正逢中秋，月正圆，明亮的月光洒在沙土上，晶亮的沙粒反射出微弱的光。这给我们进行夜间闭灯驾驶带来了很好的条件，既不担心碰上障碍物，又不担心掉进沟里翻车。

这样一个美丽的夜晚，我们压根就没想到会与西北狼狭路相逢。事情往往就是无巧不成书，越是害怕的事越是可能发生。刚上路行驶了半个小时，嗷嗷的狼嚎声就从前方的山沟里传来，我们预感到要碰上狼群了。我告诉大家不要害怕，不要紧张，每个人把冲锋枪子弹上膛，既准备应付突然情况，也为自己壮胆。

就在我们把子弹上枪膛，做好了必要的准备时，约莫十分钟不到，黑压压的一群西北狼，少说也有三十只，沿着公路向我们的车前方扑将过来。我们吓得赶快停车。快到车前三十米左右，领头狼一声嚎叫，群狼很快放慢脚步，而且很快地前后交错，排成一个大大的"八"字队形，路中间只留下一米左右的空隙，摆开了要与我们决斗的架势。我心想，这群狼真是训练有素，它们是想两面夹攻消灭我们。

领头的狼在“八”字形队伍的口子上，它像个军中大将稳坐大帐中，从后方发指令。它想让势力稍弱点儿的狼打头阵，等它们力气用得差不多的时候，再带领中坚力量直扑过来，取得最后的胜利。

这样的招数狼早已无师自通，比我们老祖宗的孙子兵法还绝。往往越是狠的角色，在关键的战斗中越是要懂得藏得住气，越不能把自己的底牌亮给对方，否则给对方识破天机，胜算的可能性就会变小。

我们很清楚，西北狼的报复性很强，最好先别抢在它前面出手，否则后果不堪设想。所以我们虽然有武器，但丝毫不敢贸然行动。我还像上次遇到狼群一样，以静制动，千万不能自乱阵脚。我悄悄地向战友们传话，不要害怕，装作若无其事，以不变应万变，但要做好战斗准备。若是狼群开始攻击，我们立即与它们一拼死活。

我们在车里，只要不出来，它们只能跟我们干耗着。只要能熬到天亮，大部队发现我们一夜不归队，肯定会来寻找，那我们就能闯过狼关。再说，等天大亮了，狼群会自然散去。我想它们没这么大的胆子在光天化日下行凶，它们也怕我们人来找麻烦。

我们和狼群都在自寻活路。我更希望像上次在庙前遇到狼群一样：大路朝天，各走半边。我甚至在希望今夜遇到的还是上次夜里遇到的狼群。

我还是太天真了，总把狼想得跟人一样好，这怎么可能呢？那天只是天赐的一个意外，我这个人的确是从二十多只狼的鼻子底下“溜了”，是它们一时大意放了我一马。

看狼摆下的“八”字阵，我感觉今天不可能有那夜那样的幸运，一场恶战正一触即发。

这种两相对峙中的安静让我感觉像快要死了一般。几个战士握枪的手分明在颤抖。他们从来没见过狼，况且是这么多的狼。

就凭我们有汽车，手中有枪就能“不战而屈人之兵”吗？可狼群的“八”字队伍分明是想将我们十个人、两台车给一锅端了。头狼是统帅，最不好惹的主儿。

在大西北沙漠地带，狼群像幽灵鬼火一样，来无影，去无踪，常闻其声，常见其害，却难见真容。狼越是诡秘，人对它的想象力也越丰富和神奇，人若是能遇见狼，见到与自己不一样的异类，无论多么丰富的想象力，都无法窥探到一只狼的心思。

三十多只狼，六十多只眼睛在观察车里的我们。它们的确以绝对优势抢占了高地。还没有开战，首先在数量与气势上，我们就输给了它们。

它们在等待着收拾我们的一场大戏，这个舞台就在皎皎的月光下展开。对付如此强大的狼军团，我们无法预测结局。

第一次遇见狼，我还没有机会细细打量狼的样子，这次躲在车里，终于可以近距离观察狼。透过车窗玻璃观察狼群，发现它们就是一支训练有素的特种兵。它们没有武器，但它们的身体就是最强悍的武器，从皮毛武装到牙齿。它们的耳朵很有意思，像探测仪一样，尖尖的，有点儿像勺子的形状。西北狼的眼睛长得有点儿像京剧演员化妆化出来的吊眼梢，这种“吊睛”给人的第一印象就是刚毅、智慧、强悍，也有点儿恐怖。造物主把狼塑造成这样，所以狼在人眼里向来就没有好名声，与狼有关的词语也变得冷血，比如狼心狗肺、狼子野心等。狼天生就是吃人不吐骨头的种，看着狼的眼睛，我感觉后背脊直冒凉气。那“吊睛”像有毒的钩子，能把人的心给钩挖出来吃掉。狼的眼睛就是杀人的武器，然后才是牙齿。如果一个人敢与狼对视而不畏惧的话，那这个人就是手无缚鸡之力，他也不乏为一名顶天立地的英雄。

就这样，我们在极度紧张的气氛中对峙了近一个小时，双方的目的只有一个——求生。

这不是暮春三月，羊欢草长之时，而是北方天寒地冻之时，狼饿人乏，谁人能饲狼，人心怜羊，人心独怆，天心难测，世情如霜。狼要饱，我要逃命，这本身就是一个矛盾体，我们和狼成了天平上的公理。在狼眼中，我们就是羊；在我们眼中，狼就是杀手。

寒冷的月光让我们的心越来越冷，而狼群没有半点儿退缩的迹象，双方都站在一条冰冷的火线上。就在我们心神忐忑不安、六神无主时，老天似乎来助我们，在汽车后方隐约传来汽车发动机的轰隆声，那救命的轰隆声如同天赐，越来越近，越来越近，直到近在眼前。

真是老天开眼，几分钟后，汽车真的来了。我们车上的十人欣喜但不敢若狂，悄悄地等待着救星的到来。

随着距离越来越近，我的天，不是来了一台车，而是三十多台，全是清一色的解放牌运输车，车上装满了棉帐篷和一捆捆的棉被冬衣。

绝顶聪明的西北狼比现实中的某些人还会审时度势。我看到头狼的眼神开始萎靡，狼群开始骚动不安，原先两面夹攻的阵势开始松动变乱，狼队伍的纪律开始涣散，有几只年轻的狼开始跳出队伍，夹起了尾巴，眼睛里露出惊慌之色。铁桶一般的“八”字阵形变得支离破碎时，头狼发出一声低沉的嘶吼。它是在通知大部队撤退，如果此时再不识时务，来救援我们的车队肯定会像它们刚才围攻我们一样围攻它们。

头狼的一声嘶吼起到作用，它率先往我们车队相反的方向奔驰而去，众狼尾随而去。像一片灰白色的雪浪花，三十多只狼慢慢地消失在我们的视线中，卷起一片烟尘，远方的山谷里重新响起了悠扬的狼嚎声。

是的，这一场原本一触即发的人狼战争还没有打响，就这么烟消云散，这是我们和狼群都没有想到的，真的颇有戏剧性。一直到几十年后的今天，每每想起那个关乎生死的夜晚，我的心智与坚韧好像就是在那一个小时内成熟的，包括后来到越南战场上面临的种种危险与困境，我都能从容面对，与那天的夜遇狼群有关联。凶悍的狼激发了我内心的某种潜能，让自己的内心不断强大起来。

这样的经历又何曾不是如同天赐。它们想通过原始野生的洪荒之力来战胜我们的时候，我们又巧遇救兵震慑住了它们。这个弱肉强食的世界就是如此。

我们遇到的车队是兰州军区汽车运输团的，他们负责执行向青海西藏边防部队输送越冬物资任务。他们人多车多，声势浩大，在危难之时救了我们这十个人。兄弟部队看到我们两辆军车落单，知道我们肯定是遇到了什么麻烦，不是碰到猛兽拦路，就是遇到山里的土匪拦劫。他们常在这条线路上跑，非常有经验，看到我们落单的车时，把三十多台运输车的大灯全部打开，喇叭齐鸣。那一夜，一百多米长的车队在公路沿线灯火通明，如同白昼，喇叭声震耳欲聋。就是这场声势浩大的救援吓退了称霸大西北的西北狼。

世上的万事万物都很奇妙，在大西北恶劣的环境中，也曾遇到过在我们南方人看来匪夷所思的稀奇事。北方干旱缺水，气候干燥，但当地百姓自有办法。在冬季下雪时，他们每家都挖了不少地窖藏雪，一户少则三四座，多则十多座，冬天藏满雪，压得严严实实的，夏天雪化了就变成纯净水。据老百姓说，雪窖是财富的象征，雪窖越多，这家人就越是阔气。姑娘嫁人时，首先要看看这家拥有多少雪窖，能找到雪窖较多的那一户人家的小伙子，父母就比较放心、开心。

都说一方水土养一方人，既来之，则安之。我们从不适应到慢慢适应只经历了短暂的时间。我们长期驻扎在山顶上的连队开始效仿当地老百姓，每个连队挖了五六个雪窖，这样就能解决部分人的用水困难。

干旱干燥也有个好处，像蚊子和苍蝇就无法立足。在大西北的三年中我几乎没见到苍蝇、蚊虫，也很少发生这些害虫侵袭带来的传染疾病。

说来也怪，大西北的奇特气候让人难以置信。当地有个流行谚语，叫“早穿皮袄午穿纱，手捧铜炉吃西瓜”，说的是一天中经历四季变化，温度相差极大。就在这种气候条件下，竟然长出味道十分甜美的西瓜和白兰瓜。在防空作战的间隙，我们也常到老乡的西瓜地里去考察考察。发现西瓜地里都盖上了一层鹅卵石。又听到老乡们口中的谚语：“一块石头四两油，没有石头长个屎。”才知道鹅卵石是压土的（防止大风吹走土壤），也是防晒的（防止水分蒸发），细想起来，还真有点儿科学道理。

大西北的瓜有两种：一种是正品西瓜，又大又甜，味道纯正。这种西瓜价格也不贵，每斤只要三分至四分钱。西瓜上市时，我们班人人出份子钱，集体去百姓田里采购二三十个西瓜放在床下面，训练回来后，开上两个，大家一饱口福。对我们而言，这算是在大西北生活最幸福的事。还有一种西瓜，老乡们称之为“打瓜”。“打瓜”的味道可差多了，只能解解渴，并不能解馋。但老乡们种它，不是给人们吃瓜解渴，主要是收取打瓜的瓜子。打瓜的瓜子大而丰满，瓜子特多，一个打瓜能收取二两至三两瓜子。瓜子经干炒加工后，特别香脆，是人们休闲聊天的最佳食品。这种“打瓜”不上市卖，成熟时就动员人们到地里面吃，吃完了把瓜子留下就行。在训练闲暇时，老乡把我们当兵的请到他们地头，每人只收五分钱，你就放开肚皮吃吧。不过肚皮再大，也顶多能吃两个至三个打瓜。一吃起来还真的没有底，吃得肚皮圆滚滚的，挺着大肚子走路，腰都弯不下来。战士们调侃地说，我们成了廉价的“瓜子机”。大家吃饱后笑着和老乡们道别，有了时间再到田里吃，心甘情愿做“瓜子机”。

在大西北吃饭也很纠结。我们部队的人绝大部分来自华东地区，那里主食以大米为主，辅助些面食，副食以豆菜、肉类为主。而在大西北压根儿就没有大米，主食是清一色的小米。那时的小米是原始的，未经过改良的品种，做成的窝窝头吃起来非常粗糙，难以下咽，但我们还是忍着往下咽，咽得眼泪水滴到碗里头。副食品更是奇缺，基本上是单一的土豆。不吃吧，肚子饿得慌，吃吧实在是没有胃口，难以进食。白天活儿重，累得本来胃口就差，伙食又让人舌头发毛，许多人得了口腔溃疡。那时基地才刚刚上马，离步入正轨还差得远，干部、战士都苦，能把肚子填饱了就算不错了，没那么多讲究。后来据说中央军委知晓了这个问题，为了照顾我们这些执行特殊防空作战任务的华东兵，在

20 世纪 60 年代初三年困难时期、国家物资十分匮乏的情况下，专门从上海、江苏地区运来了大米和蔬菜。但是数量有限，部队只能安排在星期天和节假日作为改善部队伙食的举措。战士们把吃到一顿大米饭和时鲜蔬菜称之为“过年”。

部队是座大熔炉，艰难困苦就是忠诚和意志的磨刀石。1965 年 7 月，我光荣地加入了中国共产党，介绍人是我的班长李训举和副班长马万年。

惊天一爆

中国发展核武器，引起了西方世界的一片哗然。他们千方百计收集情报，搞敌特破坏，进行空中威胁或打击。因而，防止敌人空中威胁和破坏是我们高炮部队的首要任务。

敌情就是命令。就在我们进驻防空阵地一周后的一天上午九时许，从远方雷达发现，美蒋从台湾某机场起飞的 U－2 高空侦察机穿过台湾海峡，正向我国大西北方向飞来。空情警报突然响起，军命如山倒，全团各个炮连全部进入一等临战状态。随着指挥员“各就各位”一声口令，“513”远程雷达和炮瞄雷达都已开机搜索目标，指挥仪和高炮都与雷达联动，随时接收和调整射击诸元，准备战斗。两个小时后，敌机临近，但飞行高度太高，在两万米以上，我高炮无法射击（我高炮只在八千米以下有杀伤力，射程不够）。

不远处的山头上发生了一声巨响，冒起了一片浓烟，后来听说是兄弟导弹部队向敌机发射导弹。

但敌机狡猾，施放了干扰，我导弹部队误打了干扰器，敌机 U－2 趁机逃之夭夭。这样的战事后来又经历过两次，都是误打了干扰器而没有击中敌机。说实话，美国的飞机装备先进，我们的武器装备还远远不是他们的对手。但是我们的防空任务起到了威慑和驱逐的作用，让它侦察搜索情报的计划泡汤，也算胜利完成任务了。

但美蒋敌机侦察也不是每次都那么“幸运”。

1964 年 9 月下旬的一天黄昏，美蒋的 U-2 高空侦察机又一次来到我国大西北，目标直指核武器生产基地和试验场地。当敌机飞到内蒙古包头以西临近戈壁滩河西走廊时，被我导弹部队一举击落，真是大快人心。美国五角大楼的将军们惊呼：不可能！不可能！然而事实已经将美国佬的面子丢尽。当晚我们就接到命令，要我团组成三支搜寻队，前往河西走廊搜索飞机残骸。这倒是件天大的难事。到哪儿找呢？在茫茫的戈壁大沙漠和绵延不断的祁连山脉中寻找飞机残骸真是大海捞针。我们三支搜寻队三十多人，忙乎了一个星期，什么踪迹也没发现。20 世纪 60 年代，那些地方大部分是杳无人烟。好不容易我们在一个有水源的山沟里发现了几户人家，但这几户老百姓，一见面直称呼我们“老总”。虽然解放十多年了，但他们还没有见过解放军。后来听说，在祁连山脉西端的一个山沟里，几位放羊的老百姓发现了一些零零落落的飞机残片。后来部队又在周围山区找到了一些残骸，但都没有找到大部件。这些战利品都陆续地运到了北京，让有关部门、专家“研究”去了。

时间到了 1964 年国庆节。接到上级命令：高炮部队必须全天候进入一等临战状态。我们知道真家伙来了。全体指战员全部进入战斗位置，炮手、测手、雷达操纵手二十四小时全天候各就各位，吃饭、睡觉由副手轮换，确保一分钟都不能错过敌情。

一天，两天，三天……这样的战斗气氛整整保持了十六天，没有发现任何敌情。就在10月16日晚上，中央人民广播电台连续播放了《新闻公报》：我国自行设计制造的第一颗原子弹于1964年10月16日下午三时，在新疆罗布泊地区试验成功。怪不得当天下午三时，我们感到了像地震一样的轻微震动。虽然我们高炮担负保卫核基地防空作战的阵地设在试验场外围，距离试验场中心比较远，但仍有震感。

这一声惊天巨响，蘑菇状的烟云腾空而起。《人民日报》刊登套红号外：加强国防力量的重大成就，保卫世界和平的重大贡献，我国第一颗原子弹爆炸成功！

我国政府发表声明郑重宣布：中国在任何时候、任何情况下，都不会首先使用核武器。同时向世界各国政府郑重建议：召开世界各国首脑会议，讨论全面禁止和彻底销毁核武器的问题。各国首脑会议应当达成协议，即拥有核武器的国家和很快可能拥有核武器的国家承担义务，保证不使用核武器，不对无核国家使用核武器，不对无核武器地区使用核武器，彼此也不使用核武器。

1964年10月16日下午，在第一颗原子弹爆炸的现场，专家、技术人员各就各位，战士们撤到离预定试爆点八十公里外的开屏机场，戴上漆黑一片的护镜，面向试验场区的方向，等待那美好的时光。下午三点，忽然出现闪电般的白光，一声巨响从远方传来，大家通过护镜看到，一个火球在预定试爆位置上空炸开。待强光散去，看到火焰不断地翻腾向上涌起一朵蘑菇云，空中的蘑菇云不断吸取地面上的尘土形成长长的尾巴，爆炸当量为两万吨级TNT。

有张照片记录了核爆炸后科研人员和战士们欢呼雀跃的情

景，据说是事后补拍的。因为当时担任拍照任务的摄像师，和大伙儿一样兴奋发狂，都忘记自己的拍摄任务了。

惊呆的士兵们开始爆发欢呼，跳起来，扔帽子，“胜利了，成功啦！毛主席万岁！”欢呼声此起彼伏。那一天，很多人落泪了。随即大喇叭里响起周总理的慰问：“你们辛苦了！”

第一颗原子弹爆炸成功后，我国尖端武器的发展研究并没有停步，继续在大西北地区进行更新的高端技术武器的研究试验。

就在第一颗原子弹研制成功后，又用了两年多的时间，于1967年6月17日成功地爆炸了我国第一颗氢弹。这是在核武器发展方面的又一次飞跃，标志着中国核武器的发展进入了一个新阶段。原子弹是通过核材料发生裂变后释放出大量的核能，而氢弹是通过核材料急剧聚变，放出巨大能量，形成更猛烈的爆炸。它比原子弹威力更强，杀伤力、破坏力更大。

从第一颗原子弹爆炸到第一颗氢弹试验成功，中国的速度为世界之最。美国用了七年四个月，苏联用了六年三个月，英国用了四年七个月，法国用了八年六个月，而中国只用了两年八个月。我们为祖国的发展而由衷地高兴，我们为祖国的强大而充满了自豪和骄傲。

二十多年后，1996年7月29日，马兰进行了最后一次地下核试验，共进行四十五次核试验。次日，我国政府向全世界宣布中国暂停所有的核试验，大西北的核试验基地为共和国建立的功勋将永远载入史册。

第一颗原子弹爆炸成功，国内一片欢腾，万人空巷，游行庆祝。

谁有了原子弹，谁就在国际社会上有了更多的话语权。

原子弹的爆炸成功，东方巨响震惊了全世界，这一成就代表了中国科学技术的新水平，有力地打破了超级大国的核垄断和核讹诈，极大地提升了中国的国际地位，大长了中国人民的志气和威风。中国从此拥有了保家卫国、捍卫和平的核力量。

中国的一声巨响，让西方世界一片哗然。美国总统约翰逊丧气地说："这一天是整个自由世界最黑暗和最悲哀的一天。"但多数友好国家为我国的核武器试验成功感到欢欣鼓舞。苏联则感到十分尴尬，因为1959年苏联终止了对中国大型项目的援助，撤退专家撕毁协议时曾断言，没有苏联的帮助，"中国二十年也搞不出原子弹"。可中国不到六年就搞出来了。苏联人以为，苏联在中国面前丢尽了面子，第二天也就是1964年10月17日，赫鲁晓夫被赶下了台。

五十多年后回首往事，我们为"干惊天动地事，做隐姓埋名人"而感到无比激动、无比自豪。

第三章

血染的青春

南国燃起硝烟

秘密受命，班师回营

1964 年 9 月上旬至 1967 年 10 月的三年间，我所在的南京军区高炮第六十六师第六一五团和第六二四团一营在大西北执行第一颗原子弹、氢弹生产试验基地的防空掩护作战任务。在一次实弹射击演习后不久，南京军区接到了中央军委的电文，命令炮兵第六十六师紧急集结整训，准备赴越作战。

经过两天紧急的撤离准备，我们从兰州起程，经过铁道急行军，沿陇海铁路，经天水、宝鸡、西安、洛阳、郑州、徐州，南下抵达安徽境内。整个行动非常保密，部队乘坐的都是闷罐列车，火炮雷达等装备都用大篷帆布包得严严实实。沿途白天不准下车，全是在闷罐列车中食宿。一路上风尘仆仆，饱尝了紧张的气氛。经过了四天三夜的紧急行军，走过了三千多公里的漫长路程，于 1967 年 10 月下旬抵达蚌埠市南岗营房。

接到命令，我和战友们喜忧参半，喜的是，去新的战场又可以大显身手立新功；忧的是，此去道艰路险，生死未卜。

不过，担心的念头一闪而过，明显是多余的，相反的是内心充满了对未知世界的期待。

回顾这次援越抗美的历史背景，得从“北部湾事件”说起。

1964 年 8 月 5 日，刚刚诞生不到十岁的越南民主共和国，面临着一场比抗法战争更为严峻的战争考验。就在这一天，在风光秀丽的北部湾上，美国政府制造了骇人听闻的“北部湾事件”，他们以“有两艘美国军舰在北部湾突然遭到北越的鱼雷快艇的两次袭击”为借口，悍然出动了大批飞机，轰炸和袭击了越南北方的义安、鸿基和清化地区，把侵略战火燃烧到越南北方。

捏造这一弥天大谎的美国政府，其实质是为了挽救它的侵略战争政策在南越和整个东南亚遭到的惨重失败。为了挽救失败和摆脱困境，他们一方面加紧在越南南方的侵略战争；另一方面疯狂地对越南北方进行轰炸和破坏，企图把战争扩大到越南北方。

对此，中国政府和中国人民绝对不能容忍。中越两国在长期的革命战争中结下了深厚的友谊，正如胡志明同志在一首诗中所写的：“越中情谊深，同志加兄弟。”

早在 1945 年越南革命胜利后不久，法国殖民主义卷土重来，再次挑起了战火。中国人民对于越南抗法斗争，给予了无私的支持和援助。中国派出了以陈赓为领导的工作组到越南帮助训练部队，组织力量打通交通要道。接着又派出了以韦国清为团长的军事顾问团，长期帮助越南人民抗法战争，成功地取得了震惊世界的奠边府战役的巨大胜利，宣告了法国侵越战争的彻底失败。

当美国挑起新的战火时，中国政府和中国人民同样不能坐视不理。

就在美国制造“北部湾事件”的第二天，1964 年 8 月 6 日，中华人民共和国对此发表声明：强烈谴责美国的侵略行径，坚决支持越南人民的抗美救国斗争。郑重宣布：越南民主共和国是中国唇齿相依的邻邦，越南人民是中国亲如手足的兄弟，美国对越南民主共和国的侵犯，就是对中国的侵犯，中国人民绝不会坐视不救。美国对越南人民欠下的血债是一定要偿还的。

在“北部湾事件”发生的第五天，1964 年 8 月 10 日北京举行了十万人的盛大集会，支援越南人民反对美国武装侵略。

然而，美国政府无视这一切，继续增兵越南，并且公然宣布美军直接参战，战争再度升级，而且美国侵略战争也直接给中国造成威胁，中国人民忍无可忍。1965 年 2 月 10 日，中国首都北京再次举行了一百五十万人的集会示威，毛泽东、刘少奇、周恩来、邓小平等党和国家领导人在天安门城楼上与北京军民一道愤怒声讨美国侵略罪行，坚决支持越南的抗美斗争。

越南政府请求中国派部队援助，同时也呼吁世界爱好和平的国家给予积极支持和必要的援助。

中越两国人民有着深厚的战斗情谊，1950 年 1 月胡志明同志第一次秘密访华，他代表越共中央向中国提出援越抗法的请求。1965 年 5 月他又一次秘密访华，请求中国扩大援越规模并向越南派出工程兵、铁道兵和高炮部队。

对于越方的请求，中国领导人可以说是有求必应。毛泽东主席立即做出批示：“调高炮部队入越轮战。”1965 年 4 月 12 日，中共中央和全国人大常委会分别发出指示和作出决议，号召全党、全军和全国各族人民尽一切努力支持越南人民的抗美救国斗争。

在 4 月 8 日举行的中越两党会谈中，中共中央副主席刘少奇代表中国方面明确表示：援助越南进行抗美斗争，“这是我们中国应尽的义务，中国党应尽的义务”，“我们的方针就是，凡是你们需要的，我们这里有的，我们要尽力援助你们”，“你们不请，我们不去。你们请我们哪一部分，我们哪一部分去”。

周恩来总理决定，由党中央、国务院和军队有关部门组成“中央国务院支持越南小组”。这个小组由外交部、铁道部、交通部、邮电部、物资部、外贸部、经委、计委、外经委、总政治部、总后勤部、海军、空军、铁道兵、工程兵、总参作战部、军务部、装备部、军产部、通信部、情报部等二十一个单位的有关负责同志组成。

4 月 17 日，中央军委命令组建中国援越部队一、二、三支队，揭开了援越抗美神秘的面纱。

1965 年 6 月 9 日，中国援越先头部队浩浩荡荡出师友谊关，向战火纷飞、硝烟滚滚的越南战场开去。据后来统计，自 1965 年 6 月至 1969 年 3 月，巴黎和谈形成停战局面，我国政府从子弟兵中挑选优秀的热血男儿，组成越南方面最急需的高炮、工程、铁道、医疗、后勤保障等专业兵种部队共计三十二万多人，分期分批地秘密进入越南北方亚热带丛林地区，与越南军民并肩抗击美国侵略者的侵略。

1967 年 10 月之前，高射炮兵入越作战已经有七批，每批轮战半年。我高炮第六十六师就是在这个背景下于 1967 年 10 月受命集结，作为第八批参战部队准备接替高炮第六十四师赴越作战。

我高炮第六十六师的整个行动都在严格的保密状态下进行，大部队不分昼夜，向南，向南，再向南。接到中央军委援越抗美命令时，我们第六十六师的几个团分散在几个地方，我所在的第六一五团和第六二四团的一个营在大西北执行核武器试验防空作战任务，第六一七团在苏北，第六一八团在南京。这几个团全部要到蚌埠南岗营房集中整顿，做临战前的准备。

增装扩编，历练精兵

二十天后，全师部队陆续到达蚌埠市南岗营房。上级命令：用一个月的时间，进行临战动员、增装扩编、装备检修、物资保障和战前练兵。

部队紧张起来了，最重要的工作是战前动员。

大多数人都没有上战场实战的经验，但我们有我们的优势：平时的演习训练功夫过硬，拉出来随时就能参加战斗。这一个多月的时间对每个人来说至关重要，最重要的是：我们的人生面临着生死关，意味着跨出国门，也许再不能回来。

自从抗美援朝战争结束后，在部队里基本上是当的“和平兵”。面对眼前的参战任务，首先要从思想上真正重新认识到为什么要当兵。当兵就是要保卫祖国，军人的天职就是要随时准备打仗，战争总是要死人的，军人必须将生死置之度外。在各连、营、团深入思想动员讨论的基础上，在一个寒风细雨的下午，师部大操场上，万余名军人整装列队，召开“出国作战誓师动员大会”。

全体将士面对国旗、军旗和毛主席挂像庄严宣誓。各单位的请战书、千百名官兵的决心书，雪花一样飞向主席台，慷慨激昂地在大会上表达奔赴前线、英勇杀敌的战斗决心。全体指战员振臂高呼：坚决支持越南人民的抗美救国斗争，把美国侵略者从越南赶出去。呼声震撼军营，响彻云霄。

在出发前，我们像古代将士出征前一样，每个人都咬破手指写下血书。这血书是写给自己的，也是留给家人的绝笔信物，难免有些悲壮。

我咬破的是食指尖，在一块长长的白粗布上写下了一行字："请求到前方去，参加援越抗美，誓死保卫祖国的南大门。"殷红的血在白布上化开，横、竖、撇、捺、折，一笔一画都挺拔，像战友们挺拔的身姿，又像随风飘逸成的一朵朵傲骨的红梅。

那么多人在一起写血书，到处是红、白，血气方刚的年轻人，许多不谙世事的面孔汇成一片血海。有的血书是写给父母的，有的是写给妻儿，远方的亲人让他们牵肠挂肚。

空气中，一股股刚烈的血腥味在飘荡，这样的血腥味，让我们提前嗅到了战场的味道。当时，我无法想象真正的战场会是什么样的味道，只能从平时看过的黑白电影里去反刍战火硝烟，一遍遍地在大脑里模拟场景。这显然是有偏颇的，况且是黑白电影，永远感受不到色彩斑斓的现实世界，会以怎样的场景与大脑接头。

大部分战友都是头一回写血书。在参加大西北核武器试验保密任务时，我也写过血书。这是第二次写，内心比别人更平静些。

没有亲临战场参加过战争的人，依靠想象去描绘的战争，在脑海里是碎片化的，无法成形。甚至于在每天夕阳西下的时候，红艳艳的晚霞映红了天边，我后来都认为，那彤红的晚霞，就是战友们流的血的颜色。

别人血书上写的什么我并不全知道，他们家中除了兄弟姊妹外，父母尚在。可是我父母早逝，只有哥哥姐姐们，心中倒也少了许多牵挂。写血书的时候心里就想：上了战场，子弹不长眼睛，就是九死一生，谁也不敢说一定能从战场上回来的话，在战场上如果真的“光荣”了，去和那一世的父母亲团聚，也算是圆满。

想是这么想，但家乡的亲人时刻挂在心头，父母亲坟头的草荣了枯，枯了荣。每年清明扫墓，其他人都在家，唯独少小四子，上面五个哥姐同样牵挂我，如父母一般。为了哥哥姐姐们，无论如何，我一定要活着回来和你们团聚，清明节的时候一起去给父母上坟。

那一天，集体在写血书。记不得是谁带的头，只记得班长坐在床边上，一边抽烟，一边用棉球压着带血的中指，嘴里念叨着：“准备上战场了，准备上战场了。”

每一个宿舍里，有的人找针，有的人找纸，也有的找白布条子。一个写血书的高潮兴起，大家的信念一致：只要不死，就要戴军功章。

所谓血书，就是遗书，把心中最想说的话写下来，放进贴身的口袋里，留给家乡的亲人们。多少年以后，我才感悟到，从古至今，为什么出征的将士们要歃血为盟，祭天拜地，喝一碗血酒，要以这样的方式为将士们壮行。喝一碗血酒，周身的豪气与血性被调动起来，一个平时胆小怕事的人都会变成赤胆英雄，敢以命相搏，敢将自己的血肉之躯投进熊熊的火炉里，哪怕被烧成灰烬，也不喊一声疼。

当兵的人，过的是刀头舔血的日子，是绝对不允许怕血的。

写下血书，意味着忘记自我，把个人、家庭和国家的命运捆绑在一起，用血来证明自己保家卫国的信心与决心，证明自己作为一个军人的职责所在。

现在的人也许觉得只有在电影电视里才会有这样的情景，当年的我们就是如此，十八九岁的小伙子穿上军装，谁不想上阵杀敌立功。真正上了战场，远比电影上演的更加残酷惨烈。

在后来的战场上，我的确遇到过很多这样的勇士。

在此同时，还对部队进行出国作战的纪律教育、保密教育，了解越南的风俗习惯、地理条件及友军的情况，学习简单的越南语言，如你好“召懂志”，吃饭“每安更”，请抽烟“每呼吐拉”等，还学唱《越南国歌》《越南中国》《解放南方》等歌曲。掌握越南丛林地区害虫的防护救治，战斗中人员负伤的抢救包扎，血型的查验（我第一次知道自己的血型是 B 型），并且将血型写在领章的背面，这样做是为了当你在战斗中负伤时，便于紧急输血。

文件、物品、钱币和带有“八一”标识的纽扣、徽章等，一律不准携带。对于个人物品，凡是在战场上用不上的东西，都用一个手提包装上，在提包的侧面写明收件人的姓名、地址，由连队将提包统一存放在部队营房仓库。如果“光荣”了，就由部队将遗物送回烈士家中。

为配合部队进行战前思想动员，政治部门号召全体官兵写信给亲属，动员他们来部队探亲。一时间，军人的父母、爱人和儿女，甚至爷爷奶奶们都来到了部队。那时部队的招待所房间有限，领导临时决定，将所有的仓库都腾出来，将部队大礼堂用木板和芦席隔成一间一间的临时用房，有的没有办法，就到附近的职工或农民家中借一间小房凑合着住，或者干脆几家挤在一起住大通铺，年轻的小夫妻们连亲热的机会都没有。一个房间好几家，连亲热的话也说不出口，只能四目相对，以泪诉衷肠。

各单位对来队亲属同样做思想动员。一方面让他们了解军人作战任务的重要意义，从思想上做好牺牲个人利益的准备；另一方面也让亲属们站在国家全局和民族利益的立场上，做好部队官兵的思想工作，让军人们放下后顾之忧。

增装扩编是战前准备的又一件大事。为增强我师援越抗美的作战能力，中央军委命令海军高炮第五团，陆军第十二军、第二十七军、第六十军等所属的九个高炮营，以及广州空军探照灯团第二营等部队，配属我师赴越作战，同时从南京军区各部队中抽调一大批官兵骨干加入到我师各部队中。在原部队是正职的，到我部担任副职，不受职数限制。此时我师兵力增至近两万人，比原来几乎翻了一番，成了名副其实的加强师。

对干部的政治审查特别严格。只要家中亲人有成分不好，或有海外关系等问题的，一律调到部队留守处。

武器装备也进行了更新。全新的罗马尼亚卡尔巴阡型牵引车代替了苏联的嘎斯63牵引车。在更新的同时，对所有的武器装备进行维修保养，据史料记载，抢修及保养的车辆武器达一万余部（台、件）次，各项物资、弹药全部按战时要求的基数配备到位。

接下来就是开展战前练兵。每天下午和上半夜都要进行带有实战背景的训练。针对美国飞机的特性和先前在越南参战部队所掌握的美机活动的规律，进行模拟训练。各后勤保障部队普遍开展了战地运输、战地救护、战地野炊等战时的应急训练，整个营区都笼罩在为赴越作战准备的紧张气氛之中。

炮神驰骋疆场

受命南驰，备战待发

部队整训完毕，我部以五个团兵力的加强师南驰出征。

记得那是 1967 年 12 月上旬的一个深夜，我所在的高炮第六一五团从安徽省蚌埠南岗营房出发挥师南下，至云南集结待命。

那天清晨二时，营房里响起了异于平常的紧急集合的军号声，把整个江淮大地都震醒了。号声就是命令，军人以服从命令为天职。第六一五团的全体官兵紧急集合，执行团司令部下达的《一号紧急行动预案》命令。

冬天的早晨，天亮得迟，黎明前黑漆漆的，整个营房突然间骚动起来。我们打好背包，整理好行装冲到黑暗的操场上集合。

炮兵部队摩托化行军，各连队按照车辆编号排列行军队伍，指挥侦察车排在最前面，随后是炮车、雷达和油机（发电机）车、指挥仪和测高机车、炊事车，军营大道上迅速排成整齐的集结车队。王怀义团长一声令下：出发！一条长龙式的车队，直向蚌埠火车站奔驰而去。

到达车站后，各连队按照所分配的火车平板位置，开始进行装车。东方露出鱼肚白，火车启动。长长的军列如铁龙一般，满载着第六一五团全体指战员披挂出征，去执行一项秘密的国际主义义务的军事行动，向祖国南疆边陲地区挺进。

在列车行进的过程中，我们的魏建忠班长满怀激情，向战友们朗诵自己写的诗：

出 征 行

战歌嘹亮军营空，雄师威武远出征。
旌旗招展迎东风，金戈铁马竞峥嵘。
淮海大战硝烟尽，南疆椰林炮声隆。
诸葛治夷擒孟获，吾敢南洋捉鳖熊。

一首行军中的诗，打破了行军车厢的沉闷，战士们一扫紧张的心情，开始活跃起来。后来我在部队里学习写作，就是受到了魏班长的影响，一有时间就看书学习，希望自己也能像魏班长那样出口成诗。

当天下午，军列驶至南京浦口铁路渡口时，已是夕阳西下时分。

整个军列分段驶进大型泊轮中，准备横渡长江。那时南京长江大桥建设工程还没有竣工，远远望去，江水中的桥墩子上，工人们还在紧张的施工中。我们只能通过轮渡过江，往上海进发。

轮船中途休息，斜阳铺在江上，万道霞彩，光芒万丈。我和年轻的战友们站在甲板上望着无际的被霞光染成七彩的江水，激动得一句话都说不出来，巨大的美把心胸塞得满满的，无法形容。轮船起锚乘风继续航行。

军列驶出轮船，沿沪宁铁路继续南下。

第二天早晨，军列经过镇江站，下车吃了早饭后继续前进。中午在列车上吃的干粮。晚上到了上海真如车站，在军供站吃的晚饭。列车在第二天晚间缓缓地通过上海市区后，于12月8日到达浙江杭州地域。当军列要通过钱塘江大桥时，我想起了一年前在报纸上报道过的钱塘江大桥英雄蔡永祥，部队组织战友们学习过他舍命护桥的英雄事迹。想起他在担负该桥警卫任务时，发现铁道上横着一根枕木，为了保护大桥和列车的安全，在紧急抢险、挪动枕木的过程中，蔡永祥因列车撞击光荣牺牲。所以在过大桥的时候，我们格外关注大桥畔修建的英雄蔡永祥的石雕塑像。我们果然看到了他的塑像，对英雄的敬佩之情油然而生。

列车向西经过江西上饶、向塘、萍乡。12月9日深夜，军列进入湖南，经过株洲到衡阳地域，到达衡山时，天已大亮。这里也出现过一位爱民英雄——欧阳海，他曾被全军树立为学习的好榜样。作家金敬迈根据他的生平事迹写过一部长篇纪实文学作品《欧阳海之歌》。当时这本书的发行量很大，流传很广，特别是在军队里的影响很大。这本书和我最喜欢读的《钢铁是怎样炼成的》一样了不起，书里的人物对我日后的影响非常大。如果说苏联的保尔·柯察金离我们太遥远，那么，中国的欧阳海就是我们身边的人。在野营训练后的归途中，一匹驮着钢炮的惊马脱缰奔上铁轨，几秒钟内就要与飞驰而来的列车相撞……为了保护列车上的乘客，欧阳海献出了自己年轻的生命。

路过欧阳海烈士塑像时，战友们怀着对烈士的崇敬心情，都肃然起敬。这一路上，凡经过有英雄的地方，连队首长都会因地制宜，抓住这样难得的机会，重温英雄的事迹，对战士进行爱国主义和革命英雄主义教育。魏班长一路上感慨很多，诗兴大发，共写下了十首诗之多，《钱塘赞英雄》《赞欧阳海》《送战友》《满江红·记赴越动员大会》《战地过年》《安沛行》等。而我有幸遇见两位英雄人物，内心也很震撼。

第四天早晨，我们到达衡阳军供站。早饭后继续西行，到达桂林。我平生第一次欣赏到“桂林山水甲天下”的美景，虽然是在飞驰的列车上匆匆而过，来不及细看桂林山水的美，但能在车上远远地望两眼，心里也很满足。列车连夜通过广西柳州，向贵州方向挺进。

第五天早晨到达贵州省都匀军供站，都匀到贵阳虽说不远，但列车行驶了一天，晚上才到贵阳。这里是高原山区，山高坡大，列车行驶缓慢，要用两个机车，一个在前面拉，一个在后面推，才能在崇山峻岭之中缓缓地像蛇一样盘行。到了六枝、水城特区已是第六天大亮了。听说贵州水城出美女，我们在火车上看到水城的姑娘们，真的是婀娜多姿，一个个水灵灵的。别说我们这群青春年少的战士，不管是谁，都愿意多看几眼。那些漂亮的姑娘行走在山水间，不知道是山水点缀了她们，还是她们装点了山水。人在景中流动成一幅动态的画卷，这样的画面，后来在我的脑海里出现过无数次，安宁，祥和，在大脑里定格。

如果没有战争，这一切将是多么美好。

云贵高原气候寒冷，山势陡峭，雨水充沛，树木茂盛，一片绿色葱葱。在云南境内又用了一个昼夜，途经云南宣城、曲靖到达昆明。至此，部队从蚌埠出发，途经安徽、江苏、上海、浙江、江西、湖南、广西、贵州、云南九省、市、区，全体官兵生活在列车闷罐车厢内，在列车有节奏的哐呛哐呛的颠簸声中，度过了七天七夜难熬的万里征途。

部队乘坐的都是闷罐列车，火炮雷达等装备都用大篷帆布包得严严实实。在途中，只能在规定的小站停靠一下，白天沿途一律不准下车。我们在车上吃那种军用压缩饼干，一块约有半斤，没有热水，夜间在指定小站停靠时装点自来水，留着白天就压缩饼干吃。这种压缩饼干对战士们来说，还很陌生，不知道怎么吃。干部们就教我们吃法：先用小刀一砸，一分为二，泡在茶缸里，一块骨牌那么大的压缩饼干，能泡满一茶缸，吃起来像面包的味道。夜深人静的时候，车停靠在小站，当地军供站把烧好的饭菜送到车站，只有这个时候才能吃几口热饭。因为要赶时间，大家捧着饭盒子，急匆匆往嘴里划，都来不及细嚼，真正是狼吞虎咽，三下五除二往喉咙里倒。有的战友因为吃得太猛了，噎得头直伸，卡在嗓子眼，上不来，下不去，脸憋得通红，很是吓人。

以前在家里，我吃饭很慢，自从到了部队，逼着自己快点儿吃。如果吃慢了只能吃半饱，行军打仗，参加各种训练，饿着肚子可不行。

吃完了很快集合上车，继续前进。

我们听惯了火车在铁轨上咣当咣当的声音，大家挤成一团，腿都无法伸直。说是火车，但没有一个座位，席地而坐，瞌睡了就打个盹，醒了就说说话，也不敢大声喧哗。下车的时候才发现一节节车厢，像个大铁笼子似的，两边有一个四方形的小玻璃窗子，车顶有两个小方洞透气。我们后来才知道这样的火车并不是装人用的，是装猪及其他货物用的货车。我们坐在里面看不到外面，外面的人也看不见里面。车厢里坐满了人，只有靠近窗户的人才能看到一点儿外面，所以也不知道是白天还是黑夜。我和战友们一样，像被关在笼中的鸟儿，盼望着快点儿到达目的地，快点儿从闷罐车厢里解放出来，让早已麻木的双腿站到土地上去。

这场战争的保密性很强，至于为什么要保密，就像一个善良的人做了好事不留名一样，更多的时候是出于良知与道义。尽管老美连牙齿都武装到了，敌我双方力量悬殊，但我们炮兵第六十六师赴越参战全体官兵，上了战场不会有一个孬包。这场战争在当时是国家的重大机密，不允许任何媒体报道，家人只知道去打仗。但在世界舆论中却是公开的秘密，特别是美国人，他们心知肚明，清楚地知道侵略的是越南，但真正和他们较量的是中国人，所以说越南战争不亚于当年的朝鲜战争。

这一路上的气氛既紧张又新奇，我们还没有觉察到战前的紧张气氛。大家毕竟是年轻人，对前方的路都抱着一颗好奇心，但没有一个人抱怨。

1967 年 12 月 12 日这一天下午，当列车到达昆明站时，车站内外彩旗招展，昆明部队的官兵和部分群众敲锣打鼓，高呼口号，热烈欢迎我师部队抵达昆明。

稍稍休整两天后，又立即摩托行军向南开进，当晚就到达了前线集结地。师部驻在大荒田营房，我团驻在宜良县营房。

因为当时处于“文革”期间，全国的铁、公交通阻塞是常有的事。而我师由于执行作战任务，中央军委对沿线各省、区都有关照，一路绿灯，开进得比较顺利。

部队在云南前线集结地待了二十多天。在此期间，部队进一步开展临战动员和临战训练。在临战训练中，进一步强化了夜间作战和低空近距离歼灭敌机的训练。

部队到达云南，部队的通信联络代号也做了调整，改为昆字九〇八部队，团设为信箱，营、连设为分箱。入越后，我师改称中国后勤部队一六六支队，全师五个团分别称为五十一大队、五十二大队、五十三大队、五十四大队、五十五大队。

时任一六六支队支队长魏新德，政委李海涵，副支队长郭涛、林鉴、王常在，副政委侯建斌、伊尹；支队司令部参谋长王金来，副参谋长戴英、李广义；支队政治部主任张文盛，副主任贺志一、李培一；支队后勤部部长蒋振芳，政委吉栋才，副部长盛永山、郇心斋，副政委白平。

五十一大队大队长王怀义，政委姜海滨；

五十二大队大队长李瑞芝，政委史银虎；

五十三大队大队长高昌贵，政委王建国；

五十四大队大队长田滋禾，政委王必兴；

五十五大队大队长任润民，政委刘震霆。

在云南集结待命的二十多天里，我们实实在在地感受到“春城”的味道。内地正处寒冷冬季，而这里气候温和，各种野花盛开，林间溪水淙淙，树木葱茏，一片大好春光。与我之前在大西北原子弹试验基地执行防空任务的茫茫冰雪地、漫天风沙飞舞相比，俨然两个世界。然而，我部队一面享受着春光沐浴，一边忙碌着厉兵秣马。

在宜良我们进行了统一换装——那是中国制造的越南式全套军服，但没有中国军人的红五星帽徽和两面红旗的领章标志，也无越南军人的军衔标志。部队发放了越式的绿色太阳帽头盔、塑料凉鞋、包裹被褥的塑料布等生活用品。

换上越南军服的我们很像越南的退伍军人，和越南当地民兵也没什么两样。另外，各连排班发放了一本书——《群众工作用语手册》，是一本越南语初级教材，让我们学习越南语。

连队的干部教我们用越语唱越南歌《越中友谊之歌》，至今我还能哼出那个调子来。

几十年后，我还依稀记得这首歌的歌词："越南—中国，山连山，江连江，共临东海，我们友谊像朝阳，共饮一江水。早相见，晚相望，清晨共听雄鸡高唱，啊！共理想，心相连，胜利路上红旗飘扬！啊！我们欢呼万岁，胡志明—毛泽东！"

在正式进发前，各连队首先组成先遣部队，提前进入安沛地区，考察路线及地形地貌，侦察行军道路有无障碍，担负划分设置阵地的具体位置、侦察敌情动态、调查越南群众反应情况等任务。

出征南国的命令终于到了。

慷慨赴越，驻防西线

1968 年 1 月 2 日，大战在即，我所在的高炮第六一五团受命从云南省宜良集结整装待发，汽车风驰电掣般牵引着各种武器装备，向中越边境驶去。途经路南、弥勒，经蒙自、开远、屏边，于 1 月 5 日到达中越边境河口。

"云南"是由七彩云霞之南演绎而来，这里不但气候温和，而且少数民族云集。无论是地形地貌，还是生活习俗，都有许多趣闻或独到之处。喀斯特地貌的代表作——石林中的奇峰异石，令人流连忘返；充满民族特色的云南"十八怪"，让人回味无穷。然而，我们重任在肩，一路上美好的山川风光无暇欣赏，趣闻乐见的“十八怪”也无味品尝。战友们心中默默地思忖着：等我们凯旋时，一定带着家人再来慢慢地品味欣赏！

云贵高原气候寒冷，路长坡陡，行军半天还爬不过一座大山头，每天只能走二百公里。进入原始森林后，行进更加困难，走了一天，也没能走出那座大山。道路像蛇一样弯弯曲曲，让人晕头转向。直到夜幕降临时，才走出大山到达云南的竹园县。

这天晚上，我们就在竹园县的一所中学里宿营。次日清晨，嘹亮的军号声喊大家起来，向开远市进发。继续翻山越岭，同样是道路崎岖多变。二连的车队紧随一连车队，路经一座水泥桥时，一个急转弯，一台车连人带车坠入沟底。不幸中的万幸，车损人未亡。当时大家的心都吊在嗓子眼儿了，如果有人员伤亡，意味着出师不利。

可是这一路上不幸的事总让人猝不及防。晚上大部队刚到达蒙自，又传来一个不幸的消息。一连的同志说，他们从深沟里正往上搬运炊事用具时，忽然头顶上掉下来一辆汽车。原来是另一个援越部队的车辆，车上满载着三十八名回国探家的干部，在过桥时出事，整车人员坠入沟底，十多人当场命亡，伤的也不少。

行军三天三夜，到达了中越边界的河口县（友谊桥）边防站。在边境县城附近，我们看到许多侨民，住在由我国政府临时搭建的帐篷里，环境恶劣，非常艰苦。

河口是云南省西南边陲与越南接壤的一个县城，该县城是个小镇，人口仅有三千多人，面积仅两平方公里，周围群山环抱，草木苍翠，风光宜人，与越南老街的南溪河（红河的支流）只有一河之隔。当时河面不宽，正值枯水季节，河两边的百姓都可以互相喊话。两岸间有一条铁路桥和一条公路桥，当地政府和群众称之为“友谊桥”。铁路还是清朝修建的窄轨，只能走小火车，公路很窄，只能单向行驶。公路上看到的大多是运送给养和弹药的军车，几乎看不到民用汽车。桥的南端是越南老街，中间以红、白相向的线为界，两条线也仅为三十公分宽。桥的两端设双人哨卡，两国国旗鲜艳夺目，迎风飘扬。哨卡各设中越两国的检查站，哨兵一站一坐，立者持枪，表情严肃。坐着的士兵负责登记和询问，态度和气，台上插上中、越两国国旗各一面，摆放水果一盘，水杯两只，电话座机一部。夜幕降临，中国境内的河口灯火通明，车来人往，小吃铺食客满堂，一派和平景象。而越南老街一片黑暗，不时会有防空警报响起，我们离战争仅一步之遥。

部队领导传话，稍事休息后立即向越南开进。

1968 年 1 月 6 日是一个永远不能忘记的日子，我们大部队已到中越边境的红河，准备过友谊桥。

这天下午六时整，部队首长一声令下：部队越过边防线向越南开进！此时，在离友谊桥口一公里的道路两旁，早已站满了昆明军区的领导和机关官兵，以及成千上万的云南省河口县的各族人民群众。他们成群结队，穿戴民族服装，载歌载舞，锣鼓喧天，鞭炮齐鸣，纵情欢呼，为人民的子弟兵——新一代的“志愿军”履行援越抗美国际主义义务出征壮行。

此时车队陆续通过友谊桥，路两边的欢呼声、口号声不绝于耳，响彻了中越边境、红河两岸……

红河发源于中国的哀劳山脉，北连昆明，东接文山，西邻玉溪，南与越南接壤，自西北向东南流经越南安沛、河内，滔滔河水，一泻千里，归于大海。北回归线横贯其东西。红河的桥中央画有两国的国界线，桥两端岗楼里各自站有荷枪实弹的哨兵。

国人过去将广西的“友谊关”称为“镇南关”，而越南人将它称为“睦南关”，这一“关”一“桥”是我国援越抗美的两条主要通道。当年跨过友谊大桥，心中感慨万千，跨越的是一个时代的使命，穿着没有标志的别国军装，去和美军打一场力量不对等的战争，并且这是一场没有宣战的秘密特殊战争。

傍晚，离开了友谊桥，进入越南老街，已是异国他乡。这是我们第一次走出国门，第一次走进战场，好像进入另一个世界：人烟稀少，鸦雀无声。我们看到有一些房屋被美军飞机炸成了废墟，不远处，路边的农田里还有不少弹坑。后来我们了解到，美军飞机经常到靠近我国边境的城镇侦察轰炸，但始终不敢侵入我国的领土领空，因为只要侵入我国的领土领空，就意味着对我中国的侵犯，我国就可以公开参战。说明美国政府不得不有所顾忌。

有一群越南老百姓站在公路旁边，列队鼓掌欢迎，他们还不住地喊着：东急（同志）！早个东急（同志们好）！通过一路上对越语手册的学习，我们已能听懂简单的越南语言了。

我们的行军汽车开始减速慢行，连首长走下车，向越南人民行军礼。我们站在军车上也不住地向那些群众招手致意，表示感谢他们的热烈欢迎。

但是我们却看不到越南老百姓的欢颜，他们个个脸色凝重，表情忧伤。自己的家园被炸成这样，居无定所，怎能不悲？

报话员传来了部队首长的命令：我团前进的方向是越北的安沛市，作战阵地设在安沛市周边地区的山头上。

我部队是从越南七号公路进入的，这条公路从老街至安沛市有二百多公里。在七号公路上，部队经常遇到美军的“白舌鸟”导弹袭击，想隐蔽，根本来不及，伤亡率极高。因为有敌情，我们只能利用晚间闭灯驾驶前进。那天晚上，月色朦胧，但雾气较大，公路路面只有五六米宽，沿线全是山地丛林，弯道一个接着一个，给部队开进带来了极大的难度。

在这种环境下开进，部队全体官兵的心情都十分紧张，特别是年轻的小伙子更是心中忐忑不安。行进了二十多公里，突然发出了一连串的爆炸声，前边的指挥员传话：美军飞机对我出征部队进行轰炸，并说我团先期到达的五连有两位报话员在炮瞄雷达升高压时，被美机的“百舌鸟”导弹击中牺牲了。这时我们在行进中的官兵更是紧张，仇恨也随之笼罩心头。

我们的军车忽然加速突进，向越南北方安沛地区继续纵深进发，将老街县城很快地甩在身后。

我第一次知道越南有一个叫安沛的地方，当时的安沛既不安定，也不丰沛。几十年来，这个地名刻在我的脑海里。

安沛市是越南的一个省会，西北临大象山山脉，南靠红河，周围多丘陵地。铁路、公路并列，河运畅通，为越西北交通枢纽和援助越南南方的物资转运站。美军对该地十分重视，是重点攻击地区之一。

我们继续向纵深进军时，展现在我们眼前的是一派战争的惨景。农田荒芜，不时看见有妇女在稻田里弯腰薅草。偶尔碰见一个村庄住着几户人家，都是破旧不堪的竹木民房，有的村庄被美军飞机轰炸后倒塌成一堆烂竹笆，有的村庄成为一片废墟。炸弹坑几乎随处可见，坑里积满了污水，像养鱼塘一般大小。河面上的一座座大桥，被美军飞机炸成残梁断节，飘落在流淌的河水面上，有的桥梁搁置在河岸上，木檩条散乱得七零八落。

聪明的越南人把炸毁的木桥修成“水中桥”。这水中桥，就是用大石块堆砌或鹅卵石铺设而成的漫水桥。这样既不让敌机侦察发现，而又不影响车辆通行，所以我们一路行军不知过了多少个水中桥。民房、桥梁、弹坑、水中桥都是美军对越南北方实施狂轰滥炸的铁证。我们清楚地看到了战争的残酷、美国侵略者的疯狂和野蛮。

很多越南老百姓躲藏到深山密林里去了，衣不遮体，食不果腹，面黄肌瘦。这些活生生的实景，对初次走入战场的我来说，内心犹如一场地震。我的父母早逝，双双饿死。那个年代，家家都穷得揭不开锅，一点儿办法也没有。面前的越南百姓遇到的战争灾难，和我的父母亲遇到的灾难虽然不同，但同样是饿，更重要的是，他们连家都没有。

狭窄的公路高低不平，一路颠簸，我们的车终于到达安沛市。在战前有二十多万人口的中等省会级城市，已被夷为平地，连中国、苏联、朝鲜、英国的领使馆，都成了瓦砾场。钢筋混凝土结构的厂房、住宅楼都是断壁残垣，断裂的房梁吊在半空中，弹坑累累。原来的机关、单位都已分散到山沟里，学校被炸毁了，孩子们只能在大树底下或草棚里听课。路两边的大树只剩下巨大焦黑的树桩，歪歪斜斜半竖在那里，许多树被炮火劈成两半，像是在呻吟呐喊，孤独无助，许多路段连续出现炸弹坑塘。看到这一切的一切，可以想象美军的飞机压顶，地毯式的轰炸，炸弹落地，地动山摇，飞沙走石。整个安沛市看不到一个越南人，他们全部转移到山沟里去避难。

我们全部进入临战状态，各车配有对空观察哨。公路沿途每隔几百米，就有越南民兵设置的对空观察哨，发现敌机，立即鸣枪报告。

战争就是魔鬼，张开一个血盆大口，意欲把所有的活人吞掉。

这天晚上九时许，一声枪响划破了天空，正在行驶的车队停止前进。紧接着上空出现敌机向行军的部队猛扑而来，全体官兵的心控制不住地狂跳。我手中的方向盘握得更紧，手开始发抖，听见自己的心跳声，感觉车辆也在跳动。“嗵嗵嗵”的炮声由远而近，我们看见一架飞机向我们冲过来，飞机拖着浓浓的黑烟向山头扑去。

战场上，刀枪无情，马革裹尸终无悔。那个瞬间，面对空中美军战机的威逼，我相信所有的人都做好了牺牲的准备。

在这个生死攸关的时刻，我们这群人被炸死的可能性太大了。可是因为我们还没进入阵地，更没有正式参加战斗啊，老美的飞机就给我们颜色看，真够窝囊。

后来我们才知道，救我们的是五十四大队的 37 炮营。他们头一天入越后，在公路两侧山头上负责防空安全掩护，保护我们五十一大队的 85 高炮顺利行军挺进。

在这次掩护战斗中，四川成都的英雄钟光权不幸中弹负伤，但他坚持不下火线，连续作战，直至战斗胜利。

如果没有 37 炮营的及时掩护，后果不堪设想。

经过了七个多小时紧张的行军，部队于 1 月 7 日凌晨进入了安沛防区各个阵地，与兄弟部队进行了防务交接。进入阵地后，以最快的速度简单完成了阵地构筑和伪装任务，立即投入了防空战斗。美军知道我们中国部队正在换防，而在换防交接过程中往往是战斗力最弱的，所以这天夜晚，敌机一批接着一批，轰炸接连不断。这些景象，对于我们这些初入战场的年轻人来说，真是带有戏剧性的，既有紧张害怕的常人之态，又有光荣和使命的勇士之职。心想：老子来了就没有打算活着回去。

还没卸下长途行军的疲惫，刚到达安沛防区，美军就给了我们一个下马威，飞机贴着我们的头顶飞过，巨大的声音把耳朵都震得发麻。平时大家说美军是纸老虎，真到了战场，心里是紧张的，年纪轻的战士吓得头都不敢抬。

刚进入战场，敌机一批接着一批，每个连队都在开火，探照灯照亮了天空，加上我们猛烈的火炮，本来黑漆漆的夜空，比白天还亮。

到达战场的第一天，我们看到飞机，但打不到。没有雷达指挥，我们等于瞎子。因为雷达还没有调整到位，结果一架飞机都没打到，浪费了许多炮弹。

美国侵略者为了实现“以炸迫和”的阴谋，对越南人民施加压力，自 1 月 7 日以来，就在我们一六六支队与一六四支队换防的期间，美军的飞机对我军的火力配置进行了频繁的侦察活动。他们准备在这个时候撕开战地的口子，想让我们知难而退。

经过一夜的激战，虽然没打下飞机，但也打击了美军的嚣张气焰。

第二天天亮，晴天，碧蓝的天空上飘着几朵白云，能见度一万米。还没有撤离战场的兄弟部队的战士们在等待我们五十一大队去换防。他们隐蔽在丛林中，钢帽和大炮上都用树枝做了掩护，做好了射击准备。警报随时会拉响，饭碗才端上，就听到警报声，战友们迅速放下饭碗，各就各位进入了一等战斗状态。天气好是敌机轰炸目标的最佳时机。刚到战地就进入战斗状态，昨夜一场激战，感觉空气里的硝烟还没有散尽。我们刚踏上安沛的土地，就能从每一缕空气里、每一片树叶上嗅到火药的味道。

安沛的天空，就是以这样惨烈的面目迎接着我们一六六支队的官兵们。

这天九个小时内，拉响十二次警报，我们就十二次跑上炮位。机场方向是敌机轰炸坐标山头，下午三点二十二分，五号哨所报告，三十二号爆音，部队当即一等。二十四分，近方图板发现美军第十三批飞机飞过来，各中队下达射击命令，各营相继在一万米到一万五千米上空捕住目标，三点四十五分向敌机射击，一举击落一架飞机。

敌机从四面八方包围过来，部队很难集中火力射击，大家求胜心切，见到飞机就打，最后根本不知道是谁打下来的。敌机采取的是地毯式轰炸，三千多磅的重型炸弹，一架飞机可带三颗这样的炸弹。投下后地面形成圆锥形的三个大坑，坑深十多米，直径达三四十米，人掉下去很难爬上来。越是坚固的地方，炸弹的威力就越大，强大的冲击波让坚固的建筑物在瞬间瓦解，一倒就是一大片。

二百多公里的战线拉得那么长，在这条线上，多少战友把命丢在红河边、山头上。这些都是我后来才知道的，当时的惨烈远比文字描述得更悲壮。

在我们占领安沛阵地的第二天，老美的飞机趁我们脚跟未站稳，没有多少戒备状态的情况下，趁机进入防区。他们很快发现了五十五大队的一连炮瞄雷达，迅速发起猛烈的攻击，投下了一枚“百舌鸟”导弹。雷达整机被炸毁，人员伤亡惨重，对部队影响很大。后来我们总结出一套制服“百舌鸟”导弹的经验，避免了类似的损失。

我支队驻守的是越南西北部安沛防区，安沛防区是越西北交通命脉。部队部署于长达一百四十二公里的铁路沿线上。整个防区地处山岳丛林地带，山麓长达数千米，且树丛多，四季常青，杂草高达数米，几乎无路可行。每年 11 月到来年 3 月的旱季，雨雾连绵，极少有晴天；4 月到 10 月进入雨季，河水暴涨，在雨过天晴的时候，气温骤增。部队部署面广、线长、点多，仅伙食点就有二百五十一个，给作战与后勤保障工作带来了意想不到的困难。

五十一大队、五十三大队、五十五大队及支队四中队（欠六连）部署于安沛防区，担负掩护安沛机场、车站、桥梁等目标的对空安全任务，并以一个营的兵力在文振、瑞上、扶轩渡口及七号公路实施机动作战，歼灭敌人。其中五十一大队部署在 119.8 高地、巡馆、同乐、嵝山之间地域，主要任务是掩护安沛车站、红河渡口，截击自东南方向攻击安沛机场的敌机；五十三大队一个中队（营）的兵力部署在安沛机场东北侧和安沛以北无名高地，另以两个中队的兵力，配置于 95.7 高地、孙热、铁路以北的地域，主要任务是歼灭袭击安沛车站及机场的敌机；五十五大队部署在安沛机场周围，主要任务是掩护安沛机场及领事馆的对空安全；支队四中队（灯营）并指挥五十五大队探照灯连，配置在安沛及机场周围，担任安沛防区的照射任务，保证火炮夜间射击，共同完成歼敌任务。

五十二大队并指挥支队四中队探照灯六连，担任孙寨防区的作战任务。以三个中队的兵力分别部署在寨湖、铺合和茂东地域；以两个中队兵力及探照灯六连部署于孙寨车站两端高地，担任保障上述防区车站、桥梁的对空安全任务。

五十四大队担负保河防区的作战任务，掩护该防区内重要铁路车站、桥梁及其他目标的对空安全，以三个中队的兵力分别配置在老街西南、郎奔西南、郎盖以西区域。根据进袭安沛防区之敌机基地在泰国柯加、乌隆、乌汶和色欺，主要航线：一是经老挝桑怒，越南木州扶晏、靖渡进入；二是由老挝桑怒，越南文振、秀丽、保河、郎盖进入，主要进入方向为防区的西南、正南，其次是东南、正南、正西、正东等。部队应及时发现识别空中目标，判断机型、架次、航向、高度、编队，迅速指示目标，观察射击效果和敌机坠落方位、距离，研究敌情，掌握敌机运动规律。

一六六支队周密组织对空侦察配系，共设八个环视雷达站，分别部署在铺合（一站）、良岩（二站）、外楼（三站）、兰庭（四站）、孙翠（五站）、孙翠西（六站）、诺马西北（七站）、无名高地（八站）。共设九个远方对空观察哨，分别部署于陆安（一哨）、宣光（二哨）、东园（三哨）、扶晏（四哨）、文振（五哨）、嘉会（六哨）、秀丽（七哨）、文盘（八哨）、郎盖（九哨）；设立六个近方对空观察哨，分别部署在大左（二十一哨）、德军（二十二哨）、和平（二十三哨）、克然（二十四哨）、克农（二十五哨）、月妊（二十六哨）。

勇士痛歼飞贼

根据昆明军区前指指示及与一六四支队交接防务协同规定，一六六支队所属部队同一六四支队所属部队，采取逐级对口交接防务（含指挥）的方式进行换防。各中队（营）占领阵地（换防）后，即同一六四支队所属大队构建通信联络，并接受其指挥。当大队所属各中队（营）全部换防完毕后，大队即正式接替指挥，并与一六四支队构建通信联络，接受一六四支队指挥。支队所属各部队换防完毕后，支队指挥所即于1968年1月20日18时正式接替了一六四支队的指挥。届时，一六六支队全部接替了一六四支队的防务。

火线接防，初战告捷

一六六支队入越以后，牢固树立“人民军队永远是战斗队”的思想，始终保持高度警惕，积极备战，英勇善战，与侵越美军敌机进行了坚决斗争。

1968年1月9日至19日，在一六六支队与一六四支队换防期间，美军飞机对我火力配系进行了频繁的侦察活动，主要采取的侦察手段有：一是专程侦察，此期间，敌出动RF-101、F-4C共四批十架，对安老全线实施了目视和照相侦察；二是强行试探性（火力）侦察，此期间，敌出动F-4C、F-105共十批一百零八架对安老一线重点目标进行了试探性火力侦察，其主要目的是探明我高炮火力配系，测定炮瞄雷达位置，为而后实施较大规模的轰炸攻击做准备。在此同时，美军先后出动三十二批一百四十二架F-4C、F-105攻击机对安沛机场、铺合车站、孙寨车站、寨湖75号桥、郎盖71号桥、镇安车站等目标实施了攻击，共投弹九十枚，对582雷达发射"百舌鸟"导弹三枚、气浪弹十六枚，投掷子母弹六箱。

1968年1月18日12时25分，驻防在郎奔地区的一六六支队五十二大队指挥所人员在图板上发现一批敌机临近，大队指挥员立即下达"部队一等"命令。12时28分近方图板的34号方位两架F-4C临近，大队指挥员提醒三营注意34号方向。30分30秒三营报告"34号发现目标"，大队即令"符合条件，坚决射击"。当敌机临近至五千米左右时，炮（枪）连均捕住目标，三营指挥员果断下达"瞄准第二架，集火近战"的射击命令，一举击落敌机F-4C一架。

这是五十二大队入越后首次战斗。该大队三营一、二连与五十四大队、五十五大队协同作战，取得了一举击落敌机一架的战绩，参战部队受到了极大鼓舞。其主要经验教训：一是指导员指挥果断。大队指挥员、三营指挥员指挥果断，命令及时，反映各级指挥员能正确地判明情况，果断地下达命令。二是部队射击准备充分。营、连队对射击预案十分熟悉，一旦接到通报（命令），能在较远距离发现并捕住目标，保证能在有效距离上实施射击。

三是部分炮手的实战心理准备不足。射击时，较多炮手由于心情紧张，未压下炮弹，未踩下发火机，造成不能实施射击的现象还比较严重。

一六六支队在换防期间，共作战九次（其中与一六四支队六十大队协同作战三次），击落敌机六架（其中 F－4C 三架，F－105 三架），击伤六架（其中 F－6C 一架，F－105 五架）。一六六支队牺牲两人（其中干部、战士各一人），伤八人，五十五大队一连炮瞄雷达重损。

在换防期间的对空作战中，一六六支队的各级指挥员都受到了实战锻炼，初步探索了一些制敌活动规律和作战规律，鼓舞了士气，为正式接防后的作战积累了宝贵的经验。

接防初期，战斗频繁

1968 年 1 月 20 日 18 时正式接防后，战斗频繁。截至 3 月 29 日共作战三十三次（其中 1 月份十二次，2 月份十五次，3 月份六次），击落敌机六架，击伤两架，一六六支队牺牲六人，伤二十五人（其中重伤七人），重损炮瞄雷达两部、37 炮一门，炸坏被复线 4398.1 米、电话单机一部、调频机一部，炸断电缆两根。

正式参战后，经历过好几次的重大战斗，我至今记忆犹新。

◆ 1 月 18 日安沛首次作战 ◆

1968 年 1 月 18 日 15 时 22 分至 16 时 10 分，美军飞机四批三十二架入侵我防区，其中 08 批一架对机场攻击。五十三大队除六中队高机连外，均集中对该架射击，计九个炮连（四十二门 37

炮）、三个高机连（十二挺14.5高机，九挺12.7高机），耗37炮弹七百七十三发、14.5枪弹六百一十八发、12.7枪弹三百三十八发。我轻伤六人，武器器材无损，被保卫目标无破坏，取得了该团入越作战一举击落敌机一架的首战胜利。

五十三大队于1月14日奉命入越接替一六四支队任务占领阵地。支队党委指示该团："提高警惕，切实做好战斗准备，争取首战告捷。"部队指挥员不顾长途行军疲劳，抓紧进行战斗准备。到达安沛的当晚，召开了作战会议，分析了敌情，研究贯彻支队党委指示的措施，制订了作战预案，并明确规定：晴天，雷达不开机，用测距机诸元进行射击，一线连开火距离不得大于三千五百米，对目标高度大于三千米的不射击。会后，各连连夜进行了动员。18日上午，各连进一步检查了武器、器材，抓紧时间结合预案进行训练。午前，已做好一切战斗准备，严阵以待。

1968年1月18日下午，晴，碧空，能见度一万米。15时22分，5号哨报告，32号爆音，部队当即一等。15时24分，近方图板共发现十三批二十四架敌机，从3号方向窜入，经4号方向向14号方向飞行，15时33分遂行分批返航。团部指挥员提示各营防止敌机利用返航乘机偷袭。08批（七架F－105）经34号方向擦边向3号方向飞行，其中一架绕至14号方向，向我战斗队形临近飞来。大队指挥员判断入侵敌机要偷袭，遂向各中队下达射击命令。各营相继在一万五千米至一万米捕住目标。15时45分先后向该架敌机射击，一举击落。该机（F－105）下滑高度两千五百米以上，下滑角十五度左右，航速二百四十米每秒，投弹一组（发现炸弹一枚）、子母弹两箱。

◆ 1月19日孙寨首次战斗 ◆

1968年1月19日15时30分35秒，五十二大队四个营相继对两批二十架F－105和F－4C进行射击。在较近的距离上，二、三、四、五营（五连、高机连未射击）各营集火射击，击落敌机一架，击伤一架。消耗37炮弹一千八百九十一发、14.5高射机枪弹两千七百四十四发、12.7高射机枪弹五百七十三发。敌机投弹四十七枚，炸坏铁路二百五十米（命中五枚，炸断一处二百米，掀翻一处五十米）。炸坏一、二、三营情报线四对公里。火炮器材无损。具体战斗情况如下：

1968年1月19日15时14分，敌出动两批二十架（F－105十二架，F－4C八架）。从32号方向、12号方向入侵我防区十二架（八架F－105，四架F－4C）敌机，分别俯冲攻击了东宫、茂东、孙寨、铺合车站和桥梁。

敌先混合大编队接近我防区，而后采用四架小编队，双机为组，多点有计划、有目的地实施全线攻击与侦察。俯冲高度四千至四千五百米，投弹高度三千五百至四千米，拉起高度一千至一千五百米，速度二百三十米每秒，航路捷径八百米以内。

1968年1月19日，天晴，能见度大于十公里，战斗队形四周有零星云块。

15时06分，远方图板发现两批目标，八架F－105，高度四千米，八架F－4C，高度四千五百米，不明机四架。在距八十公里时，大队指挥所命令“全部一等!”不久6号哨报告“32号爆音，航向14号”。此时，大队指挥员立即提醒部队“注意32号两批目标，充分做好打的准备”。各营指挥员复读了口令，并组织部队加强32号方向观察。15时22分45秒，四营高机连首先在32号方向发现目标，航向12号，大队指挥员下达了“在有利有效条件下，集火近战，坚决歼敌”的口令。四营指挥员迅速指示部队“注意集火近战”，“对水平目标射击距离三千米，对俯冲机射击距离三千五百米”。目标至12号方向，四架F－105转身改为“一”字纵队，向东宫车站飞来。营指挥员即下令部队“瞄准第二架”，“注意打俯冲机”。30分35秒，敌机距离三千五百米，前两架向车站俯冲攻击，此时，四营立即开火，第二架机翼中弹，腹部冒烟向3号方向坠落。在射击中，突然从1号方向出现后四架F－105，两架直向孙寨车站59号桥俯冲投弹。二连指挥员果断下达“1号俯冲机，打!”的口令，高机连与四连三门火炮立即转移火力射击，当时敌机左翼中弹，冒烟向32号方向下滑逃窜。

全线战斗历时二十秒，结束后，6号哨报告“敌驾驶员跳伞，在我哨2号方位，距离约三十公里”。

◆ 1月21日五十一大队首战告捷 ◆

1968年1月21日，五十一大队二连在越南安沛阵地上打了一个集火近战的漂亮仗，取得了首战告捷的重大战果。

这天上午9时许，连队里的警报突然拉响了。雷达站听到警报声，操纵手立即定位，开机进入侦察程序，时刻准备歼灭来犯之敌。雷达手在5800方位突然发现敌机施放的干扰源，狡猾的敌人不时地变换着干扰手段，他们施放的干扰源有条幅干扰、杂波干扰、巨型干扰，这种干扰在战争中相互矛盾又相互利用。我们当即判断敌机施放干扰的区域，正是它即将进入防空区域的方向。同时我们获得513环视雷达站的报告：方位5744，距离七十四公里，高度六千四百米，有一批三架编队之敌，正向我防区直线临近。于是，我们很快就能抓捕到临近之敌，突然间在四十公里处发现有一架敌机离开编队，直线向我防区域扑来。雷达机组人员当即判断此敌为佯攻，但是我们始终抓住其中两架主攻之敌，毫不放松。敌机在三十公里处果然来了个急转弯，盘旋一会儿后直向二连阵地猛扑而来。此时，雷达操纵手紧抓一架临近的敌机，在距离地面二十公里处大胆地进行自动跟踪，并当即向连指挥所报告：方位 5244 密位“二十公里，雷达已自动跟踪”。雷达站将诸元报出后，敌机临近十五公里时，已完全进入二连火炮有效打击范围。指导员张朝爱说：“再放近点儿打，给它一个有来无回!”连长汤善江强压心中怒火……紧接着标图员王天成报告“十三公里、十二公里”。连长汤善江将手中的红旗举起，一声令下“放！放！放!”雷达操纵手个个义愤填膺，饿虎扑食一般，全连集中火力，众炮齐发。炮排战士抓起一发一发愤怒的炮弹，向炮膛里猛填，一发发炮弹仿佛带着战士们的仇恨射向空中罪恶的敌人。轰隆轰隆的爆炸声连绵不断，响彻越南红河上空。两架敌机中弹，其中一架敌机被打得空中开花，另一架冒着一股长长的黑烟，拼命地向西南方向逃窜而去了。

战斗一结束，连长向雷达站呼叫：“你们怎么样呀？雷达怎么样呀?”雷达站长高兴地回答：“一切正常，非常良好。”接着连长向雷达站全体同志说：“我代表全连指战员向你们祝贺，表扬你们及时抓捕目标，这次战斗完全按照雷达诸元对敌射击，胜利地歼灭一架敌机啊！还利用光学仪器诸元击中一架敌机。”全连指战员得知战斗胜利的消息后，阵地上呈现出一片欢乐鼓舞的热烈景象。五十一大队二连入越第三天与美军的第一次交战，打了一场集火近战的漂亮仗。

◆ 1月25日安沛战斗 ◆

1月25日7时51分，敌机两批（F－4C、F－105各一批四架）攻击安沛防区，五十一大队、五十五大队对其中一批实施集火射击，取得击落敌机一架的胜利。

1968年1月25日，安沛地区低云，能见度三公里。上午7时以后，东南方向相继发现多批敌机。7时35分，一六六支队令“指挥所进入一等”。7时51分，远方图板西南方向发现敌机八架（F－105、F－4C各四架），距离八十公里临近。52分，部队进入一等。53分，敌距我六十公里时，由西南方向转向正南沿防区外围三十公里至四十公里分批向东飞行，批次间隔三十秒，距离四十公里时敌机从正东方向突然折返直蹿防区。58分，敌距二十五公里时，各大队指挥所先后下达了射击命令。此时，五十一大队一、二、四、五连，五十五大队一、二、三、十一连炮瞄雷达先后在十五公里至十七公里捕住01批敌机（F－105四架，高度三千五百米），五十一大队三连，五十五大队十、十二连炮瞄雷达捕住02批敌机（F－4C四架，高度六千米），有诸元后各连相继开火。敌机发射“百舌鸟”导弹两枚攻击五十五大队三连炮瞄雷达，未中。战斗历时一分零五秒，消耗85炮弹九十七发、57炮弹三百零三发，击落一架F－105，全支队除五十五大队工程车尾部被导弹破片击坏外，其余人员、武器、器材均无损伤。

◆ 1月31日郎盖战斗 ◆

1968年1月31日（春节）16时26分至35分，敌机两批六架，主伴配合，对郎盖防区实施轰炸攻击。担任郎盖防区对空掩护任务的五十四大队一营（单管37炮十八门，高射机枪九挺）和加强该营的陆军第十二军直属高炮营的双管高机连，以准确、突然、猛烈的火力集中射击，一举击落敌机F-105一架，消耗37炮弹三百五十一发、14.5高射机枪弹一千三百五十发。我人员武器无损。

郎盖是安沛至老街铁路线的交通要道之一，位于保河、寨湖之间，东临大象山，西靠红河。郎盖车站和附近的桥梁是敌机经常攻击的目标之一。

五十四大队一营和加强的陆军第十二军军直高炮营的双管高机连，于1968年1月17日夜进驻该地，接替炮兵第一六四支队某一营的防空作战任务。敌机为摸清换防后的部署，侦察活动频繁，战斗前，先后出动七批二十二架进入郎盖防区进行侦察和攻击。该营于19日、24日作战两次，无战果。战后，在上级的帮助和指导下，营党委对作战中暴露出来的问题进行了认真研究，修改了作战预案，调整了作战部署。

1968年1月31日，气象云量2~4，云高一千五百米，能见度八公里至十公里。

16时26分，远方图板在西南方向七十公里标出一批敌机（机型、架数不明），营指下令“指挥所一等”。至六十公里时图板上目标消失，营指判断敌机可能转入低空，命令“部队一等”。16时29分，近方图板在西南方向三十公里重新标出该批目标，同时3号观察哨报告：“西南爆音，航向郎盖。”16时31分，阵地侦察员在西南方向发现F-105四架，距离八千米，高度四千五百米，向正东飞去，随后消失。副指挥员提醒指挥员“注意敌机折返攻击”，指挥员立即下令：“枪炮对向正东。”16时34分，侦察员报告："正西，F－4C 两架，高度三千五百米，距离八千米，左行临近。"营指挥员判断是佯动机，枪炮和主要观察器材继续监视正东。此时，营指和一连首先在东北方向发现 F－105 四架，高度四千米，成一路纵队右行临近，营指下令："东北敌机瞄准第一架。"各连相继在六千米以外捕住目标，距离五千米时，第一架敌机以四十五度角向 217 号桥俯冲。营指下令："俯冲机，放！"全营于三千五百米集火对第一架机射击，而后转火第二、三架。第一架俯冲机起火，坠落在东南方向二十公里外，其余敌机仓皇投弹后向西南方向逃窜。

◆　3 月 20 日寨湖战斗　◆

1968 年 3 月 20 日 15 时 37 分，五十二大队一营，对侦察寨湖的两架 F－4C 敌机进行了射击。战斗持续时间四十五秒，消耗 37 炮弹四百五十八发、14.5 高射机枪弹一千二百发、12.7 高射机枪弹一百一十九发，无战果。

寨湖位于孙寨防区最西北边沿，其车站和桥梁，也是敌人攻击的重点目标。

一营于 1968 年 1 月 13 日进驻该地区担任防空作战任务后，连续三个月阴雨连绵，云雾低沉，晴天稀少。敌机在寨湖地区上空的活动较以往有所减少。一般为中、高空云上过航或寨湖上空编队，攻击郎盖、茂栋地区。

3 月 20 日 15 时 37 分，两架 F－4C 小间隔、斜形编队，高度一千八百米左右，从 32 号方向进入，专程对寨湖地区实施强行侦察，为以后的攻击做准备。

3 月 20 日，天晴，上空四周有零星云块，能见度大于十公里。下午远方图板在32号方向收到十七批目标，于防区外围盘旋活动。15时23分，其中一批距离一百公里时，部队进入一等。15时35分，远方六号哨所报告："32号低空机、F－4C两架。"大队即指示："一营注意32号低空机，要集火近战瞄准打！"不久营测手于一万八千米首先发现目标，各连也先后于六千米外捕住了目标。距离四千五百米时，营指挥员下达了"全营集火，瞄准左一架"的命令，于三千五百米时重复下达了"打"的口令。15时37分42秒，各连相继开火，敌遭打击后，经1号向14号方向撤出。

◈ 3月29日安沛战斗 ◈

1968年3月29日下午，有轻雾，云量7，云高一千米，能见度十公里。

15时16分，西南方向出现两批敌机，距离一百公里，部队进入一等。以后敌机逐渐增多，至15时39分，近方图板在正南、西南方向先后发现敌机十一批，均在我防区外围二十公里至五十公里活动。15时40分远近图板上情况全部消失。指挥所命令"严密注意低空"。

15时52分，环视雷达站于西南方向五十公里处，发现四架F－4C直行临近，至二十公里时分批，二十三架外环返回，两架高度两千九百米，利用云层由西南方向突然临空进行侦察。五十一大队85炮二、五、六连，37炮二连一排；五十三大队37炮三连；五十五大队85炮一、三连，57炮十、十二连，以及37炮七、九、八连（一门炮），各炮连相继捕住目标，并先后对该批敌机进行了射击，无战果。敌向西北方向离去。消耗85炮弹九十三发、57 炮弹一百六十八发、37 炮弹二百七十发。

此次战斗，敌机飞行条件对我射击比较有利，情况保障也很及时、准确，有十一个炮兵连参加了战斗，是应该打好的一仗，但无战果。主要原因是轻敌麻痹，仓促应战，依赖炮瞄，缺乏多手准备。

针对美机战术变化多端、新式武器杀伤力强及狂轰滥炸的特点，我高炮部队采取重点设防和机动作战相结合及集火近战的打法，从被动中争取主动，歼灭美机，保卫目标的安全。

在那场鲜为人知的援越抗美战争中，自 1965 年 6 月开始，我军先后向越南派出防空、工程、铁道、扫雷、后勤保障部队达三十二万余人，和英雄的越南人民携手并肩与美军作战，共同谱写了一曲曲惊天地泣鬼神的壮丽凯歌。据有关统计数据显示：1965 年 6 月至 1973 年援越抗美期间，我军共对空作战两千五百余次，击落美机一千七百零七架，击伤一千六百零八架，俘获美国飞行员二百一十一名，沉重地打击了美国侵略者，保卫了越南北方领空，有力地支援了越南人民抗美救国斗争。

我所在的一六六支队率五个高炮团、十七个高炮营、一个探照灯营、五十七个高炮连、十五个高机连及五个独立排，三个灯连，三十二个指挥、勤务保障分队，参战人数一万五千余人，各种车辆一千一百七十七辆，火炮三百三十六门，高射机枪一百一十五挺，作为第八批入越作战部队。在越南的十八个月中，对空作战四十二次，击落敌机十二架，击伤八架，有力地打击了美军的嚣张气焰，有效地保卫了越北西线的安全。

热血铸就忠魂

战争就像一条“变色龙”，它让一个个正常人变得不正常，一粒小小的弹丸、弹片就能让一个身强力壮的小伙子变得缺胳膊少腿，变成一坨横飞的血肉。

在临战思想动员时，我们不仅立下了军令状，而且写了血书。我们想：老子来了，就没有打算活着回去，来了就是打仗的！

出国作战，流血牺牲在所难免。部队进入战区后，立即组成抚恤小组，为作战牺牲的烈士们的后事做准备。

抚恤小组组长由支队政治部组织科科长郝玉山担任，干部科干事邹正新等人为成员。他们首先查看了前几批轮战部队安葬烈士的墓地朗达烈士陵园。烈士们的墓已经从山下排到了山顶，已无空地安葬新的烈士，必须勘察地形，建新的墓地。

通过越军驻我师联络组，在安沛市东北郊盛兴地区找到一块坐南朝北、面向祖国、地势较为平缓的山地作为烈士墓的新址，取名为“友谊山”。抚恤小组成员自下而上测量好每个墓地的位置，并用小木牌编上号，如有战友牺牲，将按编号依次掩埋。布置完毕后，小组的同志们还相互开玩笑说，谁来当一号墓地的主人。

抚恤组的战友们做这些事时尽管轻松地开着玩笑，内心却是悲壮的。战火无情，我们谁也不知道自己是否能活着回去，每个人都是把命别在裤腰带上。

我部接防后，即投入了频繁的战斗。1968 年 1 月 11 日上午 10 时，美军多架 F－4C 战斗轰炸机对我保卫目标进行了狂轰滥炸，我高炮部队进行了英勇还击，敌机当即被我击落两架。随后敌机又向我炮兵阵地发起攻击，发射多枚“百舌鸟”导弹，其中一枚击中配属我师的海军高炮五团一连炮瞄雷达，当场牺牲干部战士各一人。支队指挥所接到报告后，支队副政委侯建斌带领作战参谋关万强和干部科干事邹正新，迅速赶到遭攻击的连队。当时阵地上还是一片狼藉，干部战士情绪受到很大影响，大家都为牺牲的战友感到十分心痛。战斗结束后，侯副政委马上集合部队，进行思想动员，号召大家化悲痛为力量，用新的胜利为牺牲的战友报仇。同时协助连队做好各种善后工作，安排了烈士的后事。

战斗中牺牲的一名干部是该连雷达站站长，名叫仇友益，上海川沙人，出国前刚刚结婚，蜜月未完就随部队赴越南战场。牺牲后他被追记二等功。他是我支队在战斗中牺牲的第一人，也是唯一的一名干部。他被安葬在“友谊山”第一号墓地。与他同时牺牲的一名战士郑必成安葬在第二号墓地。

在遂行援越抗美作战任务中，我军官兵共阵亡一千四百多人，负伤四千二百多人。我支队参战官兵用青春、热血和生命谱写出一首首可歌可泣的壮丽诗篇，涌现出一大批英模人物。有在 1968 年 2 月 11 日安沛战斗中，雷达站被美军“百舌鸟”导弹击中，头负重伤，脑浆外溢，仍双手紧握操作手轮，坚持到战斗结束的“麦贤得”式战士、一等功臣顾品康；有身负重伤，昏倒在阵地上，刚恢复知觉，又重新爬上炮位投入战斗的副班长张书楷；有左臂负重伤被抬下炮位后又跑回战斗岗位，用右臂坚持操作，直至战斗结束的班长钟光全。更有十七名战友在执行援越抗美任务中先后献出了宝贵的生命，被追认为烈士，长眠在越南“友谊山”上。他们中有在各次战斗中，与阵地共存亡，身负重伤不下火线直至光荣牺牲的薛应富、仇友益、郑必成、蔡明贵等烈士，也有奋不顾身跳进红河激流，抢救落水的越南群众而被洪水卷走壮烈牺牲的，被誉为“罗盛教”式的战士卜万义、尤胜玉烈士……数千名干部战士功勋卓著。

在援越抗美作战中，我支队有五十六个连队（单位）荣获四好连队（单位）光荣称号，有四十二个连队（单位）荣获集体三等功。

全支队有四人荣立一等战功，他们是海军高炮五团二连雷达操纵手顾品康、炮兵第六一七团二连侦察员卜万义、炮兵第六一七团二连一炮手尤胜玉、炮兵第六一五团四连侦察班副班长高桂瑾。

有八人荣立二等战功，他们是海军高炮五团一连雷达排长仇友益、海军高炮五团一连雷达操纵手郑必成、炮兵第六一五团指挥连电话员薛应富、炮兵第六一七团五营二连五班班长蔡明贵、炮兵第六一七团五营二连五班二炮手雷松发、炮兵第六一七团五营二连五炮手杜守勤、炮兵第六一七团二连炮手刘争扬、炮兵第六二四团一连六班四炮手钟光权。

有一千零九十一人荣立三等功。而那些长眠于越南战场的烈士们，无论身后有多荣耀，再也无法感受到这份荣光。

战火培育英雄，热血铸就忠魂。

中国后勤部队一六六支队五十五大队二连雷达操纵手、共产党员顾品康，是一位优秀的革命战士。他在援越抗美战场上，用一颗红心和满腔热血，实现了自己的誓言：“只要我的心脏还在跳动，就要为毛主席奋勇战斗！”人们称赞他是“麦贤得”式的“硬骨头”战士。

1968年2月11日中午，顾品康同往常一样，在聚精会神地学习毛主席诗词。忽然警报响了，美军又来捣乱了。顾品康听到警报声，立即冲了出去，第一个进入雷达车体，首先在荧屏上捉住了敌机。就在这时，一枚导弹在雷达掩体爆炸，弹片击中了顾品康，就在他身负重伤的一刻，在脑浆外溢到荧光屏上的一刻，在他呼吸极度困难、心脏跳动微弱的一刻，他仍然紧紧地握着操纵手轮。卫生员把他抬下火线送去抢救，受伤的顾品康像个血人，他的头颅粉碎性骨折，肺部爆震伤，全身血液失去四分之一，生命处于垂危状态。战友张昌盛看见顾品康的嘴唇在微微抖动，一下、两下……他贴近顾品康的嘴边，只听到他断断续续的微弱的声音：“打！给我狠狠地打！”

医院全力抢救他，战友们翻山越岭涌来献血。医务人员吃不下饭，睡不着觉，争着守在他身旁，焦急地等着他醒来。可是，一个小时、两个小时过去了，顾品康没有醒来；十个小时、二十个小时过去了，顾品康仍在昏迷中。抢救了近一昼夜，顾品康才完全脱离昏迷状态。

由于神经受到破坏，顾品康的双腿和左手瘫痪了，右手只能不自主运动。血压气球放在他手里，他乱捏乱抓没几下就弄坏了。可当别人把笔和纸放到他面前时，他用颤抖的右手拿起笔，一笔一画地写下了五个大字："我要上战场。"医生看他能写字了，高兴地说："小顾，把你心里最想说的话都写出来。"顾品康无限深情地望着毛主席像，无声地笑了。滚满汗珠的脸上苍白如纸，挣扎着在纸上写字，他的手握不住笔，抖成一团。

整整半个多月，顾品康一直处在昏迷和半昏迷状态，对于许多日常现象还是没有反应，医生把葡萄喂到他嘴里，他不知道吐核，大小便失禁，但他努力地用残存的意识去感知身边的人和事。他听到连队里的起床号，听到大喇叭里放的"东方红，太阳升"的歌声，他知道新的一天开始了。他把战友送给他的毛主席竹刻像贴在自己心口，嘴里轻轻背诵着《毛主席语录》。有一天，伤势的恶化给他带来了剧烈的疼痛，连说话都困难，感觉肺快炸了。但还是撑着和身边的人说话，询问战场上的情况，也问自己的病情。他对医护人员说："我不能残废，我还要上战场。"他以惊人的毅力，同伤残做坚强的斗争。由于肺部爆震伤，顾品康的气管开口处插进了一根银质管子，呼吸比较困难。他用手堵住气管的开口处，以坚强的毅力配合治疗，和生命做抗争。医生每天要为他注射二十针给肉体带来极大痛苦的药剂，并不断地给他的伤口换药，疼痛经常使他全身汗湿，但是医护人员从未听他哼过一声，从未听他叫过一声痛，反而是他给医护人员以宽慰的笑容。医护人员说："顾品康是铁打的、钢铸的，是毛泽东思想造就的无产阶级硬骨头。"越南病员也赞扬他是铁打的硬汉。

卜万义、尤胜玉是为抢救越南人民而英勇献身的"罗盛教"式的英雄战士。

卜万义同志是五十二大队二连侦察员。1968 年 8 月 13 日、14 日连续两天倾盆暴雨后，山洪暴发，红河水位猛烈上涨，造成越南北方百年未遇的洪水大泛滥，越南人民生命财产受到严重威胁。在情况万分紧急的时刻，卜万义同志看在眼里，急在心里，眉头皱得紧紧的，心情十分沉重，恨不得一下驱散乌云，解除这场灾难。下午两点，连里接到通知，抽部分同志帮助越方抢救粮食。刚下中午哨的卜万义听到消息后，马上跑到班长那里，恳切要求参加抢救粮食的战斗。班长同意后，他像支离弦的箭，在副指导员的带领下，立即投入了战斗。天上的雨倾盆而下，地上的水势凶猛如兽。卜万义同志全身雨水汗水交织在一起，直往下流，忘记了一切，扛着一袋袋沉重的大米和面粉，往返一百多米，像一条蛟龙，在齐腰深的水中健步行走，一直干到下午五点半钟。卜万义同志这时力气已耗光，深度疲劳，但他只喝了一碗汤，湿透的军装裹着身子，也无法换，又主动要求到火车站运菜。因洪水暴涨，火车误了点才作罢。

指导员刚到连队，就接到营部指示："全力以赴，抢救越南人民！"这是一个最紧急的战斗命令。一个由七名共产党员和两名共青团员组成的救人抗洪抢险小组很快组成了。共产党员卜万义忘记了全身疲惫，抢着报名参加了抢救组。在指导员简单的战斗动员后，新的战斗又打响了……

战斗小组顶着暴雨，面对洪水，在齐胸深的激流中，一手打着电筒，以最快的速度向老乡家奔去。大家只有一个念头：快！快！快！抢救越南人民要紧，时间就是生命。大家在争夺着每一秒钟，赶到老乡家里，屋里已经进水了。指导员果断地说："先抢救老人和小孩。"同志们坚定地表示："就是牺牲自己，也要抢救越南人民脱险。"卜万义打开预先准备好的雨衣披在五岁的裴氏瑞安身上，抱着这个小女孩，蹚着滚滚的洪流，将小女孩送到安全地点。雨越下越大，天越来越黑，洪水以每小时四十多公分的速度猛涨。同志们的心绷得紧紧的，有人提出，争取时间，从这里游过去。大家异口同声地回答：“好，就从这里游过去，早一秒时间过去，老乡就少一秒的危险。”抗洪抢险的勇士扑通扑通地跳进了深达八米的激流中，第二次抗洪抢险战斗开始了。大家以最大的毅力，顶着逆流，迎着恶浪，向前游去。忽然，一个紧急的情况发生了，在接近堤坝时，山洪发了疯似的翻过堤坝，犹如猛兽直流而下，这势不可当的急流形成了长十多米、宽七八米的旋涡，把同志们弄得晕头转向，好几个同志呛了水。卜万义两天来没有很好地休息，从中午到现在持续战斗八个多小时，他忘记了饥饿、寒冷和疲劳，不顾洪水的威胁，顽强地跟洪水搏斗着……当被卷进旋涡呛了水时，他头脑还十分清醒，深知自己没有足够的力量战胜旋涡了，然而他却坚信同志们一定能够完成任务。为了避免同志们来救他再发生危险，他没有呼救一声。在这千钧一发之际，他想到的是其他战友的生命安全，他想到的是让越南人民尽快脱离危险，他想到的是英雄李文忠在生命垂危时刻“不要管我”的高大形象，唯独没有考虑个人生命的危险。在跟洪水顽强搏斗中，又一个巨浪打过来的时候，卜万义被洪水卷进了八米多深的水底。

不幸的消息传开，被抢救的越南老乡、七十八岁的范老太太及两家大人小孩，几天吃不下饭，守在堤坝边，沉痛哀悼卜万义同志。越南人民军外事联络组代表，越方铁路局安老铁路段，文安县、茂阿乡被救者家属纷纷前来参加追悼会。安老铁路段阮段长在悼词中说：“感谢毛主席和中国共产党培养出来的国际主义的好党员。”并号召全铁路段四千多名干部、职工学习卜万义烈士的国际主义精神，化悲痛为力量，圆满完成国家铁路运输任务，支援前方，狠狠打击美国侵略者。

肃立的大象山在向烈士致哀，滔滔的红河水在为英雄放歌。卜万义舍己救人的英雄事迹，传遍了红河两岸，传遍了整个大象山区，传遍了部队的每一个战斗阵地。人人都在颂扬他的崇高精神。

尤胜玉同志是五十二大队二连一炮手，他也是被部队和越南人民誉为“罗盛教”式的国际主义英雄。

1968 年 8 月，连续几天暴雨，造成山洪暴发，红河水泛滥，一场百年不遇的大水灾发生了，越南人民的生命财产受到严重威胁。

14 日傍晚，二连接到上级紧急指示，解除战备，全连集合执行一场新的战斗任务，去越方仓库抢运粮食。全连干部战士斗志昂扬，卷起裤腿，迅速投入了抗洪抢粮的战斗中，四班战士尤胜玉被留下护卫阵地。他目送着战友们离去，心里十分焦急，他深深为越南人民的生命财产担忧，迈着沉重的步子回到班里。雨下得更大了，天也渐渐黑下来，洪水在猛烈地上涨。他顶着暴雨，一会儿跑到这个班检查，一会儿跑到那个炮位看看。当他发现班里的弹药库快要进水时，便立即将十三箱炮弹，一箱一箱地搬到阵地上。这时，听说为了保证越南人民的安全，连里要成立巡查小组，尤胜玉顾不得擦一擦满脸雨水，喘着粗气，再三向连里恳求参加了巡查小组。

巡查小组一行三人，由指导员项定绍带领，绕到水库旁边，想从堤坝上过去。可是水库已与红河水连成汪洋一片，堤坝早已看不见了。指导员刚要下水，就被尤胜玉一把拉住，说：“我水性好，我在前面探路!”说着抢到前面，一手拿着竹竿，一手打着手电筒，在齐腰深的水中摸索着前进。

雨越下越大，水势越来越猛，二连召开了紧急会议，根据巡查情况，决定马上成立抢救小组，抢救已经被洪水包围的两家越南群众。尤胜玉第一个报名参加。指导员知道尤胜玉有腰伤，望着这个全身湿透了的可爱战士，迟疑了一下，说：“你刚巡查回来，你的腰……”没等指导员说完，尤胜玉就斩钉截铁地说：“不，这是一场严峻的战斗，我是共产党员，为抢救越南人民，就是牺牲也心甘。”指导员深深地被他无私无畏的精神所感动，批准了他的请求。尤胜玉就像久久守候在战壕里的战士忽然听到冲锋号一样，一马当先，冲了出去。

以指导员为首的九人抗洪抢险小组很快又到了水库旁，尤胜玉又是第一个跳进激流中，顶着暴雨，迎着恶浪，勇往直前。这时，洪水已经齐胸口深了。尤胜玉知道，堤坝旁就是七八米深的沟，他想到后边八个兄弟的安全，再次大声招呼：“你们离我远一点儿，如果我遇到危险你们就找另一条道走。”尤胜玉处处为别人着想，唯独没有考虑自己的安危，充分显示了舍身忘我的共产主义精神。

当尤胜玉和战友们赶到越南两户群众家里，屋子里已进满了水。两户群众正在万分焦急的节骨眼上，突然看到中国军队来了，就像见到久别重逢的亲人一样，激动得热泪盈眶。尤胜玉从指导员手里接过三岁的裴学栓，用早已准备好的雨衣裹好，对孩子的母亲说：“有我们在，就有你们在。即使自己牺牲，也要让你们脱险!”说完就转身冲进洪水。

雨像瀑布一般倾泻，大象山脉的千沟万川直奔红河而来。前后不到一个小时，洪水竟上涨了三十多公分。为了使还被围困在洪水中的四名越南群众尽快脱险，同志们毅然反身，投入第二次抢险。

时间就是生命，尤胜玉心急如焚。他凭着自己熟悉地形，心想：只要从阵地下游过二十来米宽的深沟，就能直接上堤坝。于是立即提议说："争取时间，从这里游过去!"大家一致赞同："对，从这里游过去!"话音刚落，一个个纵身跳进了滚滚激流。共产党员尤胜玉连续几个小时和洪水搏斗。这时他完全忘记了自己的腰痛，把生命置之度外，为了抢救越南群众脱险，明知恶浪险，偏向恶浪行。忽然，一个浪头猛扑过来，尤胜玉呛水了，过度疲劳，加上在水里长时间战斗，他的腰一阵阵剧痛，时而强行露出水面，时而被恶浪打入水下。指导员看到他有危险，连忙来拉他，尤胜玉想：指导员水性不如我好，这里水深流急，不能连累他。为了同志的安全，为了越南群众脱险，他哪顾得上个人的安危，大声说："不要管我！抢救越南人民要紧!""哗——"又一个巨浪铺天盖地地压来，把指导员和尤胜玉冲开了，两人都呛了洪水。尤胜玉被洪水冲退了好几米。就在这时，一个更危急的情况发生了，红河水翻过堤坝，犹如猛兽直流而下，形成了巨大的旋涡，他的生命处在危险中……刚上堤坝的共产党员刘增扬，看到情况危急，连声疾呼"尤胜玉！尤胜玉!"，并迅速跳入激流进行抢救。英勇战士尤胜玉早把个人生死抛到九霄云外，他唯独怕的是，前来抢救自己的战友遇到危险，他要把这个危险区尽快告诉战友。可洪水旋涡已经把尤胜玉旋得头昏脑涨，精疲力竭，怎么也挣扎不出水面，怎么也呼喊不出声音。他以最大的力量，顽强地踏着洪水，顶住恶浪，最后一次挣出水面，从肺腑里喊出最响亮的声音："这里有危险，不——能——来！"这声音划破了黑暗的夜空，鼓舞着战友们勇往直前！这声音喊出了一个真正无产阶级战士舍己为人的崇高精神境界。尤胜玉被洪水吞噬了，但他永远活在我们心中。

战场情况瞬息万变，战斗危险无处不在。

到越南战场不知不觉半年过去了，这半年对我们每个人来说，用"脱胎换骨"来形容并不为过。空中与地面上的较量有太多的不确定性。天上一个炸弹扔下来，地上一群人指不定就"报销"了。在抗日战争、解放战争、抗美援朝战争中，我军面临的大多是与敌面对面枪战，是看得见的危险。而在援越抗美战斗中，主要是防空作战，是我军的高射武器与美军飞机的较量。这种危险往往先是方向目标不明，等敌机临近时，已措手不及。而且美机投弹的变数也很大，被炸的险情无法预测。

时间到了1968年2月18日，离1月18日那天的激战过去整整一个月，战友们想起一个月前刚进越南地界就遇到的惨烈场面，心还在战栗着。就在这天晚上十一点多，我们又发现多架敌机从北部湾航母上起飞，不可一世地向安沛防区扑过来，向所到之处投下炸弹。

警报声响起，刺破了寂静的天空。刚开始进入战斗，我们对警报声有点儿紧张恐惧，后来习以为常，只要听到警报声，便条件反射地奔向阵地。

地处红河东岸的指挥所，在一条百米长的山洼里，原来是个穿山坑道的窑洞，我们团就把这个洞巧用起来。窑洞里二十四小时灯火通明，但从外面看不见里面的光。

这个窑洞成了五十一大队的超强大脑，牵一发而动全身，每时每刻都处于临战状态。团领导分成两班，轮流休息，指挥作战。

团长王怀义，副团长王臣，参谋长王树山与副参谋长李禄元，他们一面仔细观察标图板，一面收听各战斗连队的报告。

雷达传来消息：敌机临近六十公里。少顷又报：敌机临近十五公里。参谋长王树山向各连队发出指令：“用雷达诸元，准备开火射击。”

高炮分队、对空观察哨、测距机手、高射机枪手、探照灯分队早已待命。

瞬间，红河两岸万炮齐发，巨大的炮声将安沛的天空撕开一个口子，愤怒的炮弹射向空中的敌机。黑漆漆的夜空被探照灯照成白昼，炮火下硝烟弥漫，泛出霞彩的光芒。

这个夜晚，安沛的上空原来是阴云笼罩，此时被炮火强行荡涤。炮弹的爆炸声在高空咆哮滚动，射向高空爆炸的弹片像冰雹一样在呼啸，不断穿越云层落入群山深林里。敌我双方数不清的炸弹、炮弹在空中撞击，飞向大地，落在哪里都是一片狼藉。

指战员们心里都明白，战场上无所谓生死，更谈不到后退和躲避，只能拼杀。一发发带着仇恨的炮弹，一排排枪弹，填向装满怒火的炮膛和枪管，射向那杀人不眨眼的美军飞机。

五十一大队二连雷达紧紧抓住敌机不放，向指挥仪和火炮传递着准确无误的诸元。全连指战员等待连长下达战斗命令。那晚四架编队的敌机企图偷袭我防区阵地，结果被我部队密集的炮群火力网打得就像无头苍蝇胡乱飞撞。有的被打得空中开花，有的中弹冒着黑烟潜逃。用战评时战士的话说：“那天晚上，打得真过瘾哟!”特别是一连三班二炮手魏崇远，在战斗中打得十分勇敢，在短短十几分钟的对空作战中，他连续发射百余发炮弹（每发重三十六斤，长八十公分），可想而知他的勇猛状况。他居然将连长下达停放的命令，置于脑后而不顾，打得更加勇猛无比，简直像打红了眼似的。他奋力装填炮弹拉栓射击，被班长周全义拦挡时，他还像猛虎一般怒吼道:“不要拉我，把这驴打掉，让我打个痛快!”魏崇远身高一米七，敦实健壮，性格好斗。他具有一种侠肝义胆的勇士精神。退伍后，他被安排在礼泉西安石油仪表厂工作，可惜后来病故，英年早逝。在炮兵中，二炮手的位置是重中之重。通常在选择二炮手的时候非常慎重。担任二炮手的士兵必须身体强壮，力气要大。一颗炮弹至少有三十多斤，全靠一只手的臂力顶上炮膛，手上会磨出很厚的老茧来。战斗中要不停地装炮弹，全靠手。和我一起入伍的同班同学程学贵战友，一到部队就当上了二炮手，他个头大，力气大，当了三年二炮手，手上磨出了好大一块老茧，至今还有痕迹。他后来当了炮排长、连长，之后调到军委炮兵部当参谋，再到南京军区军务部当处长，后转业到南京工作，至今军人气质不变。

在这次战斗中，我们团牺牲了两名英勇的战士，一个是安徽人黄兆胜，另一个是江苏泰兴人秦文源。这两名战士是在雷达车体外给报话机拉天线时牺牲的。他们暴露在外面，也知道自己处在凶险之中。但报话机是与指挥部联系的生命线，如果不赶紧接上，雷达就成了哑巴，传不出射击诸元，无法给指挥部传达信息。这两名战士在拉线的时候，雷达刚刚升高压，一枚“百舌鸟”导弹从天而降，正好从两位战士的中间穿过，他们当场就倒在血泊中，手里捏着的电线都给鲜血染红了。高炮打飞机，必须靠雷达升高压才能提供准确诸元，但升高压又会带来危险，因为雷达升高压时产生的高压电波，又会成为敌机顺着电波投弹轰炸的引导线。我们部队有几次雷达升高压时被敌机炸得机毁人亡的教训，这里就是考验敌我双方谁先下手为强。

后来听说被“百舌鸟”击中的还有海军高炮五团一个雷达站，现场惨不忍睹。导弹从雷达后车厢坠入爆炸，站长被一个未固定的组合箱（重三十斤至四十斤）击中头部，致使头破浆流，当场牺牲；一号手头部受重伤，当场不省人事躺倒在机箱旁；二号手被炸得全身体无完肤，血肉模糊，面目全非；四号手座位居高，被炸得腹部稀烂肠子流出外露，面色苍白生命垂危。两名同志伤势特别严重，当场牺牲。幸好雷达技师在导弹坠机的一瞬间，躺卧在发射机柜一侧，幸免于难，保住了生命。我们的战友一号手顾品康同志后经抢救存活，但留下了严重的脑损伤后遗症。顾品康同志荣获一等战功。

五十二大队八十二分队五班在一次战斗中，被气浪弹击中，几吨重的火炮被掀出十多米远。班长蔡明贵被抛出五十多米，二炮手雷松发头上的钢盔被弹片击穿，脑浆喷出，两人当场牺牲。五炮手杜守芳被震昏，手中还紧紧握着炮弹不松手。也是在这一次战斗中，五十三大队一连也有多人受伤，钢珠弹从四班四炮手小奚右脸颊打进，左脸颊穿出，打落了几颗牙齿。重伤的还有一个班长、一个二炮手，另有很多人被弹片、钢珠擦破皮肉。

这几名牺牲的同志，在遇难之前，还没能亲眼看到未婚妻甜蜜的爱情书信，这些信件成了遗物的一部分，后来的新兵们读到这些信，都流下眼泪。

这些不幸的消息瞬间传到指挥部。团长王怀义闻讯立即赶到现场查看。王怀义戎马一生，爱兵如子，眼睁睁看着自己的士兵壮烈牺牲，止不住热泪横流，疼得说不出话来。团长命战士们将黄兆胜和秦文源两位烈士净身裹素，在当地安葬。

在越南战场上，美军使用的作战飞机，大多是20世纪60年代生产的新机型，技术先进，性能好。飞机使用的炸弹，除了大当量普通炸弹外，还使用了先进的电视制导炸弹、激光制导炸弹、菠萝弹、钢珠弹和气浪弹等，这些炸弹命中精度高，破坏威力大，空袭的战术也有很大的发展。因此，我军在反空袭作战中遇到了许多新情况和新问题，战斗的激烈程度也是前所未有的。周恩来总理指示，越南既是个战场，又是个很好的练兵场，要充分加以利用，争取用两年时间，高炮部队都要去轮战一次。

在对越南北方的轰炸中，美机战术变化多端。对地面目标实行狂轰滥炸，对防空部队实施电子干扰炮瞄雷达，使用“百舌鸟”反雷达导弹；对人员使用杀伤力大的钢珠子母弹、气浪弹和蝴蝶弹等。

我的一位战友在帮越南老百姓插秧的时候，不小心引爆了落在水田里的子母弹。一声巨响，我年轻的战友来不及直起腰身，强烈的爆炸声将他的呼喊声吞噬，战友永远倒在秧田里，鲜血把水染得通红。这种子母弹在空中扔投时即炸开，随即有三百六十个子母弹射出，落地后有三百六十颗钢珠射出，杀伤力很强。

这是在越美和谈的那段日子发生的事。敌机基本停止了对越南北方的轰炸，同时也未发生美军“百舌鸟”导弹攻击事件。但是美军的侦察机F－4C仍然候机来我军防区骚扰。尽管如此，我军很少拉响警报。在时间允许的情况下，上级根据各连队的实际情况，安排战士们帮助越南群众下田劳动，主要是帮助当地的农民采茶、薅草、掰玉米、插秧等，以插秧为主。这些活儿对南方的战士来说轻车熟路，但对北方的战士而言却从来没有见过，所以北方的战士觉得新鲜，个个都挺兴奋，抢着下田学插秧。

1969 年 2 月 5 日，五十一大队四连共去了八名战士，在越南妇女的带领下前去劳动，走到半路遇到越南军人，我们互相行礼致意，并互相让对方先走，握手告别。战士们沿着一条丘陵小路向前走，大约走了三四里路程到达劳动地点，那里已经有十多名越南妇女在田里做事。她们见中国人来了，非常开心，放下手里的活儿鼓掌，欢迎战士们的到来。越南妇女很开朗，喜欢唱歌，一边劳动一边唱歌，感觉做活儿特别有劲儿。她们开始邀请中国的战士一起唱歌，年轻的战士们开始很不好意思，她们就先唱了一曲中国的《东方红》，令战士们非常感动。越南人能把中国的歌唱得这么好，我们为什么就不能唱呢？于是，战士们用中文唱起了《越南—中国》这首歌曲，算是回敬也好，算是对她们的尊重也罢，反正大家都很开心。接着她们又用汉语唱起了《大海航行靠舵手》，还用越语唱了中国的《红梅赞》，着实让战士们佩服。她们用中文唱《社员是棵向阳花》，战士们就唱《我是一个兵》《三大纪律八项注意》，当然唱得最多的还是那首《敬爱的毛主席》，她们会唱的歌太多了。

谁也没有预料到，在短暂的欢乐背后，有一个巨大的灾难在等着大家。突然，轰隆一声巨响，歌声戛然而止，水田里泥水四处飞溅，爆炸声连续响起。这是美军狂轰滥炸时撒下来的子母弹，有的落在原野里，有的被掩埋在水田中，战士们在锄草时一不小心碰到，就会立刻爆炸。那颗子母弹里装着无数的钢珠弹，其威力可想而知。子母弹射向两名战士，他们当即倒地，其中一名战士叫高桂瑾，江苏泰州人，是与我同年入伍的战友。子母弹炸开了他的头部，身负重伤的他被战友们迅速转移到支队医院抢救，但因伤势过重，牺牲在越南的土地上，血洒红河江畔。另一名战士屁股被炸伤，在生命垂危之际，还不忘记救他人。直到回国后，部队才向烈士家属发出通知，高桂瑾的父母亲悲痛之余，一再请示部队领导，让小儿子到部队当兵。师党委研究决定，特批英雄的弟弟光荣入伍，接替哥哥的战斗岗位，被分配到四连二班当了一名战士。高桂瑾是泰州市蒋垛镇高家湾人，1945 年出生，1969 年 2 月牺牲。在战地医院组织抢救的过程中，他从昏迷中睁开眼睛说了最后一句话："不要管我，别的同志怎么样了?"

稻田中是否还有炸弹，情况不明。那天正好是贾寿元参谋在支队作战值班室值班，清脆的电话铃声打破了支队指挥所短暂的宁静。五十一大队的王志兴参谋紧急与贾寿元参谋通话，这个电话是为了马上排除水稻田里的炸弹发出的紧急命令。

任务交给了作训科郭生昆副科长。美军在对越南的轰炸中使用了几十种不同的炸弹，杀伤力最强的是子母弹。这种炸弹是联合国不允许用的，当时还没有人排除过这种炸弹。

支队作训科薛参谋带领桑排长和另两名战士来到稻田。一堆堆割好的稻子还摆在田埂上，田里常年积水，一脚踩下去足有一尺多深。排弹人员分成两组，两人一组，每人手持探雷器，在稻田边高一脚低一脚地进行探索，像用梳子一样来回"梳"，一点儿空隙也不放过。

天空中乌云压顶，下起蒙蒙细雨，突然听到探雷器发出吱吱的叫声，排弹人的心提到了嗓子眼儿，止不住喊了一声"有情况!"稻田里的气氛突然间紧张起来。薛参谋叫排弹的桑排长和小李快点儿隐蔽，他要和小张起排炸弹。四个人争了一阵子，最后还是薛参谋和小张去排弹。他们小心翼翼地将双手伸进水里，把泥巴推到一边，屏住呼吸，小心地试探，果然有一个硬硬的圆鼓鼓的东西，扒着扒着发现那东西一头是圆的，一头是平的，扒出来一看，原来是一个废弃的罐头盒。小张捡起它，狠狠地摔到公路边。直到将整个稻田全扒了一遍，共发现七块弹片、两只罐头盒和一把旧镰刀，虚惊一场。

入越作战几个月以来，伤亡事件时有发生。在我自己身上，也发生过三次极其危险的事情。

我所在的五十一大队驻守的防区是安沛机场和周围的交通要道，这里是敌机重点轰炸的地区。安沛市作为越南北部的中等城市已被炸得瓦砾遍地，没有一间完整的房屋，周围的公路沿线遍地都是弹坑。因为越南北方地下水位较高，稍微挖一下，地下水便冒出来。

敌我双方的炸弹、炮弹在激战的时候雨点般落下，威力特别强大，所以几乎没有一条好路可走。七号公路是整个运输通行的生命线，敌军专门炸我们的命门。这条路上，硕大的弹坑一个连着一个，很快就渗满了水，像一个个小鱼塘。

想过鱼塘弹坑太不容易，无论是吉普车，还是解放车，只要开进弹坑就难爬得出来。有的时候，我们靠人力下坑塘里推或拉，个个像泥狗子似的，还无法把掉进去的车子给弄上来。

当地的越南百姓为了帮我们过坑，想了个点子。他们砍下路边的树枝和杂草在鱼塘周围围成一圈儿，让我们的车沿着这个圈儿行走。车开得小心翼翼，握方向盘的手在抖，等好不容易绕过那个大坑时，衣服全部湿透。才绕过一个坑，走不远又遇到另一个更大的坑，可把我们坑苦了。

尽管轰炸频繁，但担任公路、铁路抢修的工程兵部队、铁道兵部队仍冒着生命危险随炸随修。敌机炸得快，他们必须要修得更快，确保交通畅通。

有路的地方没有树木遮挡，目标比较暴露，有时修好一段路，就要牺牲几个战友。

美机轰炸以后，越南政府请求中国帮助在安沛市修建一个军用飞机场。新建机场位于安沛市西北，濒临红河，群山环抱，地势起伏。担负施工任务的工程兵三支队在美机频繁轰炸、施工场地复杂困难的情况下，抢时间争速度，顶着连绵阴雨，冒着烈日酷暑，只用了五个多月的时间，就削平了五十多个山头，一片开阔的机场展现在群山脚下、红河之滨。

美军为阻止安沛机场的建成，对机场及周边交通要道进行了反复轰炸，每天都有三批次至四批次，每次轮番出动的轰炸机，少则七八架，多则几十架。我所在的五十一大队驻守在机场的边缘，危险性可想而知。

有一次，我送大队首长去连队检查工作，车刚开上蜿蜒曲折的七号公路，就碰上了敌机轰炸。我们的车前约八十米和车后约一百米处被投掷了四枚气浪弹，烟尘和泥土都飘落到了汽车顶盖上。气浪弹爆炸处形成了两个大坑，不一会儿就进满了水。此时汽车前进不能，后退不得。当时我们分析，可能敌机就是冲着我们的车辆投弹的，但由于距离较远，对我车辆行驶速度掌握不够准确，所幸未能击中目标，但也让我们大吃了一惊。好在当时隐蔽在丛林中的工兵部队和越南老百姓，带着修路工具在路边小山坡上砍了树枝灌木，对坡道稍加休整，不到一个小时，就修好了一条便道，我们迅速地离开了。

那次遇险后，又过了几日，我带着三台运输车辆前往炮连送炮弹和给养。到了阵地上，正在搬运物资，突然听到头顶上有敌机嗡嗡响，我来不及防空躲避，炸弹就扔下来了。高炮部队开火还击，此时炸弹、炮弹响声如雷，震耳欲聋。一个弹片不偏不倚正好打到我的钢盔上前部，只听到当的一声，弹片飞出去了。要不是戴着钢盔，我肯定会当场“报销”，后来回想真是心有余悸。怀着好奇，我和几个战友一起在前边不远的草丛中找到了那个小弹片，只有蚕豆那么大，我把它收起来作为纪念。以后因部队多次行动，不知丢到哪里去了，想想怪可惜的。

这时，我的耳朵还在嗡嗡作响，我顺手摸了一下耳朵，耳朵里直往外淌血，一看手上有血，却不知道疼。当时连队卫生员给我清洗消毒包扎，战场现场条件有限，也没能检查出什么问题，只是用药棉给我堵住止血。物资卸完后，我马上回程赶到大队卫生队，卫生队王队长亲自给我检查，一看是耳膜严重震伤。王队长给我治疗处理后，嘱咐我要注意休息，不要进水。过了个把月我才稍微恢复了一点儿听力。后来在一次火箭筒射击中，又一次受到耳膜震伤，由于耳膜穿孔破裂，形成了残疾，以后被评为8级军残。

还有一次，魏新德支队长到五十一大队检查工作。他的驾驶员因回支队取一份文件不在，魏支队长又急着要去五十二大队。这时五十一大队大队长王怀义就命令我开车送魏支队长出行。当吉普车开到一条沿山公路时，看到在稻田中插秧的越南妇女，慌慌张张地从水稻田中央往山边跑。根据以往经验，应是她们听到声音，敌机来空袭了。说时迟，那时快，我立即把车开进了路旁一个山坡汽车掩体里（因为防空需要，越北道路两边的小坡上，挖有很多简易的汽车掩体）。不一会儿，几颗炸弹在路边的稻田里爆炸，汽车被震得直晃。又逃过了一次险情，魏支队长夸奖我说：“小伙子，你真行!”

几十年了，我开车的技术不是吹的，就是从大西北执行核试验防空作战和援越抗美战争年代苦练出来的。

在战场上开车，特别是夜间，一是要动作迅速；二是要肃静；三是要闭灯行驶。尤其是火炮雷达进入阵地就是一个很大的难题。炮兵连阵地部署在不同的地形上，有高地，有平地，但大多数在高低不等的丘陵地上，一部分连队还部署在高山之上。越南雨季阴雨连绵，道路泥泞，进出大多路陡弯急，在平地上的连队可以直接出入，而在丘陵或山地的部队进出就遇到了很大的麻烦。一门几吨重的大炮或雷达，要一两个排，甚至一个连的兵力，在陡峭的山坡上向上拉，从黄昏拉到天亮，可见其组织之复杂、协调之严密和劳动之艰苦。

单说雷达这个庞然大物，如果设在平地上还好，最怕的是设在高山上，牵引车上装着两吨多重的油机，后面牵引着八吨重的雷达，约十五吨的载重量，怎么上山？十个人不够，再加十个人，二十号人马。连长一声令下，上山！于是雷达车马上发力，才拉了几十米远，牵引车的轮胎就赖在地上打滚。战士们取来麻绳拴在牵引车的保险杠上，二十个人排成“一”字形的队伍，像拔河一样，每个人都使出吃奶的力气往山上拉，牵引车也加足马力向山上猛冲。好不容易拉到山顶，天下起了大雨，战友们筋疲力尽，身上本来全是汗，被雨一浇，个个像落汤鸡。在雨里就开始调试雷达。战友们一口水没喝，一口饭没吃，准备随时战斗。

不仅要运输装备，还要竖起耳朵听天空中的声音。美军的飞机专门趁这个时候来轰炸，黑压压的飞机，像漫天飞舞的蝗虫俯冲过来，不断干扰我们前进。

战地黄花芬芳

在援越抗美作战任务中，数万名参战官兵用青春、热血和生命谱写了一首首可歌可泣的壮丽诗篇。这场战争，对于我来讲终生难忘，各种考验永远铭记在心。首先是生死关，打仗总是要死人的，出国打仗就已经做好了随时牺牲的准备。援越抗美期间我军共阵亡一千四百多人，负伤四千二百多人。特别是我们身边的战友、同年入伍的几名战友都牺牲了，我的心情非常沉痛。作战初期心情还是很紧张的，但到后来，仗打多了，也就无所谓了。因为，美军的飞机轰炸很有规律。美国兵是雇佣兵，贪生怕死。他们每天按照老时间（上午八时至九时，下午三时至四时，晚上八时至九时左右），飞到目标上空，远距离地将炸弹投下（因为害怕我们的高炮射击），然后掉头就跑，就算完成任务，然后就回到泰国芭堤雅海军基地或越南南方岘港基地吃喝玩乐享受去了。但是敌机轰炸对我们的威胁还是很大的，敌机一来，乌压压的一片，少则七八架，多则几十架，炸弹到处扔，谁碰到谁倒霉，想躲都躲不掉。不像步兵打仗，有回避余地，空袭没有办法预防。我所在的高炮第六一五团驻守在越南西北部的安沛市周围，我们的任务是保卫中国帮助援建的安沛机场和支援越南南方解放战争的重要通道——胡志明小道。这些都是美机轰炸的重点目标，其危险性可想而知。

其次是艰苦考验。一是生活上的艰苦。越南处于战争时期，经济完全崩溃，那时正值国内“文化大革命”期间，物资极度匮乏，部队数万人员的作战物资和生活物资都要从国内补给，特别是生活给养，除了水，其他所有生活物资全部要从国内运送补充，难度相当大。从云南河口、文山到越南安沛市的二百多公里的七号公路，是我们的主要运输补给线，还经常遭到美机的轰炸。炸断了，工兵三支队负责抢修。面对这种情况，部队很难吃到新鲜的副食，有时只能啃压缩干粮。二是住房极其简陋。安沛市虽然是省会，原来有十几万人口，在越南也算是中等城市，但由于长期遭轰炸，已找不到一间完整的房屋，全城成为一片废墟瓦砾场。战友魏建忠班长以现实主义手法，写了一首《安沛行》，描绘了当时安沛大地触目惊心的景象：

满目残壁弹洞壳，遍看塌丘狼草长。
停步随观积水池，疑将弹坑当鱼塘。
沛城鬼哭暗坟场，凄境无烟悲离伤。
路问老妇何处去？直指山林是她乡。

部队宿营都是靠自己上山砍竹子，搭出房屋的框架，再用芭蕉叶盖成屋面，就成了部队的营房。好在越南属热带气候，平常温度都在二十摄氏度以上，没有冬天，只有雨季和旱季，有这个简易房子就可以遮风挡雨了。最难受的是衣服和被子长年不干，总是湿漉漉的。因为越南北部长年雨水丰沛，湿度大，衣服洗了几天都晒不干，再加上杂草丛生，蚊虫、苍蝇、蚂蟥的叮咬，生活条件极其恶劣。三是生活枯燥无味。作战阵地在山地丛林之中，除了打仗，其他什么事也干不了。与当地老百姓语言不通，无法交流，听不到国内电台播音，看不到报纸、杂志，只有战地风光、战斗激情。

战争的残酷和战场条件的艰苦，在全体官兵面前只是一块磨刀石，勇士们的战地生活却似黄花芬芳。

在对空作战的同时，迅速组织搜寻被击落的敌机残骸和追捕跳伞的飞行员也是我们的重要任务。

隔三岔五就会有被击落的敌机残骸落下来，所以寻找残骸成了另一场战斗。

1968 年 3 月，我有幸参与了一场搜寻敌机残骸的战斗。

那是 3 月中旬某一天下午，在一场激烈的对空作战后，五十一大队司令部突然接到驻守在红河以西的一个边防哨所的报告：有一架美机中弹后，摇摇晃晃地坠落了下来。空情就是命令。五十一大队立即组织了以司令部侦察股长为首，由联络干事、修理技师、技工、驾驶员等十二名队员和两台运输车组成的搜寻队，立即开往远方哨所。到了目的地，天色已经渐黑。在哨所同志的引导下，我们立即奔赴美机残骸摔落的方向。等我们赶到地点时，周围已经围了一大群越南群众。

经过简单了解，越南群众都说没有发现美军飞行员。是否真的没有发现，或者已经被越南群众抓走了，我们不得而知。但根据以往经验分析，我们是很难捉到美军飞行员的。这是因为美机被我方高炮击中后，不可能在我阵地附近摔下来，飞机还要顺着惯性飞几十公里之后才能坠落。等我方人员赶到现场，飞行员早已被当地群众捉走了，而且很快就会押往河内，因为他们可以凭俘虏邀功请赏。但是面对飞机残骸这一庞然大物，越南老百姓除了寻找捡拾一些小零件、破残片之外，其他都无从下手，等到我们部队到达之后，才能进行分解拆卸。飞机残骸坠在一片稻田里，机头栽在烂泥中，一片机翼斜竖在地面上，另一片机翼几乎摔脱，机尾也摔得不成样子。记得那天夜间，我们的技师等修理人员着手进行切割、焊烧分解。因为分解的工作量太大，第二天又请示昆明军区，派了后勤第二十三分部修理所的同志来帮忙，经过两天两夜连续战斗，才把美机残骸分解成一块块的小件。正待装运回国时，越方国防部来人说，要把飞机残骸交给他们。后来越方来了个专家，到我们的运输车上检查了一番，一看飞机残骸已经被我们分解得七零八落，好像也没有什么利用价值，也就不要了。我们安排了四台运输车辆，将残骸装车运回国，后由昆明军区送到了北京。后来听说中央军委派专家检查残骸，发现是一架侦察机，而且比较先进，后来这一残骸存放在中国军事博物馆。

再说说另一架小飞机被击落的过程，充满了戏剧性。

在战争中，路、桥是美军轰炸的重点，几乎没有一条完整的好路可走，许多桥被炸断。我们炮兵肩负空中作战任务，而工程兵肩负着修铁路、公路和架桥的任务。前面路被炸烂，后面就得抢修。修路的战士们没有掩护，很容易被敌机发现。美军的狂轰滥炸，让我军战士伤亡很大，修筑道路就像打游击，听到警报声，马上就奔进掩体内躲避，飞机一过，又立刻出来修路。

当时，越南北方的铁路以河内为中心形成五条辐射状干线，包括通往海防的东线、通往友谊关的北线、通往老街的西线、通往太原的中线，以及通往荣市的南线。每条都是轨距一米的米轨铁路，也就是我们常称的小铁路。这几条米轨线，路基、桥梁、涵洞的标准低，质量差，主要桥梁又多是铁路公路两用桥，桥面低，受洪水威胁大，又由于大桥、大站集中，目标暴露，容易遭到轰炸，加之缺乏迂回线，铁路联不成网，所以很难保障战时运输的需要。

1964 年“北部湾事件”后，美机不断轰炸各铁路干线，企图阻断中国大量援越物资的南运。由于美机轰炸的升级，越南北方的铁路运输基本处于瘫痪状态。1964 年 4 月 27 日，中越两国政府签订了关于中国帮助越南修建铁路和提供运输设备器材的议定书，以后几年又陆续达成一些补充协议。根据协议，中国帮助越南在河内以北以西地区修建了数十条铁路和数十个车站。

那一天，工兵三支队的指战员们在米轨上奋战了二十多个小时，提前完成了修建任务。他们突然看到一只深灰色的大鹰从东北方的天穹斜插过来。那大鹰一点点向他们靠近，越来越近。大家才发觉它不是大鹰，而是一架小飞机，滑翔降落在红河滨的安沛市西南侧。

大家都习惯于射击那些隆隆作响横冲直撞的铁灰色大飞机，对这二三米长的“小家伙”并不注意。当这个“小家伙”进入我军雷达荧光屏视线的时候，雷达兵犀利的目光从中越边境的云南上空一直跟踪到安沛地区，显示屏上的亮点突然消失。云南个旧地区的空军部队击落一架美国无人驾驶高空侦察机的消息很快传来，这架小飞机向下滑翔，已越过中越边境，向越南西北部方向下降。当时正在河内至老街铁路线安沛段作业的中国军队，看到小飞机徐徐降落，又得知是我空军部队击落的美国无人驾驶高空侦察机时，马上就去了十几个人，将它打了回来。

小飞机的身上被打了一个洞，基本完好。第一次见到这么小巧的飞机，它能飞上一两万米的高空，还不用人来驾驶，就能侦察到地面上的情报。这在过去只是传说，偶尔在报纸上介绍过，在我们的眼中如同天物，今天竟然落到我们的手中。

还有一次，支队残骸队在寻找残骸的路上历尽艰辛。那次搜索队沿着山脚下的一条弯曲小路往前走，小路的下方就是一条小河，大概十几米宽，哗哗的水声气势很大。队员们都不敢凝视脚下的河流，那巨大的力量撞击着心胸，感觉魂都要被水吸走了似的。一开始大家劲头十足，走得很快，并不觉得累。一直走到天黑下来，小路越来越崎岖，越走越难走，双腿好像灌了铅，脚底板开始麻木并不听使唤。因为天黑，许多同志都感到走的方向有问题，沿着河流往南走肯定是错的，应该过河往西走才正确。

时间已到深夜，大家饥肠辘辘，水壶里也快没水了。是过河，还是原路返回？最后同志们一致认为，既然走了那么远的路，返回将前功尽弃，不如继续前进。大家统一意见，开始重新出发，一边走一边背诵《毛主席语录》。

重走的方向不能再沿河走，要过河。大家扎紧裤脚和腰带，一个接一个下水，准备渡河往西去。越南的山区，早晚温差很大，白天热，夜里凉得很。夜晚的河水冰凉刺骨，流速很快。为了安全，战友们手挽着手摸着石头前进。河水很快漫过了膝盖、大腿，最后到腰部。全身开始打战，上牙和下牙开始不停地打架。如果大家不是手挽着手紧贴在一起，有可能被水流冲倒，就这样一步一步坚持走到岸边。上岸后什么也看不见，借着电筒的微光，发现岸边密密麻麻地长着很高的杂草和小树丛，岸上根本没有路。队长经验丰富，叫一名身材高大的同志到前面，硬是用木棍把杂草和小树打倒、踩平，开辟了一条小道。其他同志轮换到前面去开路。好不容易上岸后又是陡坡，后面的人一个接一个跟着队长往上爬，脚上的水和泥土又黏又滑，只要一站起来，马上就滑倒，一直滚到坡子底，得几个人连拽带拖，费了九牛二虎之力才拖上来。只能两手抓住小树和杂草向前爬行，泥水裹在身上，气喘吁吁，实在累得不行，就趴在地上休息一会儿，嗓子如冒烟似的，将水壶里最后几口水倒进嘴里，润润喉咙，仍解不了渴。这一路跌跌爬爬，也不知道走了多远，更不知道走了多长时间，等爬到一个平台的时候，队长一看表，已是凌晨两点多。

看到平台，如同看到了大救星，同志们一屁股瘫坐下去，暂时缓了一口气。但是总不能坐着，每个人身上的衣服都是湿的，又冷又饿，总得想办法把衣服烤干，不然容易感冒。有人主动站起身去捡干树枝堆起来点火取暖。大家围坐在火堆旁，脱下身上的湿衣服烘烤，轻声地交谈。火光把每个人的脸都映成红色，树枝在火堆上噼啪作响，虽然很疲惫，但大家的精神高涨，能平安地上岸，没有人出事，就是万幸。湿衣服才烤了半干，突然听到空中传来嗡嗡声，我们慌忙把明火熄灭，是敌机来了。等声音远去，远到听不见了，再将火点燃。对着火光，大家你看看我，我瞅瞅你，一个个从头到脚全都裹着一身泥，刚才在火旁一烤，半干半湿，全是泥巴人，止不住笑起来。大家低头望望自己身上，发现凡是暴露在外面的皮肤都被杂草和树枝划出了一道道血印子，大家都一样，但没有一个人喊疼。

衣服差不多干了的时候，身子暖和了许多，东方开始露出鱼肚白。穿好衣服，灭了柴火，再抬头一看，高高的山巅上，太阳像个大气球挂在山顶上。队长一声令下："出发。"大家打起精神，高唱着"太阳出来照四方，毛主席的思想闪金光……"每个人手拄木棍，一步步往山顶上进发。

下半夜稍作休整，力气又回到身上，大家一鼓作气奋力爬上山顶，向四周望去，连绵不断的山峰尽收眼底，真正是一览众山小。队长打开地图，拿出指北针，根据方位坐标指示，大家向四周开始仔细搜索，不放过任何一个疑点。满山的树林和杂草，哪有一点儿飞机残骸。一直搜寻到下午三点，仍然没有发现哪怕一小片残骸。我们不禁心灰意冷，辛辛苦苦奔跑了一整夜，又用了大半天时间，一无所获，不免泄气，腿便开始发软。这时候队长把大家集中起来说："我们已经尽力了，但找到残骸的希望真的不太大了。指导员和其他同志还在等着我们呢，准备原路返回吧。"我们很不甘心就这么空手而回，太对不起自己了，但也无能为力。

顺着山坡踏上回营的路，也不知道走了多久，突然听到东北方向隐隐约约传来枪响，队长说："这是指导员给我们发的信号，说明我们返回的方向是正确的。"大家精神为之一振，加快了步伐。夜里冷飕飕的，一到白天，天气闷热难耐，除了施连华和队长的水壶里还有几口水外，大部分同志的水壶已经空空如也了。就着这两个水壶里的水，大家传递着喝两口润嗓子。大概又走了一个多小时，发现山的陡坡下有一条公路，不禁欣喜，好像是通往我们营地的路。当拐过两道弯，前面出现一座桥时，一个战士惊讶地叫了一声"帐篷"。在桥右边不远处的山坡上果然有一片帐篷，不知道为什么，在没有任何口令的情况下，大家突然都坐在地上，一动不动，似乎不相信我们已经回到营地的家，脑子全蒙了。后来想来，可能是因为精神高度集中，体力消耗过大，突然松弛了，反而无法接受。

我们不敢相信真的回到营地了，像做了一夜的梦似的，可是不是梦。回到驻地，大家整整休息了两天才恢复了体力，可想而知这一天一夜有多累，和红军的二万五千里长征路一样，充满了艰辛。后来才得知，这次打下来的飞机残骸已经被我师另一个团在别的地域找到了。虽然这次我们没能找到，但这一天一夜的搜寻任务中遇到的艰难险阻锻炼了我们的意志，战友们之间那种纯洁的感情、团结互助的乐观情绪一直激励着我们。今后不管遇到怎样的困难，我们一定能跨过这道坎儿。

中国援越抗美部队战斗防空重点部署在越西北重要军事目标周边，包括重要的交通运输线，其中胡志明小道是我们守护的重点。

中国的万里长城在世界战争史上是一个奇观。上下两千年，纵横万余里，如此浩大的防御工程，在世界上是绝无仅有的。而越南的胡志明小道，也许在世界战争史上毫不起眼，但它承载的任务却非常巨大，它为越南战争胜利立下了汗马功劳。这条通道是用中国士兵的鲜血与生命筑成的。这条运输通途贯穿了越南战争的始终，成为战斗胜利的生命通道。

在越南战争中，美国空军的战略空袭和空中阻滞给越南造成了巨大的损失，显示了美国现代化空军的威力。然而，由于各种复杂因素，越南战争还是以美国不得不撤出印度支那而宣告结束，可以说，这是美国在“错误的时间”发动的一场“更加错误的战争”。

在整个援越抗美战争期间，胡志明小道也可以称为一个奇观。越南战争是第二次世界大战以后人类经历的一次相当惨烈的战争磨难。在这场战争中，胡志明小道是支撑整个战争的要冲。对侵越美军乃至国际上的许多军事专家来说，它都是一个无法解释的“战场之谜”，美军把它称之为“大动脉”，实际上胡志明小道应该叫作炸不断打不烂的运输线。

对于胡志明小道，西方评论家把它形容成现代战场的竞技场，这是他们根据各种消息和传闻做出的推测。其实，这是一条古老的通道，其古老程度不亚于中国的丝绸之路与万里长城。

胡志明小道，无论是在古代，还是在现代，都是越南人割不断的脐带。

这条通道恐怕更古老一些。据交趾和越裳国的记载恐怕已有三千多年的历史了。那时的老挝已有“大象之国”之称了。丝绸之路用的是骆驼，长山山脉（也称赛良山脉）的运输却是大象。胡志明小道的最初阶段，也曾用过大象作为运输工具，笨重而又难以隐蔽。受到损失之后，很快就改变了运输方式。从十七度线到西贡，花了整整六个月时间，穿过这个极其崎岖坎坷的山国，使用的是使人毛骨悚然的、摇摇晃晃的竹桥。多年以后，整个穿行同样有危险。在9月到次年2月漫长的雨季中，灾难性的洪水经常冲垮人工修筑的道路，小溪变成急流，峡谷成了可怕的河流。悬挂在高山之间的桥十分轻薄，只有一米宽，用竹竿做桥面，绳索当护栏。在密林中，行军者的背包被雨水浇得沉甸甸的，以至于无法直起腰行走。接着，在炽热的太阳的烘烤下，人们大汗淋漓，闷热得要窒息。疟疾和阿米巴痢疾是主要的灾祸。据传，在早期走出丛林的人中，百分之十的人死于疾病。这条运输线既不是河流也不是大道，而是一条大山脉，是横跨越南、老挝两国纵贯南北全境的长山山脉。这条“小路”牵连到三个国家，越南、老挝、柬埔寨。那时，中国援助越南南方和老挝革命力量的武器物资也就沿着这条山脉运送过去。为了切断这条运输线，美国不断出动战斗轰炸机轰炸，企图封锁胡志明小道。

在战争中，胡志明小道的确是一条羊肠小道。开始，给南方民族解放阵线各部队的根据地和游击区运送军需物资，只能靠肩扛人背自行车运送，后来经过扩充开辟，可以通牛车、板车、双人抬，运输量有限。

在 1965 年以前，中国援助越南南方的物资主要靠海上运送。越南南方的革命武装力量发展非常迅猛，武器装备和其他军用物资需求量激增，海上运输又日益困难，开拓和扩大胡志明小道的运输就成了必然的趋势。自从 1965 年 10 月，中国的支援部队进入北方以后，中国、越南大批作战部队被输送到南方，加强南方的武装斗争，并且组织数十万民工去扩展胡志明小道和执行支援南方的运输任务。他们的口号是：保卫北方，解放南方，统一祖国。这个口号代表了绝大多数越南人民的心愿，它所产生的精神力量是无法估量的。

西方军事家对胡志明小道总有一种神秘感，他们从军事理论和军事经验推论都觉得不可思议，因为他们不大相信人的因素，更不理解民众的力量，对于人民战争——越南叫民众战争——却等于无知，所以他们无法解开胡志明小道之谜。1965 年以后，胡志明小道已经得到了巨大的改善，道路被加宽，桥梁被加固，开辟了新的汽车运输线，使得大量中国制造的武器弹药和生活物资源源不断地输入南方。美国五角大楼越战研究小组认为，越战是它的国防开支一个巨大的漏斗，中越通过胡志明小道不断向南方倾注补给品和武装力量，他们尝试过各种方法切断胡志明小道，用计算机系统研究了整个三千五百英里的胡志明小道的网状构成，包括每个交叉路口和溪谷，得出的结论是——毫无办法。其实，胡志明小道是一个一千三百多公里的道路系统，它和老挝、柬埔寨一千公里的边界相平行，这个网状系统环绕着几国边界，这个系统是1959年开始构筑的，后来经过现代化的扩建，成了战略交通网。

《解放军报》记者陈南开始记他的日记时，9月季风已经来到了长山山脉的山巅。他写道："我们在荒凉灰暗的丛林里前进。在我们周围，巨大的树木伸出的枝干上的树叶，被化学毒气弹剥得精光，那鬼影一般的树枝剪影伸向低垂、阴暗的天空——云朵像被浸泡过的棉被一样沉重。我的脚踏着多年来积下的落叶，落叶上遍布的雨水在加速其腐化。"

"轰炸机躲在云层上面，炸弹的呼啸声和爆炸声震撼着丛林的每个角落。编成队形的'鬼怪式'飞机喷射出死亡的嚎叫，最可怕的是侦察机不断的轰鸣声。""我们没有止境地爬行再爬行。"陈南写道。当飞机离去时，他也感到了"可怕的宁静"。炸弹和化学武器赶跑了野生动物，只能听见自己沉重的呼吸声。道路越来越艰难，路在哪里？简直不是路。往上是一片开阔地，到处是被连根拔起的大树。似乎有一些狂怒的复仇女神向着那些没有生气的、无害的森林中的万物无缘无故地挥动着斧头。靠近北方的路已被炸弹和化学落叶剂搞得光秃秃的。

为了阻止我军用树叶做掩护，敌军使用了这种摧毁植物树叶的化学武器。可是他们不知道的是，再多的化学武器都无法阻挡植物勃勃的生长力，这强大的生长力，缘于越南人民和我方将士的精神之力。

> 路上几乎没有任何一个地方能很好地藏身，沿路的树木被剥光了叶子的树枝，只剩下赤裸的树干和尖尖的树顶。有时侵略者的飞机三架一组，在这条路上喷化学毒草剂。在夜里，几十堆火在山顶上闪烁，那里残存的树木从一次空袭，一直燃烧到下一次空袭。

美军使用了各种手段和不同类型炸弹的花招。如果填平炸弹坑，就必须先排除所有的定时炸弹。要排除定时炸弹，就必须消灭磁性炸弹。要消灭磁性定时炸弹，就必须扫除触发地雷形成的障碍，这些地雷是美军投放在道路尽头和控制点上企图阻止北越军队去修复被毁坏路段的。

小道中每个控制点都有一群五十人或六十人的部队，守卫着每三英里一个的、在丛林中开辟出来的卡车停车场，以及散布在各处的燃料、食品和弹药库，以把损失降低到最小限度。

随着轰炸的加剧，北方把它的精锐师用来永久性地保卫小道，这支部队有两万五千人，代号为559，它充实了大本营，经常随着B－52轰炸机的轰炸而调动，配备有观测点和火炮阵地。一百门大炮不知怎么被拖运进了数千公里的群山之中，还分布同样数量的卡车，它们在同轰炸机比赛。从北方征募来的青年志愿人员在修复和重修道路。

河内后来驻联合国的大使何文罗回忆这时的情景说：“青年志愿小组一直在维护道路，随时准备修路的男男女女在每次轰炸之后立刻出动，不顾美国飞机极其严密的监视，因而这个公路网从来就没被切断过，道路在每天晚上立刻就修通了。密集的轰炸，残酷的绞杀，其残酷程度不可言喻。”

一名曾经在那里战斗过的军人写道：

在一个迷雾之夜，我们营悄悄进入了阵地，进行潜伏。我军预设在附近山林里的远程高炮对敌人进行袭击，炮弹呼啸着从我们上方飞过。在我军炮兵射击的同时，传来越近越响的嗡嗡声，我们卧在洼地里，听不出这声音来自何方，当听到炸弹在头顶上怪声尖叫时，再想脱离已经晚了。营长虽然下令隐蔽，可是没有防空壕和掩体，根本无法藏身。他的声音刚落，阵地就发出火山爆发似的轰隆声。我觉得身体忽然飞起来，猛然落下，眼前一黑，重磅炸弹犹如雷电交作，呼啸而来的热风直扑我的脸颊。因为我被埋在厚厚的泥沙之下，这才免了被烧伤或是被击中的灾祸。我从泥沙中抬起头来，呼叫战士们跳进弹坑，这是相当理想的掩体，可是，我的四周已经布满了血淋淋的尸体。在茅草的火光中，显得特别可怕，像是一场噩梦，有的战士失去了自我控制，在弹片纷飞中四处奔跑，我向营长呼叫，希望撤出洼地，谁知道此时营长已经牺牲。

面对如此惨状，我内心充满难以忍受的痛楚。这种痛苦是无法用理智的力量平息的。我从泥沙中爬出来，命令我的连队撤出潜伏洼地进入一道山体。我清查了一下，还有六十五人。此时，晨雾已经散尽，第二批第三批敌机轮番轰炸，用机枪扫射那些奔跑的士兵。第三批刚刚消失，第四批已经临空，上百枚凝固汽油弹丢在我们潜伏的洼地上。山茅草冒着熊熊火苗，形成一片火浪，浓烟滚滚，令人窒息的热浪直冲进我们躲藏的沟谷，我们鼻干舌燥，汗水淋淋。

这时，我看到兄弟连的几个焦黑的战士忍受不了浓烟熏呛，用手撕着喉咙向烈火里钻，一股股焦肉的恶味直刺鼻腔。我连的战士受不住了，要扑进火里去救战友，我严令禁止，并且命令趴在地上，把嘴巴和鼻孔拱进挖开的潮湿的土穴里。在天黑撤出之时，我们原来的潜伏地变成了一片焦土，让人胆战心惊。但胡志明小道在强暴的摧残中，却始终没有断裂过，更没有消失过。整个胡志明小道似乎像一条要冲击的巨蟒一样，在发出嗞嗞的愤怒声，在伸开它那盘着的身躯。

这是一场非常艰苦的战争，胡志明小道在世界军事史上，占有特殊的地位，对美国来说，越南战争是它产生噩梦的摇篮，胡志明小道则是美军无法想象的神秘之域。

雨季中的战地生活永远令人难忘。越南一年分两季，旱季和雨季。每年的4月到9月是雨季，10月到第二年的3月是旱季。

我们刚入越的时候，忙着打仗，当时紧张的形势根本不允许我们修建一座坚固的工事，只想尽快占领阵地。因此只能一边挖工事，一边打仗，只草草挖了一米多深的简易掩体。

雨季来临，我们必须要重新加固阵地，防止坍塌。温度高达四十多摄氏度，战友们头戴越南的盔式帽，身穿纤维军衫，在炎炎烈日的照射下挖坑道。半小时的工夫，个个汗流浃背，全身的衣服湿透，像从水里捞出来似的。地坚硬无比，挖得战士们双手磨出血泡，钻心地疼，连铁锨把也握不住了，但还是要干，听不到一个人叫苦叫累。

坑道如果不深挖下去，我们可能就有生命危险，孰重孰轻大家都明白。现在多流汗，战时就少流血。

要把原来的雷达工事掩体扩大到 10 米 ×5 米 ×4 米的坑道，再将坑道墙壁三面用檩条围起来，一个靠一个直立排整齐，只留一面出道口，然后在坑道上面横架平铺火车钢轨，在钢轨上面用长草的土坯进行伪装。

雨季的潮湿气非常大，如果是在地上挖土还会有点儿风，在坑里挖，四面不透风，坑道里更加热，感觉像被架在一个大蒸笼上蒸。头顶上是火辣辣的太阳，脚闷在塑料凉鞋里，几乎每个人的脚丫都烂得不像样子。汗珠子在身上滚成小溪流，在肢体上一路爬行，许多战友开始烂裆。本来烂脚丫就够呛，走路就困难，加上烂裆，更是雪上加霜。在战场上你只要看到走起路来撇着两条腿，屁股往下拉，步伐像鸭子摇摆似的战士，他肯定不是烂裆就是烂脚丫。

后来发展到不仅是烂脚丫子这种小病，许多人得了怪病。

长期生活在高温、潮湿、有瘴气的恶劣环境中，每天都处于打仗的紧张气氛中，不打仗的时候还要帮越南百姓下田劳动，连队里还有养猪种菜这些活儿，加上长时间吃不上新鲜蔬菜和肉，战士们的身体抵抗力严重下降，怎么可能不患病。但凡在越南参加过战斗的人都会得皮肤病及其他病，身上出现脓疮疱、烂癣、烂蛋皮（阴囊）等疾病，痒到骨头里，疼到心尖上，但是没有一个人因为这种病而叫一声疼，都默默忍受着。开始大家还不好意思找卫生员看，有人实在忍不住了才去找。战地的卫生室条件有限，药品也有限，对这种病更没有特效药，能发的药也就是紫药水，或治癣的药水，还有一种黄色的软药膏。战士们只能在战斗的间隙自己涂一点儿药，可是发炎的蛋皮上结着一层厚厚的硬皮，一不小心那层厚皮就裂开了，开始流脓淌水，药很难涂上去。

那真不是人过的日子，没有经历过的人，绝对体会不到那种锥心的痛楚。特别是在涂治癣药水时，那种疼是心惊肉跳的，疼得没有办法想，恨不得挖个洞钻进去。为了缓解一时的疼，有人想了个主意，用扇子扇风，阵阵凉气的确可以缓解疼痛。大家一边跟着效仿，一边哈哈大笑，苦中作乐。

大家同病相怜，没有谁笑话谁，都是互相鼓励，战胜一时的困难，盼望着该死的战争早日结束，早日回国。

在野外，没有办法洗澡，每个人身上的汗臭味都很重。通常是在下雨的时候，我们就脱了衣服冲进雨里，在雨里淋个痛快，顺便洗一下澡，那一刻真开心。

湿热的南方，温度越来越高，四十多摄氏度。战士们在炮位上，身体稍微弱一点儿的，就会中暑昏倒。

在吃的方面，除了用水就地取外，吃的用的全靠从云南省的河口、文山、马关等地区组织保障，由部队每天安排车辆进行运送。大米、面粉之类还好办，副食品类经过二百多公里的长途颠簸，或遇敌机空袭，往往损坏过半，而且很不新鲜。我们吃的主食是大米，副食品多为干菜、罐头。由于长期吃不到蔬菜，许多人患上了维生素缺乏症，少数人还出现夜盲症。

20世纪60年代中期，为援越部队运送生猪肉的车辆没有冷藏装置，全是大卡车运。在亚热带地区，猪肉送到部队时大都腐烂发臭了，所以后来不再运生猪肉，改成吃罐头。但罐头不仅价格贵，而且战士们还吃不习惯。为了保证战斗力，国内运来了半大的活猪，分到各连队自行饲养，又想办法利用作战间隙组织种菜、养猪。这样大家就可以吃到新鲜的蔬菜和猪肉了。

当时据不完全统计，全支队共开荒种菜一百五十五亩，收获蔬菜近八万斤。每个连队养的猪都有存栏，至少有五头猪，多的有十头。

但是后来又出现了新问题。越南北方有一种老鼠，当地老百姓称之为猪老鼠，个头大得像小猫。这种老鼠与我国平原地区的老鼠不一样，毛色稍黑，嘴尖长，牙齿锋利，眼睛明亮，喜阴冷潮湿，尤其是有一种特殊的习性——爱啃猪，所以当地老百姓把它称之为猪老鼠。它啃猪的本领很大，而且后果严重。据说，猪老鼠在啃猪前先向猪身上撒一泡尿，这种老鼠的尿液中有一种毒素，会引起猪浑身上下发生奇痒，猪老鼠就趁机在尿痒处用牙啃猪皮。这时猪不但不痛，反而觉得像挠痒痒那样舒服。猪老鼠越是用力啃咬，猪越感到舒服，有时啃掉碗大的洞，猪都一动不动地在那儿享受“挠痒痒”的舒服。有时几只猪老鼠一齐上阵，轮流连续啃，经过两天至三天时间，这头猪就被啃得奄奄一息了。死掉的猪还不能宰杀食用。据统计，我支队被啃死的猪有七百多头，只能深埋地下，造成了很大的浪费。

为了防止猪老鼠啃猪，部队干部战士也想出了不少应对办法。一是派战士日夜轮流值班看守，值班的战士找来铁桶或空罐头，用小木棍敲击，以响声驱赶，使之不敢靠近。猪老鼠耳朵很灵，害怕响声，因此不敢靠近猪圈。几天下来，敲铁皮桶的招数便失灵了。狡猾的老鼠根本不买铁皮桶的账，开始新一轮的啃猪行动。到了夜间，战士担心响声引来敌机，不敢再像白天那样敲铁桶，改成用马灯照明，专人看守驱逐。白天要战斗，夜间人困容易打瞌睡，猪老鼠趁机卷土重来，更疯狂地咬猪，战士们立即将老鼠打死或驱逐。这些家伙太强大了，怎么也赶不尽，不断有猪被咬伤。办法总比困难多，也不知道是谁想了一个绝招——把打仗的兵法用上，挖沟收拾猪老鼠。说干就干，请鼠君入沟。在猪圈周围挖出一圈八十多厘米宽的深沟，我们称之为战壕，沟壁直上直下很陡，往沟里放上水。猪圈就像在搭好的戏台上，四边有战壕，老鼠想去啃猪，必先闯过战壕这关。这些咬猪的贼说起来聪明，高低精不过人，忍不住铤而走险，冲向水沟，便像下饺子一样往战壕里扑通扑通直掉。这才发现上当受骗，想往上爬，哪儿那么容易，给淹得半死不活的，都成了俘虏。

饲养员每天喂猪时，把一块跳板搭在壕沟上从上面走过去，喂完了猪再把跳板撤掉，断了猪老鼠的后路。纵然如此，每天喂猪，总能发现壕沟里有淹死的老鼠，肚子鼓鼓的，应该是喝了一肚子水的缘故。像所有的侵略者一样，作恶多端的家伙到最终总是咎由自取，自掘坟墓。

以前在国内养猪都好办，有粮食和猪草吃，在战地拿什么东西给猪吃呢？

越南的山坡上长有野生的芭蕉，我们不知道猪吃不吃这个东西，就采了些芭蕉秸秆切碎了煮熟喂猪，再加一些杂草。没想到猪很喜欢吃芭蕉叶，而且长得也蛮快的，到后来每个星期都可以杀一头到两头猪改善伙食。

除了养猪外，还想办法拉了活鸡来，将这些鸡散养。养鸡很有意思，把鸡放入丛林中，让它们自己吃活食，晚上鸡回来只要喂少量的食。炊事员要做菜，就上山去找鸡蛋。鸡下蛋是没规矩的，走到哪儿下到哪儿，自己挖窝孵小鸡。要是有人问连队共有多少只鸡，炊事员还真答不出来，因为生出来的小鸡又扩大了鸡群的阵容。

有一次，连队杀一头二百来斤的猪，几个战士抓耳朵的抓耳朵，拖脚的拖脚，这头猪拼命挣扎。班长举刀正准备下手时，抓后腿的战士不慎失手，结果猪两脚着地得了劲，前腿狠命蹬踢，抓前腿和耳朵的战士全脱了手。那大猪嘶吼着往炊事班门口蹿去，绕了几圈后发现无路可走，就从战士们面前嗖地冲上山去了。

等炊事班的几个战士反应过来再去抓它时，早没了影子。养猪的战士又气又委屈，追赶猪时，凉鞋还掉了一只，上衣撕破了几道口子，蒿芒沾了一身。猪没追到，这战士一屁股坐在猪圈里一边哭一边说：“好不容易养这么大，好不容易有肉吃了，到嘴的肉就这么飞了。”战友们一阵哄笑，把他拖出猪圈给他洗澡。据说后来这猪还回来过，在战士们站岗的地方转悠，跑到猪圈边转圈，想必它是舍不得热气腾腾的战地。做一只自由的猪快活是快活了，但要过着食不果腹、风餐露宿、危机四起的日子，觉得不是滋味。可战士们最终也没能抓住它，索性懒得理它，随它过自由自在的生活去。

炊事班的战友们虽然不在炮阵地，但他们也非常的辛苦，这么多人每天等着要吃饭，不吃饱吃好了，哪来力气打胜仗。炊事班要生火做饭，还不能让敌机发现火光，所以炊事班离炮阵地至少有一两公里远。无论是刮风下雨，还是高温酷暑，炊事班都要把做好的饭菜送到阵地上，分发到各班。

自入越以来，炮手们拉炮上山，修工事，人人疲惫不堪。炊事班虽然不在一线，但他们每天从鸡叫忙到狗叫，一刻也闲不下来。天亮前，炊事班就要把开水、饭菜送到阵地，让大家吃饱吃好。炊事班长发烧了，也无法休息，还要坚持带领大家挖灶做饭。天热的时候，同志们夜里睡不好，白天没精神，吃不下饭。一桶饭送到阵地上去，半桶都吃不掉。炊事班围着半桶饭菜愁眉苦脸，心里那个急啊。战斗频繁，体力消耗那么大，人是铁，饭是钢，一顿不吃饿得慌，把身体饿垮了，如何打仗？炊事班征求大家的意见，反复研究决定，天气凉一点儿时，多做馒头、包子、粉皮、油条；天气热时，多做面条、糖稀饭、甜酒酿、米豆腐等。就这样天天换花样，一餐吃不多，就多做几餐，经常一天做六七顿饭，让同志们饿了就吃，渴了就喝。

有一段时间，蔬菜供应困难，天天是冬瓜、南瓜、茄子，大家有点儿吃厌了。炊事班想着花样把两瓜一茄做出了二十六样菜，大家有了新鲜感，饭量也就大了。伙房离阵地一两公里远，送一趟饭，得爬好几个山坡，往返一次要一个多小时。天气热，还需要大量的开水。几个炊事员每天送水送饭三四次，步行三十多里。这顿饭刚送走，马上要做下一顿，从早到晚，忙个不停，个个累得腰酸背疼。敌机经常在伙房附近投下炸弹，有次刚做好饭，敌机临空，投下了八枚炸弹，其中一枚在距离伙房十几米处爆炸，一枚落在另一个方向不远处。炸弹震得防空洞上的土唰唰地往下落。弹片和土块把宿舍、仓库都砸坏了，连饭锅都震翻了。炸弹刚刚响过，全班立即投入抢救工作。仓库里、锅里、饭菜里全是土块和弹片，每个人的铺板、蚊帐、衣服也都被炸烂了。开饭的时间到了，原来的饭菜也不能再吃，只得重新做。定时炸弹随时有爆炸的可能，需要重新挖灶，这样开饭时间就得推迟。班长果断决定，原地做饭，保证按时开饭。就在原来的地方开始做饭，只用了四十分钟时间，又做好了饭和两菜一汤，按时送上了阵地。

战地的住宿条件很差，为了随时准备战斗，宿舍离炮位最多不超过十米。只要听到警报声，马上就要跳起来冲向炮位，准备战斗，经常来不及吃饭。炮位是用几根毛竹和芭蕉叶盖成的不影响射击的小棚子，四边栽好伪装草（与当地自然环境完全一样的草)。夜间的阵地，除了指挥所内有一盏灯外，其他地方一律不准用明火。各班每天派一名战士上山砍“飞机草”，这种草很高，是专门用来伪装大炮的。

上山的战士很危险，不仅衣服淋得湿透透的，还要时刻防止被山上的毒蛇、蚂蟥咬。为了减少战士们被蛇和蚂蟥咬的危险，到战争后期的时候，国内发明了一种塑料伪装草代替“飞机草”。

加固工事和搭建帐篷这两件事，几乎是同时进行。想想刚入阵地时，我们没有地方住宿，到了晚上，每个人只好在铺板上搭个小帐篷。越南的雨季里，有时候十天半个月都看不到太阳，或是太阳挂在天上，照样下雨，真正是东边日出西边雨。那小塑料帐篷，只有席片大点儿，不禁雨打，更耐不住风吹，前面才搭好，后面就翻了背。早晨起来的时候，被子上面这儿湿一块，那儿湿一片，拉起来一拎，水淋淋地往下直淌，一整夜人就睡在湿天湿地的露天底下。

漫长的战地生活中，我们也会苦中作乐。除了打仗外，我们还要学习，阵地上到了晚上是不允许有灯光的，一旦被敌人发现目标，可能会遭到轰炸。天空黑漆漆的，阴雨蒙蒙，黑云压在头顶上，战友们在黑暗中走动，如果不打手电筒，经常能撞到对面的人。无论是撞的还是被撞的，两个人一声轻轻的惊呼“哎呀”，算是打过招呼了。需要学习的时候，只能钻进自己的被窝，在手电筒的微光下看书写字。

我们的帐篷很简单，两三个小时就可以搞定。越南的气温就是在冬季也有二十多度，所以不用担心冻着。漫山遍野的毛竹就是天然的建筑材料，把粗壮的竹子当木料使用，砍六根粗毛竹，三根为一组，用竹片做成围墙，也不用留窗子，屋顶用芭蕉叶盖好，全部就地取材。我们先平整出一块地，稍微丈量一下，画下六根竹子的窝点，再用尖镐连挖带掏，三下五除二就掏好了柱脚坑窝。六根粗竹子锯成差不多的长度，放进坑窝子里填实。山里有的是藤条，我们就用这种结实的藤条绑牢竹子柱，再把竹片围在左右两边和后面，前面也不需要门。战地上的房子就算是搭好了。

工事修到一半时，抗日老兵王臣副团长来检查坑道的进度，看到加固的工事高兴地说：“工事修得这么好，我看这是个打不烂、摧不垮的钢铁阵地。这下不怕美国佬的‘百舌鸟’导弹来，他们来一个，就打一个，让他们知道中国军队是不好惹的。”进入雨季，战场上依然是硝烟弥漫，年轻的战士们在苦难中总是有办法寻找到快乐的事，比如说用敌机上的残骸铝壳做成小梳子、小飞机、啤酒扳手等工艺品。

还有些工艺品是用子母弹的弹壳或飞机上的副油箱做成的。这种网球一样大小的子母弹很容易找到，一个母弹从敌机上抛下，就有几百个小型子弹像天女散花一样撒向大地。这种小炸弹是由两个半球合成，很容易打开。但是炸弹毕竟是炸弹，还是有一定的危险性，要拾取它并拆开，得小心。有个战士因为不懂拆小炸弹的常识，结果牺牲了，所以很多人不愿意去冒这个险。部队首长也三令五申，一定要注意安全。

可能是这些纪念品很有意义吧，上级也并不反对，甚至有些首长也在搜集。有些战士还把这些纪念品带回国，作为终身收藏，我至今还保留着战地制作的梳子。

在整个安沛地区到处都可以遇到中国军人，有时出差到一个不熟悉的地方，想要吃饭，只要到附近找一找，总能找到中国部队的炮兵、工程兵、铁道兵等。兄弟部队总是招待得特别热情，都是一家人嘛。部队在越南仍然强调执行“三大纪律八项注意”，必须“爱护越南的一草一木”。即使越南盛产各种水果，有时看到成串的香蕉挂在树上没人摘，中国部队也不会摘。有一位比较调皮的战士背着大家偷偷摘了一大串野芭蕉回来，再三解释说，香蕉是家种的，而芭蕉是野生的，烂掉了也没有人要。大家总算尝了一回越南的水果。还有一次挖工事挖到一只穿山甲，几个大胆的战士把它杀了，那个年代还没有保护野生动物的概念，把皮剥下来给军医当药材，把穿山甲肉和猪肉合在一起烧了一大锅给大家吃。这是战士们在越南期间尝到的仅有的两种当地“土产”。

部队在越南作战期间，不准使用人民币，在部队内部全部使用“军用代金券”。部队回国以后，由人民银行全部将其兑换收缴，有的干部战士将一分、五分的小面额代金券留下来作为纪念。

1968 年 1 月 30 日，是中国的传统节日春节。

可能是过年的缘故，战友们一大早就起床了。为了过好这个年，连队也动了一番心思。怎么过？拿什么过？来自不同省份的战友们心里各是各的想法，不同的地区，习俗各不相同，南方人喜欢红烧的菜、清蒸的菜，北方人喜欢吃面条、大饼。你一言我一语，七嘴八舌乱成了一锅粥，最后还是连长拍板，不管南方人还是北方人，在战场上过年没这么多讲究，怎么方便怎么好。最后大家一致同意，包饺子过年。饺子，在南方又叫大馄饨，有稳稳当当的意思。

虽然在战场，年还是要过的，只是一切从简。

每个连队的炊事班都在深山老林最隐蔽的地方，防止做饭时升起来的炊烟被敌军发现。说干就干，炊事班派了两个人去仓库领面粉，留下的人剁猪肉馅料，油盐酱醋一起上。

面和好了才发现没有擀面杖。炊事班长抬头向远处望的时候，目光正好与一丛竹子相遇。他灵机一动，就地取材，削了两根竹子当擀面杖。

包好的饺子没地方放，找了块床板，放了满满一床板。

我们才准备下饺子，警报声响起，所有人丢下饺子，奔向阵地准备战斗，两手上全是白花花的面粉，嘴里骂道："美国鬼子真不是玩意儿，春节都不让我们好好过。"

雷达很快发现一架 F－105 敌机闯入防区，老美知道中国人肯定要过春节，利用这个时候进行偷袭，在年三十的晚上就进行过夜间侦察。他们没有想到的是，我们虽然在忙着过年，但仍时刻保持警惕，只要他们来犯，就是送死。

饺子还没吃上，听到警报声，全营进入一等战备，像往常一样做好一切准备。十分钟后，侦察员在 2 号方向发现敌机群。这次敌机换了花样，一批八架分成几个方向，采取主伴配合，分散我军火力。一组沿红河在外围转圈，另一组主攻我大队保卫的目标。敌机临近，各炮迅速联动，显示灯全亮，测距机手报到40时，全连发射炮弹七十二发，高炮、高射机枪连续开火，两架敌机被击伤，其他敌机各自狼狈逃窜。

三个团集中火力射向敌机，在战场上过年没有鞭炮，此时隆隆的炮声正好用来庆祝新春。听到这声音，我的心里有种说不出来的味道。在我的家乡里下河地区，再穷的人家过年时鞭炮也是少不了的。年三十晚上的夜空，总是那么令人向往，辞旧迎新，总让人看到来年的希望。可是我们在战场上的这个年过得揪心，和亲人们天各一方，我们不知道他们过得怎样，他们不知道我们在哪里。前线与后方的大消息，我们只能从迟来的报纸上得知，别的一无所知。

如火如荼的战斗有太多的不确定性，因为与敌军的战斗力悬殊太大了。他们用的是当时最先进的飞机。

美军的飞机到底有多先进，这是我多年以后才知道的。1968年10月的一天夜里，我们支队侦察连513雷达的一号雷达操纵手陈国贤和二号手陈怀远，开机大约十分钟左右，在荧光屏西北方位八十公里处突然出现一目标回波，比一般飞机拉出的回波要多。陈国贤发现情况，赶紧拉下新手刘金田。两位操纵手在十秒钟的时间里报出三个点的方位和距离，随即目标就消失了，速度快得惊人。后来师指挥部通报了这批目标，它是美军新型高空战略侦察机SR－71，俗称“黑鸟”，1967年试飞成功。作战半径五千四百公里，最大飞行高度达三万米，最大时速四千零六十二公里，即每秒1.1公里左右，是当时全球飞得最高、速度最快的有人驾驶飞机。而我们的513雷达是苏联的产品，天线转动速度慢，换向还要靠人工转动手柄，能在有限的高空探测范围内捕捉到SR－71的踪影，实属不易。

一六六支队全体官兵们在战场过年，从早到晚，都处在戒备状态。炮弹的吼声给这个猴年的春节增添了节日的气氛，让年轻的战友们永生难忘，而越南安沛市的十几万人口全部躲在山沟里，无家可归。

这个年过得简单且恓惶，不幸的消息总会传来。五十二大队六连的二炮手副班长张玉生，他是在春节前一个月，美国飞机来偷袭轰炸53号桥墩时，不幸腿部中弹，负重伤截肢，在医院里抢救了一个月，还是没能保住性命，在春节期间停止了呼吸，牺牲时年仅二十二岁，独子，遗体埋葬在越南安沛东边的一个山坡上。后来消息传到他的家乡，他年轻的未婚妻特地不远万里跑到河口国境上，摆放好祭品，跪地痛哭一场。她回乡后在屋前造了一座假坟，把张玉生生前穿过的两件衣服埋在里边。而张玉生的母亲因中年丧子，悲伤过度，终日以泪洗面，不久双目失明，孤苦伶仃多年后，去陪天国里的独子去了。

战争时代，除了打仗就是打仗，生活显得枯燥无味。但战地办报和战地宣传这两件事很值得回味。

1967年底，各团官兵参加援越抗美誓师大会，发过誓言写过血书之后，全力投入到战前准备工作。在所有准备工作中，有一项新的特殊准备——办战地快报，以传达党中央毛主席的声音，传达师团党委作战决心，鼓动宣传，激励士气。六二四团党委将这项任务下达给政治处，政治处把任务交给宣传股，宣传股把任务交给了赵业根干事。

战报取名《战地黄花》，取自于毛泽东主席诗词《采桑子·重阳》中“战地黄花分外香”。毛主席的这句词抒发了将士乐观、昂扬向上的思想情怀，有激励战士革命精神的力量，很适合做报名。小报每周出一期，四开二版。遇重大事件，临时出“号外”。每期印数约五百份。由指挥连摩托班送到各连，分发到班。同时，上送师政治部，各团小报在师部互相交换，互通情况，交流经验。

办报初期困难重重，首先是稿源问题。为解决这一问题，开始只能由办报人自己采访写稿。后来，部队进入阵地后转入常态化，各连报道组开展活动，战士们利用战斗空隙踊跃写稿，稿荒问题基本解决。

记得出第一期小报是在行军途中。经过七天七夜的行军，部队到达云南蒙自，驻扎在县城里。为了如期出报，虽然在行军途中采写了部分稿件，但要出报还需补充稿子，赵干事背靠汽车轮胎，大地做板凳，双腿当桌子，借着夜光笔的光赶写稿子（夜光笔是发给排以上干部的，比现在的圆珠笔约粗三倍左右）。电影放映组组长王正官则打着手电筒紧张地刻写蜡纸。那时，人员还没有配齐，刻写任务就压在王正官同志身上，他既要去放映电影还要忙着出报，工作繁忙且十分辛苦。后来团部管理股张霞同志调来当专职打字员，情况有了改善。再后来，从上海买来打字机，又从加强的人员中抽调了小潘（十二军军部打字员）来负责打字。打字时用汽油灯照明，办报条件得到较大改善，办报质量也有很大提高，而且根据需要能套红印刷。同时，承担办报任务的宣传力量也得到加强，宣传股新配备了刚提上来的陈遐龄同志担任副股长，加强对宣传报道工作的领导。刚开始出报没有铅字排版，更没有现代化的激光照排系统，而是刻写铺在钢板上的蜡纸。刻写蜡纸要求用力均匀适度，轻了印不清楚，重了蜡纸在油印中容易破损，一旦破碎，就要重新刻写。这既是技术性很强的活儿，又是极细致的工作。

夜晚，天上繁星点点，地面上枪炮声连连。行军途中办报，艰难程度可想而知。

真正闻到浓浓的火药味是在战场上。战斗分队进入越南境内预定阵地后，团部驻扎在山沟里。原先驻防部队留下来的简陋茅屋，周边应急的防空洞和猫耳洞，稍加整理都派上了用场。赶上出报时间紧，就钻进猫耳洞里写稿。夜晚的猫耳洞又闷又热，不时有蚊虫蚂蟥叮咬。蚂蟥这种东西非常讨厌，它侵袭人时神不知鬼不觉，等发现了已吸得饱饱的一肚子血，更讨厌的是被蚂蟥咬过的伤口，流血不止。

印象最深的是下到连队采访。记得有一次到二营一个连队阵地采访，忽然阵地上拉响了警报，这是敌机偷袭的信号。战士们迅速登上炮位，不一会儿，就隐隐地听到炮弹的爆炸声，也远远地看到山沟里飘起的烟雾。那天，敌机偷袭一营阵地，被该营集中炮火猛烈射击。赵干事得到信息后，立即从二营阵地奔赴一营阵地，进行现场采访。美国鬼子轰炸是非常猖狂凶狠的，美国有的是钢铁，又有高科技，炸弹、子母弹、气浪弹，还有“百舌鸟”导弹，一股脑儿扔向阵地，对我进行狂轰滥炸。在这场战斗中，战士钟光权不幸被弹片击中受伤，但他表示：只要我还有一口气、一条腿、一条胳臂，都要和敌人血战到底，决不下火线！他坚持战斗，直到战斗结束，才被战友们抬下炮位。赵干事及时采访，写出战斗纪实，真实地记录了这位英勇不屈、顽强战斗、不怕牺牲的“麦贤得”式的战士钟光权同志的英勇事迹。这篇文章及时用“号外”刊发出来，引起很大反响，极大地鼓舞了全体参战人员的斗志。钟光权同志也荣立二等功，成为全支队指战员们学习的好榜样。

在五十一大队，有一支宣传队，它是团政治处管辖下的队伍，隶属文化干事领导。平时，他们分散在各自的连队里，是一名战士；需要时，集中在团里，就是一名很好的宣传队员。他们演出时非常卖力，深受战士们的喜爱。团长王怀义、政委姜海滨十分喜欢这支队伍，经常组织他们到各连队阵地上去巡回演出。

战士演出队的人数不多，大约二十人左右。带队的是褚康龄队长、钱胜副队长，其他同志有骆永坤、张忠义、潘照明、杨志忠等，大家相处得十分融洽，像一家人一样。

演出队有许多节目，因为大部分是在大西北执行任务时学习排练过的，有民族舞蹈、快板书、独唱、独角戏、弹唱等，比如歌曲《草原上的红卫兵见到了毛主席》，快板书《土豆》《四个老汉上北京》《一个印度兵》等深受欢迎。演出队到哪里，哪里就留下一片欢笑声；越南人民经常跟在演出队的后面，总是“百看不厌”。

演出队的同志经常深入连队，与战士们打成一片，没有一点儿架子。连队的战士们非常欢迎他们，并经常与他们“同台演出”，没有丝毫隔阂。

战争不让女人走开

有一位作家写过一本书《战争让女人走开》。

两千年前，埃及女王克莉奥佩特拉对一代枭雄朱利叶斯·恺撒说过这样一句话："战争中不能没有女人，除非这个世界上光剩下了男人。"这句话一点儿没有夸大。

残酷的援越抗美战争中，三十多万中国军人在前方浴血奋战，无数英雄男儿的妻子、女友同样遭受着战火的煎熬。她们长期默默地承受不知亲人生死安危的痛苦与思念，同时还要鼓励和支持我们在前方多多杀敌立功。

那是在部队即将奔赴越南战场的前夕，部队正在忙于临战动员、整装扩编和临战训练，按照惯例，允许父母、妻子儿女或女友来队探亲团聚。

这些被允许与家属团聚的同志自然是高兴万分，那些日子里每个时刻都在发生动人的故事。六一七团的副连长张延亮就在营地举行了婚礼。他和妻子的老家在浙江江山，妻子是县医院的一名医务工作者。两个人原定1964年结婚的，由于移防、备战等原因，结婚时间又拖了三年。直到1967年上战场前，张延亮发了电报回家，希望未婚妻陈玉珍来部队成婚。他们事先约好到火车站见，女方手里拿一张报纸，以防万一没人来接站，也有个标志好认。偏巧那天张延亮在阵地上一时有事脱不开身，去不了火车站接她，就请政治处组织股的张堂干事帮他接一下。

等张干事接陈玉珍回到驻地，张延亮才结束工作。他还没来得及更换身上满是汗渍油污的衣服，一脸的汗，胡子拉碴地站在陈玉珍面前。两个人来不及说话，张干事就赶紧带他们去民政局，赶在民政局下班前办理了结婚登记手续。这一切就像在打仗一样，紧张得很。

晚上，连长为他们主持婚礼，并邀请两位新人的浙江老乡做伴郎。新房就设在生产队的一个仓库里，里面已住着一户临时来探亲的家属，仅在中间挂上一块汽车篷布隔开，就算是一对新人的新房。两家人说话声音稍大点儿，对方都能听到。这间新房，没水没电，真的像"洞"房，黑乎乎的。床铺是一块单人铺板加拼一块木板，用两张条凳搭成，床上的用品也是平日用的军被、蚊帐、草席等。通信员找来一张桌子和几张条凳，往中间一摆，放上几个军用茶缸、两壶开水，还有两斤多水果糖，算是给一对新人招待客人用。文书用一张红纸写了一个偌大的"囍"字，往墙上一贴，又点上几支蜡烛照明，也表庆祝之意。

房间简陋，但气氛很热烈。连长主持婚礼，按中国传统礼仪，让一对新人一拜天地，二拜高堂，夫妻对拜。还未来得及说礼成，就有人嚷嚷起来："亲一个，亲一个！"房间里响起阵阵掌声。新郎和新娘很是羞涩，当然不好意思当着众人的面亲，互相握手回应。大家也不好意思再闹他们，一番热闹过后，又请一对新人介绍恋爱经过。经过多番推让，张副连长才鼓起勇气说自己的恋爱经过，说他们俩的姻缘是天注定的，是同窗好友牵的线，她不嫌弃他是穷当兵的，他也喜欢她是个心地善良且带“粮票”的好姑娘。“我不甘做牛郎，她倒情愿做织女。我们军人也是人，有血有肉，有情有义，也喜欢海边的浪漫、在公园里散步、家庭的温馨。可祖国的河山需要有人去防卫，万家团圆需要有人去守边。我们作为新时代的新青年，理应听从党的号召，服从部队的需要，谱写好新时代的牛郎织女新篇章。”新郎的话音刚落，就响起了一串掌声。又有人请新郎和新娘合唱一首《夫妻双双把家还》，可是他们没有唱过这出安徽的黄梅戏，倒是新娘子落落大方地站起来唱了一曲《十送红军》。在出国作战前夕，听到这首歌，有人大声叫好，但几个有妻子儿女的干部却是默默无言，他们想起了家中的妻儿。几天后，张延亮送走了才新婚几天的妻子，和大部队一起奔赴援越抗美的战场。

所有的军嫂都和陈玉珍一样，幸福对她们来说总是太短，甚至来不及回味，便悄悄溜走了。

在出发前，我们经历了一个终生难忘的场面。那场面不亚于一场战争，只不过是情感上的战争，它像一枚战场上的炮弹，散发着硝烟，把官兵们的眼泪都逼了出来。我们都知道，这是亲人间的生死离别，在所难免。

官兵们一方面要备战，一方面要接待好家属们，他们来一趟太不容易了，一些家属有情绪是正常的。党、团支部因势利导做他们的工作，连长、排长逐个与家属促膝谈心，多次组织召开座谈会，让家属们减轻心理负担，安心回家。

家属们在部队只有十多天时间，这十多天时间对他们来说不亚于十年。全师有十多名军嫂来部队结婚，结婚后十多天夫妻俩就得分别。

部队首长本来提前一周就动员安排来队亲属们离队，避免在部队出征时情绪过分激动。但难免出现特殊情况。虽然多数亲属都按规定离队了，但还有一部分亲属说是离队了，但实际上他们租借附近居民的房屋悄悄地住下了。他们要送上战场的亲人最后一程，更巴不得随他们一起上战场，同生共死。

十多天后，部队停止了家属探亲。

待到我们出征的夜晚，他们整齐地排在部队行进道路的两旁。车辆快速开过，他们向我们一边招手致意，一边强装笑脸，而又面色沉重，流泪惜别。

就在这时，谁也没有想到一件意外的事即将发生。一位军人家属因为忍受不了这样的离别，突然情绪失控，看到自己的亲人从面前经过，她奋不顾身地从路边冲向车队……汽车一辆接一辆正在前进中，如果陡然刹车，后面的车撞上来，后果不堪设想。说时迟，那时快，这位军人家属被队伍中的一位长者一把拉住，才避免了一场车祸。

许多人都听到这位闯车的军人家属撕心裂肺的呼唤声，无论是送别的人，还是被送的人，心都在哭泣。

遥想当年，炮兵六十六师的军嫂们对远在战场上的亲人有着怎样蚀骨的思念与担忧?

军嫂曹琪凤，六一五团二连雷达站长周镀的妻子，江苏金湖人。1967 年 11 月的一天，当时她正在教室里给学生们上课。乡邮局的通信员特地找到校长，校长又找到曹琪凤，校长递给她一份从部队发来的电报，上有六个字："接电速来蚌埠。"她心里吃了一惊。会有什么事呢？前几日才收到爱人的信，从大西北发来的，信中说可能要撤回蚌埠，另有大事安排。

接到信后的曹琪凤内心很沉重，这几年她只知道爱人在大西北，是执行保密防空任务，具体做什么从不知道。其实就是“两弹一星”的发射防空作战任务。多少年后她才知道这是国家的秘密，有十几万大军都在那里执行任务，从像邓稼先那样的原子弹专家，到普通的战士，他们一走多少年，亲人们一无所知，只能默默地等待他们的亲人回家。

曹琪凤一激灵很快就想到，爱人是要上战场了，而且是离开中国，出国打仗。

去，彼此的心里肯定会如刀割；不去，更如刀割。

曹琪凤在校长面前再也控制不住自己的情绪，泪水涟涟地对校长说：“校长，我不想去，让他安心去打仗，我去了反而会影响他的心情。”

校长把这件事转告了人武部，那位人武部部长立即来学校找曹琪凤做思想工作。

“怎么能不去呢？一定得去，这不是出国旅游，也不是探亲访友，是打仗啊。你要是不去，他的心里该有多难受。”

就这样，在部长和校长的劝说下，曹琪凤母子被“押”上了路。当年交通很不便，他们母子俩从家去蚌埠火车站转了几趟车。那时候部队里每天都有专车到车站接军嫂们。部队就要开拔，在规定时间内，几乎能去的家属全部去部队为上前线的亲人们送行。当时曹琪凤的孩子刚满八个月，连结婚时的婚假算在内，从通第一封信到现在，夫妻俩共见过两次面，在一起生活只有七十天时间，真是陌生的亲人。周镀在车站接到妻儿。在他眼里，儿子是第一，抱着儿子左亲右亲，只顾得上跟妻子说了一句话：“上车吧。”

按部队规定，当时的相见不能超过两个星期，两周后他们就要开赴前线了。

到了部队，周镀白天都很忙，做战前动员、思想教育、军训、政审等一系列的工作，只有晚上才能陪他们母子吃顿饭。饭菜是从食堂打的，请几个一起从炮校毕业的战友过来吃饭，到外面小卖部买几包花生米、豆腐干之类的小食品、几瓶酒。大家一边喝酒，一边说笑，当时的情景如同20世纪80年代的电影《高山下的花环》里的场景一样，一会儿哭，一会儿笑，激动的时候把空酒瓶都砸了。每个人都有遗言、遗物。他们有的请曹琪凤把最贵重的手表带回去送到家里，有的让她捎件贴身的衣服回去。

当年的兵都很穷，特别是有家庭的人，都是寅年吃卯年的粮——借。曹琪凤家还算好的，有两个人拿工资，她的工资是每月二十四元，一直拿了十年，但是来来回回到部队探亲，全交给交通部门了。

曹琪凤母子是最后一批到部队的，只待了一周就回金湖了。一家三口分别前特地到小卖部的照相馆拍了照片。拍照片的人太多，只来得及给母子俩合影。这张照片让周镀带去了援越抗美的战场，连三个人的合影都没拍成。

毕竟是当老师的，曹琪凤响应部队的号召，没有像别的军人家属那样赖着不肯走，而是第一批离开了部队。那段时间部队领导每天都要给军人家属做及时离队的思想工作。谁也不知道自己的亲人是否能活着回来，这一别，也许就是永别。每天都有军人家属被强行“押”上军车，送到车站。那场面难舍难分，撕心裂肺般难受。

在蚌埠火车站的军人候车室，没有笑声，听到的全是从鼻腔里发出的咽泣声，还有不懂事的孩子们的大哭声。孩子们看到爸妈在哭，但他们并不知道发生了什么事情，也跟着哭。

真盼火车迟些，再迟些到，让时间长一点儿，再长一点儿。当火车的汽笛声由远及近时，候车室开始沸腾，还有几分钟时间就要分别，火车是那么的无情，无情得要把人的心撕成碎片。这时候大家一个个一对对，全部抱在一起，从开始的咽泣到放声大哭，悲伤在整个火车站弥漫开来。

只有经历过生死离别的人，才知道那种剐骨的滋味。

火车，还是有情的，所有的车窗都是打开的。送别的人和被送上车的人，一个在车上，一个在站台上，也顾不得行李。那时候也没有什么行李，就几件换洗的衣服。

上了车的女人和孩子，第一时间找到窗口哭喊着丈夫的名字，对着窗外大声喊："我在这里，我在这里！你一定要回来，一定要回来！你把'命'给我带回来就好……千万，千万，千万……"

每个女人在分别的当口，都把心里想过一千遍一万遍的话说出来，因为再不说就没机会说了。

曹琪凤带着八个月大的儿子回家，周镀怀里揣着他们全家的三张照片赴越南战场。一张是三口之家的合影，那是儿子出生七十六天，他从大西北休假回来照的；另一张是他在两弹发射基地时照的，那时儿子才二十九天；还有一张就是这次见面时母子的合影。

作为军人的妻子，要独自承担比常人多得多的艰辛和痛苦。曹琪凤生儿子前还在学校上课，肚子开始疼了，才坐船往医院去。她一个人挺着大肚子，坐船到金湖，再走三公里才到医院。

路上上了两趟厕所，早饭也没有吃。到医院已是中午，医院都快下班了。她中饭又没吃，一路疼到医院，又疼又饿，疼得晕了过去。一位好心人煮了几只鸡蛋给她，一阵痛过后，让她赶紧吃一口，这才有力气生孩子。一个大房间，十几张床，人家都有人陪着，只有她是一个人。同病房的人得知她是军嫂后，她们吃什么，也给她吃什么，才救了她和儿子一命。生儿子时难产，孩子生下来八斤六两重，生过后又是一群好心人把她抬到病房。“我这辈子，从来不会说一个‘死’字。”不能说，也不想说，但心里偏偏想过那个最可怕的“死”字。

逢过年过节，曹琪凤也不敢回婆家和娘家，一个人带着儿子住在学校里。因为人家欢欢喜喜过年，只有他们家欢喜不起来。自部队分别后，周镀便音信全无，甚至都不知道他还在不在世上。

谁都知道有战争就会有牺牲，但谁都不愿意自己的亲人牺牲，这是一个悖论。

大年初一，一大早就听到人家放鞭炮。上午九十点钟的时候，大队书记带队来向军属拜年，一群人喊成了一条声：“给曹老师拜年了，给军属拜年了……”当时她已哭成了泪人，始终没有开门，抱着儿子一声不响躲在屋里。

那时候正好是“文革”，学校的校长被打倒，但还是不忘记关心他们娘俩，尽量照顾他们。儿子在学校里喊所有的男老师叫舅舅。苏北的冬天特别冷，儿子洗澡都成了问题，是这些舅舅们带着他去洗澡。就这么一天天熬，终于有一天邮局送信的抱了一大堆的信送给曹老师。因为战争，这些信一直积压在一起，无法发回来。信上的每句话、每个字，曹琪凤都恨不得吃进肚子里才好，但没有一句话是讲战争的，因为要保密。信上全是报平安，她反反复复地读，读给儿子听，告诉他爸爸的情况，告诉他爸爸活着，快要回来了，快要回来了。

事实上什么时候能回来，谁也不知道，只是希望着，盼望着。接下来又是两年没有音信。

这两年中，曹琪凤得了一场不小的病。两个嫂子用小船把她送到医院时，她已经昏了过去。嫂子们急得直哭，有人说快点儿放地上，嫂子们不肯，怕放地上就活不过来了。有好心人找来了一张竹席把她放平，当医生听说她的丈夫在前线打仗后，想尽一切办法抢救，总算救活了过来。谁也没有想到曹琪凤会药物过敏，一针下去浑身发冷、抽筋，无法说话。但她心里明白自己快要不行了，两行清泪流下，只听见嫂子的哭声。她娘家人在宜兴，拍电报起码得三天才能到，来不及了，来不及了……

"不行，我不能死，儿子怎么办？他爸爸生死未卜，不能让儿子成为孤儿，一定要活下去。"求生的信念让她活了下来。

不仅她自己生病闯了几次鬼门关，儿子生病更是把她急得魂都快掉了。

前方终于传来了好消息。"九大"召开的那一天，曹琪凤接到一封电报，是老周打回来的，准备回来休假。这个电报真的是及时雨，直到在码头见到他一个人拿个包儿上岸，曹琪凤都不敢相信这是真的。对周镀讲的第一句话是："你是我哭回来的。"

到了学校，那么多关心和帮助过曹琪凤的人都拥到家里来看，这个从天上掉下来的人是个怎样的人。儿子对舅舅们说："是一个解放军叔叔。"他们说："是你爸爸。"儿子怎么也不肯喊爸，指着照片说："我爸爸在这里。"

战争给普通百姓带来的都是灾难，尤其是妇女、儿童和老人们。战争给他们带来了痛苦，也激发了他们奋起抗敌的决心和意志。越南妇女更胜一筹，她们成了越南的娘子军。

正月初一这天，我们开始下饺子的时候，营房里出现了越南妇女。她们拿着香蕉、橘子、菠萝、菠萝蜜，还有点心和水果糖，说着我们听不懂的话。我们能从她们的表情中看出她们很高兴。她们是专门来为中国军人祝贺新年的。我们知道她们送来的东西非常珍贵，这是她们节省下来的，自己舍不得吃，都送给我们吃。我们留她们吃饺子，她们只象征性地吃了几个饺子，就不肯再吃了。面对香喷喷的大肉饺子，她们难道不喜欢?

我们大多是没有结过婚的毛头小伙子，一个人吃饱了全家饱，哪来那份儿女心。还是连长有眼力，一拍脑袋说，她们不是真的不爱吃饺子，她们的孩子还饿着，她们是想把碗里的饺子带回家给饥饿的孩子们吃。

有几个战友正在往嘴里塞饺子，听连长这么一说，愣了一下，赶紧放下饺子碗。

连长说，我们吃不成也要给孩子们吃，于是用一只大铝盆装了满满一盆饺子，帮她们抬下山。

都说战争让女人走开，可是越南这个地方，女人却是战场上的主力军。她们的男人战死沙场，男女比例严重失调，许多家庭都没有男人。在我们建的友谊亭旁，经常可以看到越南妇女的身影。

许多越南妇女看到年轻的中国士兵，眼珠子就被吸引过来了。她们活得太苦太孤单，战争让她们的家残缺不全，她们甚至来不及哭，就要投入战斗。越南的姑娘因为长年挑着担子走山路的缘故，浑身充满了青春之美、力量之美。

就是这场战争，让许多一夜之间失去男人的女人们强大起来。

她们已不是普通的妇女，而是在铁炉子里煅烧成钢的铁娘子。战争中的越南妇女给我们留下了难以磨灭的印象。无论是年轻姑娘，还是媳妇或老大妈，在田间，她们担子不离肩；在深山老林里，她们跋山涉水；在家里，她们把婴儿背在身上做家务事。她们几乎人手一枪，种地时枪就架在地头上，只要敌军来犯，放下农具端起枪就还击。

她们一个人就是一个集体，这不仅因为她们的服装是相同的，更因为连钢铁般的意志都是相同的。白色的紧身上衣，肥大的黑色长裤，走起路来迎风飘展。出门的时候戴一顶圆锥形葵叶笠帽，爱美的姑娘会用一块花手绢系在帽子上，勒在下巴上，既美观又实用。姑娘的发型都是披肩长发，干活儿时用发夹松松地卡住垂在背后，干起活来，头发随着身体摆动，像一片移动着的乌云落在白上衣上。已婚妇女的发型又不同，她们把长发在脑后随意绾个发髻。年纪大一点儿的妇女则穿着清一色的扎染成棕紫色的上衣，头上戴一顶带硬圈的帕子。

有这么一段真实的文字记载了越南南方的妇女和儿童在村子里经历过的残酷的战争：

在越南解放区，没有男人的家庭，每家每户都是一个战斗单位，屋内挖有防炮洞，屋外挖有防空洞、藏粮洞和藏牛洞。每村每乡都是一个战斗堡垒，村有民兵，乡有游击队，大部分村、乡，尤其是那些靠近敌占区的边缘地带的村乡，成了布防森严的战斗村和战斗乡。村村有防御工事，有的村有战斗战壕，地道四通八达，大路口，小路边，草坪里，布设了各种各样的陷阱，布置得严实、巧妙。在树丛杂草中，锋利的竹尖遍地都是，而且伪装得巧妙。树上挂的是布满竹尖的吊桩，土里埋的是地雷，门里插的是暗箭。敌人如果闯进战斗村，只会寸步难行，绝对是上门找死。战斗村组织严密，村民有各自的战斗岗位，游击队和民兵站岗放哨，日夜巡逻，一有情况，立刻投入战斗。老年人组织了支援组，为游击队做饭烧水，帮游击队员家里插秧收割，看管孩子。妇女是生产和支援前线的主力军，儿童是削竹尖的能手。

这种打法与我国在抗日战争时期的地道战一样。

　　战斗村不仅仅是有防御性的，游击队利用敌人的弱点，利用有利地形，打伏击歼灭敌人。他们两三人一组，神出鬼没地从村外打到村内，从村头打到屋内，有时是东西伏击，有时是南北夹攻，打得敌人晕头转向。在人民的枪口、地雷、陷阱的包围之中，敌人只有夹着尾巴逃跑的份儿。

　　在南方平原地区，人口稠密，村与村之间相距很近，这里的战斗村配合紧密，敌人进攻一村，其他村立即支援。游击队善于打小仗、打巧仗、打夜战，经过长期的战斗锻炼，游击队成长壮大了，他们能主动把伏击、围歼、攻点等作战方法结合起来，痛歼美伪军。有些游击队把暗堡工事修到敌人的阵地脚下，监视敌人，打活靶子。那些山区的游击队善于利用有利地形，布设歼敌工事。美伪军曾多次企图闯进山区下乡“扫荡”，可是从来也没有一次能够越过外围的防御工事，都是进来后，死的死，伤的伤，落荒撤走。

在战斗队伍里，经常可以看到有白发苍苍的老妈妈，有怀抱婴儿的青年妇女，还有才十多岁的小姑娘。她们有时几十个人，百把人，有时候成千上万的人，或者高举大幅反对美国侵略者的标语，或者牵牛携锅、挑担推车，到敌占区的城市里去斗，到敌人的家门口去斗。她们一个个紧挽着双手，用自己的身子挡住美军，顶着美军的枪口……

就是这些越南妇女，在男人们牺牲的日子里，把自己活成了男人。

如果不是这场战争，山清水秀的越南的确是个好地方，物产丰富，人民勤劳善良。十几米高的槟榔树随处可见，刚劲挺拔，叶子不算多，都集中在上头，像女子头上的凉帽。槟榔树的干一节一节的，像笔直的杉木，亮亮的。

我们在阵地的每一个道口都盖了友谊亭，这亭子有点儿像马路边的茶肆，供人歇脚用。友谊亭里摆放了许多书籍，越文为主，大多是毛主席著作单行本。亭子里有茶具，备了茶水，越南人从亭子边路过，我们会热情地招呼他们进来歇歇脚，看书、喝茶、聊天。要说聊天很有趣，他们不会中文，我们会的越语极有限，一个词一个词拼凑着说，或者中越两种语言混着说，加上手语，也能猜个八九不离十。年轻一点儿的越南人知道北京、上海，但提到南京、无锡就不知道了。

吃完年初一的饺子，不能没有歌舞。年初三这天晚上，我们刚吃过晚饭，接到连队的通知：各排各班战斗单位，留足战备值班人员，集合下山观看越南的文艺演出。

听到这个消息，战士们个个雀跃起来。这么长的时间，隆隆的炮声和呜呜的飞机声，听得我们心烦，歌唱声谁不爱听？

演出场地就选在炮排的阵地旁，是块开阔的空地，这里原来是一块不成形的芭蕉林，整理后圈了一块地。有时候这块空地用来放电影，做舞台这还是头一回。没有帷幕，别说是霓虹灯，照明灯都没有，只有汽油灯。

这天晚上很安静，敌军的飞机没有出动，我们就在朦胧的月色下观看越南姑娘们的演出，视线有点儿模糊，但每个人都难掩心中的激动。因为怕站着影响后面人的视线，在前排的人自觉地蹲下来，我和战友们则席地而坐，挤挤挨挨地坐着。

越南的演员只有几个男女，一个男的当报幕员，看上去是头头。我们也派了几个演员参加，和他们互动。现场没有翻译，节目的名称我们一个字也听不懂，但这不影响我们看歌舞的兴致。很显然，大家看的不是歌舞，而是借着歌舞的热力让青春的心在异国他乡的崇山峻岭中放飞一下。

第一个节目是大合唱，是我们早已耳熟能详的《越中友谊之歌》。她们唱完后，我们的一位战士出场，唱了一首抗美援朝电影里的主题歌《英雄儿女》。这首歌唱得太好了，把我们的心唱得沸腾起来，头顶上的星月似乎受到了感动，不再朦胧，明亮起来。

这首没有乐器伴奏、没有舞美灯光的经典之歌还没唱完，我们和越南的演员都忍不住鼓起掌来。我也跟着鼓掌，手掌都拍疼了。越南的姑娘高声呼喊："海瓜，海瓜（越南语"海瓜"意思是很好。我们听不懂，后来还出了个大笑话）。"

轮到越南演员上台时，她们其中的一个又唱了一曲《解放南方》。尽管听不懂歌词，但声音洪亮，婉转飞扬，又不失激越之情，让人备受鼓舞。越南的姑娘们热情大方，邀请我们的战士继续上台。战士们积极响应，用中文演唱了《越中友谊之歌》，越南的一位女演员竟然用中文演唱了《东方红》《社员是棵向阳花》，让我们大为震惊。她唱得那么好，甚至比我们唱得还要好。后来才知道这首歌越南群众基本上都会唱。

次日我们才知道这场演出，是为了庆祝越南南方取得了新春大捷而举办的。

在越南消息闭塞，基本没有娱乐活动，别说电视机，连队收音机也只有一台，而各排班驻地分散，无法收听中央联播节目。我们只能从《人民日报》《解放军报》上了解国内外大事，就是看报纸，也是多少天前的旧闻。

新春佳节能看到一场演出，已经很激动了。这一天最幸运的是美军的飞机没有来骚扰我们，让我们度过了一个难忘的新春良宵。

演出结束后，演员和观众久久不愿意离开，尽管语言不通，但不影响中越人民之间的感情。队伍中有喜欢唱歌但不是演员的战友，在演出结束后，也站到那个圆圈的中央亮几嗓子，也不管是否跑调。

在越南，只要看到妇女和儿童有困难，同志们都会帮他们一把，没有男人的家庭日子过得太难了。

望着她们远去的身影，我的心里充满苦涩。想起小的时候过年，和父母哥姐们一起欢乐的时光，眼睛开始发热，心里发堵。

在过年的时候，每个人都在念叨：家乡的亲人们，新春佳节，你们还好吗？直到从越南战场撤军回国，我请假回家探亲，哥哥姐姐们才知道我上过越南战场。因为保密，那几年我和大多数战友与亲人之间都音信全无。

异国趣闻趣事

奇特的习俗

越南有很多奇特的习俗，听说也有“十八怪”。但在越南作战期间，因为语言交流困难，始终没有完整地收集到，只是零星地了解一些，如砍刀随身带，长年穿拖鞋，粪坑满了用土盖，房屋不用砖瓦盖，槟榔红嘴老太太……

大砍刀随身带。越北地区山高林密，竹木丛生。在这种环境中生活劳作，必须随身携带砍刀，随时随地用砍刀砍掉那些挡路的树木竹枝和影响庄稼生长的灌木杂草。当然，在采摘水果或吃西瓜、椰子的时候，砍刀也能派上用途。

长年穿拖鞋。越南属于热带地区，只分雨季和旱季，气温很高，全年雨水充足，加之美军飞机经常轰炸，道路坑凹积水，只有穿塑料拖鞋方便，随时可以涉水，离水即干。所以在越南不管男女老少，出门都穿塑料拖鞋。越南当时经济十分困难，这些凉鞋拖鞋都是中国生产和支援的。但由于常年穿拖鞋，五个脚趾没有约束，分得很开，像个芭蕉扇子，很是难看。

粪坑满了用土盖。这是越北地区非常奇特的习俗。越北地区都是种植水稻，按我国的习惯，人畜粪便都是稻田最好的肥料。但在越南不是这样，他们每家每户都挖一个很深的粪坑，所有的人畜粪便都积存在坑中，一般可以用几个月或半年，等坑满之后，用泥土将其严严地封盖上，然后再另挖一个粪坑使用。我想，这是多么落后愚蠢的做法啊！一方面粪便的天然肥料价值没有得到利用，另一方面粪坑越挖越多，不是在搞“地雷战”吗？果然事隔四十年后，我们援越抗美老兵祭扫团去安沛为牺牲战友扫墓时发现，这一习俗已荡然无存。也许是战争结束了，生活条件好了，家家户户都用上了像我国农村一样的蹲式粪坑，有的还用上了抽水马桶。

房屋不用砖瓦盖。在越西北地区，由于连年战争破坏，特别是1965年8月美机轰炸以来，原有的房屋惨遭破坏。比如说安沛市，本来是安沛省的省会，有十多万人口，在越南算是一个中等城市了，但经美机两年的轰炸，已被夷为平地，一片瓦砾。毫不客气地讲，我初见安沛市的感觉便是：“安沛”这两个字是配不上这个地方的，既没有安全可言，更不丰沛。这个被战争涂炭的城市，没有高楼，没有柏油马路，看不见一辆公交车，市政机关关闭，连街市里的电线杆都被炸断了，标标准准的一个黑漆漆的鬼城。一个好端端的青山绿水的城市，变成了一堆破砖烂瓦。政府官员和市民百姓全部疏散到山地密林之中，城里已无法再待，整个安沛市笼罩在一片死亡的气息里，空气里到处是毒气炸弹的味道，令人窒息。难民们为了度日，只好用毛竹、树干做支撑，用茅草、芭蕉叶做盖顶，不用一片砖瓦，便搭成了热带地区最简易的住房。当然现在都改变了，四十年后我们老兵去越南扫墓时，安沛市又都盖上了砖瓦房，有的是四五层楼房，很像我国边远地区小县城的味道了。

槟榔红嘴老太太。越南到处都有槟榔树，盛产槟榔果。那里的妇女，特别是老年妇女，都有咀嚼槟榔果的习惯。据说吃槟榔可以固牙，同时还具有治疗疾病的作用。但是槟榔果质地鲜红，长期食用，牙齿会变得乌黑，嘴唇变得通红。所以我们见到的越南老年妇女，几乎都是黑牙红唇。据了解，我国广西、海南地区的妇女也有这种习俗。

都说靠山吃山，靠水吃水。越南到处都能看到一丛丛高大挺拔的野生芭蕉树，随风起舞，青翠欲滴，一串串青色的芭蕉挂在枝头，散发出诱人的清香，成为热带丛林中一道怡人的景观。战士们学着越南人的样子，把芭蕉砍了拖回炮坑里，用越南人的方法催熟。在芭蕉上洒一些白酒，捂上三天后，一股浓香就出来了。原先的青色变黄，吃起来甜香糯滑。有一次，连队的卫生员去给战地的病员送药，回来时在森林里迷了路，三天后他才摸索回来。这三天，他死里逃生，在森林里遇到不少困难，最主要的是饿。他就靠吃野芭蕉度过了这三天。

除此以外，芭蕉叶还有实用价值。越南人用芭蕉叶遮阳避雨，在山谷里，越南人会用几根竹子和芭蕉叶搭成临时的简易窝棚，供收割、播种、打猎及休息时对歌用，还经常用芭蕉叶包米饭，有点儿粽子的味道。

丛林里的野生动物们

越南地处热带，一年只分雨季（4—10 月）和旱季（11—3 月）两个季节。当地有句俗语：“雨季不雨，旱季不旱。”“雨季不雨”，不是说不下雨，而是下大雨、暴雨，但时间很短，几分钟暴雨过去后，立马烈日当空，火辣辣的太阳热浪滚滚，温度高达四十五摄氏度，闷热难受。“旱季不旱”，是说旱季像梅雨季节一样，几乎每天阴雨绵绵，雾气蒙蒙，空气湿度很大，衣服总是晾不干，穿在身上总是湿漉漉的感觉。

有人说越南的地时刻都在动着，其实是指地上的蚂蚁、蚱蜢、蝗虫、蚯蚓、蝼蛄、蜥蜴、青蛙、蛇等数不清的昆虫和野生动物。它们爬着，跳着，水里游着，经常会伤害到战士们。想想它们也挺可怜，这场战争把它们的魂都吓掉了，怎么能不动呢?

越是潮湿的地方，动物们越容易作怪。越南西北部大多是丛林山地，树林覆盖，杂草丛生，藓苔密布，成为蚂蚁、蚊虫、毒蛇的乐园。越是这种环境，它们的生长繁殖越快，像敌机扔下的子母弹一样，到处开花。

越南蚊子不像中国的小花脚蚊子，每只有一公分左右长，飞起来的声音不亚于小飞机，夜里吵得人无法入眠，比无赖还要无赖，你怎么赶也赶不走它们。咬起人来也相当的厉害，我们睡觉时根本离不开蚊帐。战士们在阵地上时，暴露在外的身体成了蚊子的主要攻击目标，躲都躲不开。那时的清凉油、花露水都成了宝贝。“文革”中“破四旧”，这些东西都成了扫除对象，昆明、贵阳、上海的商店都吓得收起来不敢卖，我们这些“国际独立大队”得知后，派人回国大批收购。平时卖十几二十元的花露水，只需几毛钱就能买到手。这东西还真管用，往身上洒一点儿，蚊子还真不敢上身。

越南的蛇和老鼠特别多，大的小的满地跑。特别是晚上睡觉时，经常有东西躲在鞋里、被子里、衣服蚊帐里，时不时就会被咬着。

那边的白蚂蚁很多，比一般的蚂蚁大，如果不小心惹上它们，会有成百上千的白蚂蚁，从你的袖口、领口、裤腿钻进去，啮咬人的身体，奇痒难忍。除了要命的蚂蚁，还有蛇、老鼠、蜈蚣等，更有一种叫“小咬”的害人虫，真是无孔不入，连蚊帐都无法挡住。这种虫毒性很大，肉眼很难发现，被它咬着就起个大包。当时有人编了一个顺口溜：“越南好，越南好，越南‘小咬’真不少，看不见摸不着，咬上一口起个包。”

蚂蚁们的乌龙阵

听人说我们生活的地球是一个巨大的蚁巢。全世界已知的蚂蚁有八千多种，总数达一千万亿之多。

越南的森林便是蚂蚁的“大本营”。种类繁多，有黑蚂蚁、白蚂蚁、红蚂蚁、棕蚂蚁、花蚂蚁等，小的似芝麻，大的如花生米。如果蚂蚁群出现在菜地的周围，只要一个晚上，田里的菜就会被它们消灭光。如果稻田里的水干了，它们就如同得到了号令，不分昼夜，像敢死队员一样成群结队地扑向稻田。那稻田里传来的声音，好像我们打敌机时的高射机关枪声，要不了多长时间，连秆带茎就都被啃光了，一直啃到稻子根部。田野里看不到一丝绿色，灰灰的一片。如果谁家的锄头落在田里忘记带走，放在田里没几天，锄柄就不见了，只剩下一个锄头子。有一天晚上，一名战士上床睡觉，屁股才往床上一坐，只听见咔嚓一声，整个床铺摊在地上了。原来是两根硬木做的床杠给蚂蚁啃空了。

用“罄竹难书”来形容越南蚂蚁的条条罪状，并不为过。

连队有次派了几名战士到原始丛林中去砍藤条编篓筐，出去的时候一路顺畅，回来的途中却出了状况。一股黑色的洪流挡住了战士们的去路，只见一支两米多宽的蚂蚁纵队正在行军，密密麻麻，像一条游动着的乌龙，发出沙沙的声音。那些路过此地的青蛙、毛毛虫、金龟子等小生灵们，只要一挨近这乌龙阵，立马就被消灭得干干净净。小小的蚂蚁，因为阵势强大，竟然把从这里路过的一条手臂粗的乌梢蛇给活活折磨致死。战士们亲眼看见这条乌龙阵是怎么围攻这条大蛇的，无论乌梢蛇怎么使出浑身的解数拼了命地翻腾，身子扭成了一条麻绳，一会儿绞在一起，片刻又盘缩成一团，都无济于事。蚂蚁的乌龙阵太厉害了。

眼看着天色不早，大家急着要回驻地，一个战士不管不顾欲冲过这蚂蚁的乌龙阵。班长一把把他给拦住了："这可是蚂蚁群在迁徙，看样子是从河边过来的，也许是它们的窝被水淹了，必须要搬家。这种蚂蚁群厉害至极，那么大的蛇都给它们消灭掉了，何况是人。如果给它们逮住，被咬的皮肤会立刻出现红斑，奇痒难忍，会发高烧。它们什么都吃，毒性巨大，怎么能惹它们?"战士听了劝告，反身折回。他们站在两边，夹道望着蚂蚁的长阵，战士们整整等待了一个多小时，等这支庞大的队伍通过后才继续赶路。

后来听人说，越南南方还有一种吃人的恶蚁，通体暗红色，行动迅速凶狠。蚁群过境时，遇什么吃什么，曾有过路的人。不幸撞上蚁群，被吃得精光，骇人至极。

丛林中的蚂蚁干的并非全是恶事，它们也会吃一些害虫，并且还是一群天才的"艺术家"。它们有惊人的筑巢本领。在田间、路旁、村前屋后的森林里，到处可见五花八门、奇形怪状的蚂蚁窝，全部是蚂蚁用口涎和着泥土一点点地建造起来的，工程之艰巨是我们人类难以想象的。听说，有的蚁窝是经过十多年的艰辛劳作才大功告成。当你看到那千姿百态、酷似精心制作的“盆景”蚁窝时，就会情不自禁地赞叹蚂蚁坚韧不拔的精神。越南蚂蚁的智商真的有些超乎寻常，它们还善于因地制宜，趋利避害。在草地或灌木丛中，蚁窝大多建在土丘上，形如一簇簇巨蘑菇，大的如磨盘，小的有碗口大，像用混凝土固定在地上，用脚狠劲踩也休想碰一星下来，那是因为蚂蚁口水黏性很大，才会坚实无比。蚁巢的地下是四通八达的洞，像地道游击战中的工事。蚁窝之间有“横向联系”，如果挖开一个蚁巢，会发现蚁巢由上百个蚁窝组成，通道的长度达数十公里，是一个真正的“地下宫殿”。这样做可能是为了更通风透光，保持干燥，让自己住得更舒服些。原始森林中的蚁窝大多是山峰形，单峰的如同平地直起的石笋，多峰的似峰峦起伏的群山，千姿百态，蔚为壮观。这些蚂蚁山，矮的一米左右，高的三四米。在离炮阵地不远的丛林深处，我们曾见到一个六米多高的巨型蚂蚁山，把我们惊得目瞪口呆。

由于炎热多雨潮湿的气候条件，加之越南西北部大多是丛林山地，树木覆盖，杂草丛生，藓苔密布，为蚂蚁、蚊虫、毒蛇的生长繁殖创造了得天独厚的条件。蚊子特别大，有人说“三个蚊子炒一盘菜”，那是夸张，但是有的蚊子飞出来，真像幼小的蜻蜓。

可怕的旱蚂蟥

最讨厌的还是旱蚂蟥，跟我们国内的水蚂蟥不同，它习性喜阴湿，可以生活在水中，但多数是聚集在树干树枝或小竹子上，丛林中任何枝、干、叶、草木都是它寄生的地方。它体色略显淡黄，与草木颜色近似，不易被发现。只要人一走过，稍不留神就会被叮上，然后，在你的衣服上慢慢蠕动，寻找空隙用吸盘吸住你的皮肤，立马开始吸血。蚂蟥这东西就像个阴险的小人，它攻击人的时候总是躲在暗处，伺机下手，在你无知无觉的状态中突然中了它的阴招。在它吸血时，你还没有感觉，直到它吸得肚大腰圆，无法支撑身体的重量或被人发现，轻轻一拍，才会掉到地上。它还没有吸饱时，你想用手拉掉，还真不容易。它像个死皮赖脸的无赖汉赖在你肉里，怎么也拔不出来。它的吸盘吸力很大，有时拉得很长都扯不掉，看起来又可怪又可恨。蚂蟥吸血时可能会放出一种毒素，让伤口长时间的痛痒。不仅仅是痛痒，被蚂蟥咬过的伤口还会流血不止。这家伙在吸血的同时还会分泌出一种毒素，使血液无法凝固。战士们在战场上要流血，还要被蚂蟥吸掉不少的血。

旱蚂蟥成灾，着实让我们感到既讨厌又无奈。执行作战任务时，成天都在山地丛林中活动，根本无法避免这些讨厌的小家伙的干扰。

旱蚂蟥无孔不入，无处不在，搞得我们提心吊胆，防不胜防。战士们调侃说："天上有飞机轰炸，地下有旱蚂蟥的围攻，部队上下遭敌袭击。"驾驶班有一个从陕西入伍的战士，名叫王海兴，他从小生长在陕西黄土高坡，从来没见过蚂蟥。有一天晚上，他放开被子正准备睡觉，一下子发现被子下面有三条蚂蟥，被吓得直叫。他一边用两根小竹签把三条蚂蟥夹起来放到门外的泥巴地上，找来了几张草纸把蚂蟥包起来，用火柴点燃草纸，把蚂蟥烧成灰烬，一边狠狠地骂道："讨厌的家伙，让你见鬼去吧!”这时班里一位从安徽阜阳入伍的老兵笑着说:“你不要高兴得太早,过去有个传说,说是蚂蟥的再生能力特强,你把它用刀割成几段,它就会长成几条蚂蟥。你把它用火烧成灰烬,它被烧成多少个灰粒就会长成多少条蚂蟥,而且长大后还会报仇雪恨。”把那个陕西小兵吓得脸都变了色,几个晚上都没有睡好觉。

蚂蟥虽然厉害,我们也有应对的办法。到丛林野外活动时,我们把解放鞋的鞋带扎得紧紧的,再用绳子把裤脚和袖口扎起来,让它无空隙可钻。据说蚂蟥怕刺激性气味,我们就用万金油或者香烟灰涂在身体易暴露的部位。另外,平时养成检查的习惯,过一会儿就看看身体各处和衣服上有没有叮上蚂蟥,一旦发现,立即将其拍打掉。晚上睡觉前,翻开被子要里里外外好好地检查一遍,使其无一漏网。北方入伍的战士特别胆小,在睡觉前都要把衣服脱光,相互检查一下,这才放心。

悲伤的云雀

越南的云雀是围着田野转的重情重义的鸟。它们体态轻盈,鸣叫声婉转悠扬,一年四季忠心耿耿围绕着饱经战争创伤的越南女人们,陪伴着庄稼人犁田、播种、锄禾、收割,但它们从不食田里的一粒稻谷。它们在硝烟弥漫的天空中盘旋,把甜美的歌声送给在田里劳作的越南女人们。

这些小巧的云雀不同于别的大型鸟类,它们没有攀缘高处的脚爪,因此不能在树木间栖息,只能生活在田埂、沟壑边,在灌木丛中筑巢,生儿育女;只能与野兔、野猫、黄鼠狼、田鼠、蛇类生活在一起,经常受到天敌的伤害。特别是幼小的云雀,没有自卫能力，跟随着妈妈过着动荡不安的日子，像越南的孩子们一样，父亲在南方打仗，母亲要去耕耘播种，还要去战斗，无法全力以赴地去照顾他们。浅浅的草巢，抵挡不住云雀蛋和小云雀被吞食的厄运，那是怎样的一场噩梦。云雀妈妈好不容易把小云雀抚养长大，在它们还没学会飞翔的时候，经常会被地里的田鼠、野猫、黄鼠狼、毒蛇吞食，留下云雀妈妈在田野里悲鸣。

回国后，只要看到像云雀一样的鸟，我就忍不住怀念在越南看到的云雀，它们的样子刻在记忆的版图上，怎么样也挥之不去。

云雀和越南妇女一样，面对从天而降的灾难，从不退缩。它们一年中有半年在恋爱，艰难地抚养后代，守护着自己的家园，从重重危险中突围，天生具备了勇敢和乐观的气质。战士们在帮助越南人民插秧、播种的时候，成群结队的云雀围着我们歌唱，把欢乐带给我们。声声歌唱，总是感染和打动着战争中的人们，让人们忘记磨难中的忧伤，直起腰板，努力地生活着。

巨　蟒

因为战争，生活在越南热带丛林里的动物们失去了往日的宁静，被天上飞机的轰炸声、地上隆隆的炮声吓得东躲西藏、六神无主。许多动物因此改变了生活习惯，一些本来很安静的动物，开始了迁徙。

那个年代，大家还没有保护野生动物的概念，战时闲暇，常以捕捉野生小动物为乐。机要科的熊庆等几个人就曾上树捕捉过近两米长的巨蜥，用汽车伪装网围住饲养，谁知道那家伙胃口太大，而且喜欢吃蚂蚁等活物。如果它吃草为生的话，战地有的是草喂它。战士们去喂它，遇到不合口味的东西，它连眼皮都不会抬一下。实在养不起这尊神，最后只能赠送给昆明动物园。通信连捕捉过十斤重的竹鼠，侦察连夹住过松鼠。松鼠很好养，食量也小，不算烦神，成了战士们的开心果。后来特务连与越南老百姓一起捕捉过小猴子送给魏支队长，那小家伙更不是省油的灯。丛林里的动物野习惯了，被人圈养等于要了它们半条命。有些野生动物还是珍贵的药材，支队的军医们吩咐战士们留心这类活药材。他们捉住过多只蛤蚧，用来制作药酒供风湿病人使用，这种药酒的确是好。

热带原始森林里，各种灌木、杂草丛生，是各种野生动物的天堂。穿山甲喜欢在树底下扒泥土，经常能看到树脚下一堆堆的新泥，那便是它的杰作。因为它最喜欢在雨后松软的泥土里寻找蚯蚓、蚂蚁等活虫子吃。还有一种不知名的小动物，如果你折一根小枝去挑逗它，它会猛地向前跃去。

山中的雨说来就来，抬脚就走，经常是东边太阳西边雨。雨停后，林子里到处长满了柔嫩的小蘑菇，色彩斑斓，娇艳无比。这些有毒的蘑菇碰不得，连山里的动物都不会去碰它们，除非有些动物生病了，才会去食这些鲜艳的蘑菇。

在山里遇到小动物倒不怕，最害怕的是遇到毒蛇。不过一条送上门的巨蟒给我们五十二大队的李瑞芝大队长撞上了，也算是奇事。

那天晚上，大队长李瑞芝和副参谋长王益山带领部分同志到连队检查战备。越南的桑拿天闷热难当，大队长李瑞芝因热得头昏提前结束检查往大队指挥所行进。此时天黑得像锅底，全靠汽车前的灯光引路，还不敢开大灯，怕引来敌机。行至半途，从微弱的汽车灯光中隐隐约约地看见前方有根“木头”。王副参谋长是个急性子，率先下车搬那根挡道的黑“木头”。当他抱住“木头”时，倒吸一口冷气，咦，见鬼了，这“木头”怎么凉凉的，还会动。这么热的天，树木的温度不至于这么凉啊。他低下头再仔细一瞧怀里的“木头”，这一瞧不打紧，会动的“木头”翘了一下。因车灯刺眼，“木头”仍未动。李大队长脑子一激灵，顿时反应过来，肯定是蛇，而且不是普通体量的蛇。越南的小路旁边经常会堆放许多火柴树干，形似一根根木棍，做燃料用。李大队长顺手操起木棍，借着汽车的灯光，看准蛇的头部猛砸下去。看着大队长如此勇敢，全体人员一起操起木棍，一阵乱砸。蟒蛇劲也不小，胡乱挣扎一番，欲想从众多的棍棒下逃命去，哪吃得消这么多棍棒的威力，勉强挣扎不久，身子便软耷下来。这下子倒真的像根黑木头瘫在路上。为防止蛇没死透，大家又轮番补砸了一阵，而后把蛇拖进汽车后备箱内。到达目的地后，很快把这条巨蟒进行了分解。一条粗黑布带子似的蛇皮交卫生队绷紧晒干暂时保存，热乎乎的蛇胆归李大队长泡酒治疗眼疾，蛇肉切成块状，称了一下，好家伙，足足二十来斤，交伙房红烧供大家品尝。

从那以后，我们遇到过小蛇无数，但再也没遇见过这么壮硕的巨蟒。

山洪如虎

我见过 1954 年和 1998 年的两次特大洪水灾害。那是经过若干天的连续下雨，水位逐渐上升，因为来不及排水或排水不畅，使受灾的地方成了一片汪洋。山洪暴发则是另外一种景象，我有生以来只见过一次，那就是在越南执行作战任务时碰到的一次山洪，那真可谓是惊心动魄。

我们五十一大队队部机关驻守在安沛机场附近的一个狭长山沟里。团指挥所设在沟的最上游，地势较高，长满了茂密的树木；团直属分队驻守在山沟的出口处，地势较低，沟里常年是潺潺流水，水流不大。遇到大暴雨时，就形成较大的水流，像一条小河流，飞流直下，流进红河，这种情况与我国南方山区颇为相似。但那一次的山洪暴发则威力无比，不仅水流冲击力特强，而且水位涨得特快，来势汹涌，来不及预防，造成了重大灾害。

1968 年的初夏，暴雨连续下了五天后，又连续三四天的阴雨绵绵。雨好不容易停了，我们以为天要放晴了，准备开始整理田里被雨水打得半死不活的菜。我们五十一大队机关以及警卫排和驾驶班在山沟的右侧，炊事班和野战伙房设在山沟的左侧山坡上。就在这一天的早晨六七点钟，我们正准备到沟对面的伙房吃早饭时，听到从山沟深处的指挥部方向传来了一阵像是闷雷的声音。当时我们也没在意，以为天公打雷，老天还要下雨。大家带着碗筷，通过山沟里横跨的一条圩埂小路到对面山坡的伙房用餐，刚刚端起饭碗，就看到山沟的上游深处窜出了一条巨大的水龙，沿着山沟飞流直下。当时我们觉得，反正有条大水沟，水会顺沟流向红河，不会产生大的危险。谁知道，水势越来越大，沟上游的水铺天盖地扑过来，像一匹脱缰的野马，一边发出惊天动地的响声，一边裹挟着山沟两边的树木、山石、土块等，横冲直撞，如入无人之境。这时沟里的水就像烧开的稀饭，直往上涨，像一座平地而起的银色的水山峰，发着亮闪闪的银色光芒扑向我们。不到一顿饭的工夫，水就淹没了沟中的埂坝，眼看着对面的住房和停车场已经开始进水。我们急中生智，脱下军装，只穿一条短裤。这也算是轻装上阵吧，我们把衣服和碗筷顶在头上，沿着熟悉的埂坝，蹚水回到了宿舍。水位还在不断上升，车辆在掩体中也开不出去了。为了保住衣服和被子，我们用塑料布将衣被包起来送到后山，挂到高高的树干上。又过了一会儿，驾驶班有七台车全都泡进了水里，两台北京吉普都被洪水漫了顶，宿舍里的铺板漂浮在水面上。

眼前的景象真惨啊。好在山洪来得猛，也下得快。经过大概两个小时，水位就开始下降了，三个小时之后，山洪排泄接近尾声，小沟又恢复了平静，但我们的驻地已经是满目疮痍、狼藉一片了。

因洪水袭击，运输中断，吃的从哪儿来？况且连续一周的洪水，红河水像脱缰的野马在河道里奔腾，哪个敢过河？死猪、死狗、死鸡在滔滔的洪水中随波逐流，忽隐忽现，越南百姓的芭蕉叶草房子在旋涡中转圈，迅速地向下游漂去。

洪水来得太突然，没有任何的思想防备，部队的后勤补给告急，不吃饱了哪来力气打仗？连首长召集全连指战员训话：“全连一条心，同渡洪灾关。”整整一周的时间，几乎每个连，每人每天只吃两顿稀饭，另加一听牛肉罐头和一包压缩饼干。

部队有困难，山下的越南百姓更加困难。饥饿难忍，有些百姓悄悄上山向我们要点儿吃的，连首长总是叫司务长从我们的口粮中省出一些，给他们送去大米和食品。

在发洪水期间，部队组织人员去帮助越南的百姓搬家，抢救家中的粮食。战士们一次次扑进洪水中，冒着生命危险帮百姓抢救物资，累得精疲力竭也不下阵地。救灾不亚于战场上的战斗。

第二天，我们就动手收拾残局。因为团指挥所地处上游高地，几乎没有什么损失，主要是汽车、住房和伙房损失惨重。泡过水的汽车都无法发动，驾驶班的同志采用煤油喷灯对汽车的电线线路一一烘干；汽车机油壳和汽油箱进了水的，就一一进行拆卸换油。五十一大队团直的七台车让驾驶员们忙乎了一天，才恢复正常。至于房屋和伙房就比较简单了，把房子整修一下，铺板吹吹干就可以睡觉了，炊事班重新挖个土灶就可以烧饭了。第一件事要解决吃饭问题，连首长让战士们帮助炊事班搬运刚从国内送来的给养。来到红河渡口，眼前的情景让大家吃了一惊，渡口的场地被洪水冲得无踪无影，渡口场地右边的山头被洪水削去一半，紧依渡口场地的寺庙倒是安然无恙。趁着送补给的小船还没靠岸，几名战士到庙里观摩一番。庙里有一位老和尚，虽不能和他直接用语言交流，但他能用繁体中文与我们“纸上谈兵”。庙里供的菩萨大多是关公、观音和财神爷，个个形态逼真，和中国的一模一样。有战士开玩笑说，要不是有菩萨保佑，这庙恐怕早被洪水冲走了。

就全支队而言，这次山洪损失还是不小的。据不完全统计，全支队被山洪泡水的重装备有二十四件，粮食三千一百多斤，冲倒住房二百三十多间，损失生猪一百多头。

可怕的山洪啊，在影视剧上见过，亲身经历、身临其境还是第一次。

山洪是如何形成的？后来我才听有关专家说，在山区由于连续下雨，雨水都储存在山体的土石缝隙之中，经过一段时间的积蓄，达到了饱和。在山体无法承受的情况下同时释放，就会形成山洪暴发，这真是大自然让人敬畏之处。

越南妇女印象

记得我们刚进入越南的时候，见到最多的就是越南的女人们，那些为生活和战争奔波的人竟然大多是女人。她们有的顶着烈日推着自行车运货，有的在水田里薅草，在露天的矿上采煤运煤，摆小摊卖水果，维修被炸坏的公路，甚至路边检查站的工作人员都是由妇女组成。有的背上还背着孩子和枪。

不论是在乡村还是城市，是国家机关工作人员还是工人农民，在高温酷暑的天气里出行的女人们，个个都是全副武装，长衣长裤，戴着手套，有的戴着口罩，头上一律戴着尖顶的斗笠。只能看到她们忽闪忽闪的大眼睛，忧伤却刚毅，温情脉脉。除了眼睛露在外面，她们全部赤脚趿着塑料拖鞋。她们在雨里、在烈日下扒煤、拉车、运货、赶牛、叫卖、值勤的身影无处不在，瘦小精干，动作麻利，天生丽质，妩媚，却是自然天成，绝不是那种香艳的类型。她们并不是没有风情万种，只是在长期的战争磨难中更加坚强，这种坚强刚烈就是她们生命的底色。

越南妇女留给我们的印象就是勤劳、朴实、能干。

20 世纪六七十年代，越南人口总数是三千一百万，越南北方有一千七百多万人。但当时北方的男性人口很少，男女比例严重失调，身体好的成年男子绝大多数都已参军或派往越南南方参加游击队，留下的都是妇女、儿童和老人，留下的中青年男人一般都是身体状况不好的。因此，妇女承担了全部的家务、农活儿，就是社会事务，如维修公路、运输作战物资等这样的重活儿，也都由妇女担当。越南妇女大多长得瘦小，但很精干，栽秧、收割庄稼、挖土挑担样样能干。妇女着装大都是白色或灰色的紧身上衣，肥大的黑色长裤，在外劳动和工作时戴一顶圆锥形的斗笠帽。年轻的妇女都喜欢用长绢围巾将头脸部围得严严实实，只留两个眼睛，完全看不到相貌，主要是防晒，以保护脸部皮肤。据说，当时越南北方的青年女子找丈夫很困难，主要是因为男人很少。他们的家非常简单，房子就用毛竹或树棍搭成屋的框架，因为天气长年较热，屋顶只用一些茅草或芭蕉叶子盖上就可以了，虽四面通风，但可以防雨。家中除了简单的竹制床、桌椅和锅碗灶台外，就没有什么像样的家具了。

越南妇女的发型十分简单，多数是披肩散发，也有少数青年妇女是扎两个辫子的，这些人一般都是华侨或华裔。老年妇女大都在脑后随意绾个髻，穿着清一色的棕紫色的上衣，嘴里成天嚼着血红的槟榔果。据说嚼槟榔可以保护牙齿，还可以健胃。但因经常吃槟榔果，老年妇女的牙齿都成了血红色或黑色的，很是难看。无论是男人或女人、大人或小孩，一年到头都赤脚穿着塑料拖鞋，脚指头常年没有鞋子约束，都长得四分五裂，不怎么雅观。妇女们虽然瘦小精干，但动作十分麻利。她们顶着烈日或雨水，耕田栽种、割稻挑担、拉车运货什么都干，一个个像灵活的机器人，永远不知疲倦地忙碌着。女人们应有的妩媚、娇柔、温情，好像与她们无缘，更谈不上婀娜多姿、风情万种。显示在她们身上的就是勤劳、辛苦、忍耐和疲惫。她们响应胡主席的号召，一切为了前线，一切为了胜利，默默地载负着“三承担”的义务。

情深告慰英烈

在越南艰苦战斗的岁月里，中国支援部队与越南人民和军队并肩作战，取得了辉煌的战绩。美国在越南投入多达五十六万人之众的部队，年度所耗战费高达三百亿美元，但依然不能使战局朝着他所希望的方向发展；伤亡人数骤增，到1968年下半年，每周平均死亡二百多人，仅这一年死在战场上的美军就有一万四千五百九十二人，引起美国国内反战情绪不断高涨。在此情况下，美国不得不在1968年11月宣布，无条件停止对越南北方的轰炸和炮击。

1969年初开始，美国在巴黎与越南开始谈判。从此，越南战争进入了边打边谈判的阶段。到1972年3月底，越南南方武装力量在中国和越南北方的支持下，发动了全面攻势，接连取得了重大胜利，沉重地打击了美伪政权，终于迫使美国政府承认侵略战争的彻底失败。1973年1月27日，越共、越南南方民族解放阵线、美国、南越阮文绍政权四方在巴黎签署了《关于在越南结束战争、恢复和平的协定》。

鉴于此，于1969年1月8日，中央军委对援越部队下达回撤命令："鉴于美军停止轰炸越南北方，经中越两国政府商定，援越高炮部队全部撤回国内。”

1969 年 2 月 6 日，一六六支队下达了《回撤行军命令》，规定部队自 2 月 14 日 17 时至 19 日 17 时按序撤出防区，全支队编为十九个摩托行军梯队，沿越南七号公路行军，自河口入境回国，解除援越抗美战斗任务。支队全部抵达昆明后，由铁路输送归建，归建后各单位一律恢复部队原代号。

1973 年 3 月，侵越美军部队开始撤出越南南方。1973 年 8 月，在越执行援越抗美任务的中国支援部队全部撤回国内。

烈火炼出真金，英雄在战争中诞生。今天我们国家富强，人民幸福安宁，但永远不能忘记那些为了和平而浴血奋斗、壮烈牺牲的勇士们。

五十多年来，牺牲战友的形象时常出现在脑际，挥之不去，多么渴望能有机会去为他们祭扫陵墓。

2011 年 4 月 12 日，终于如愿以偿。几经周折，中国人民解放军原高炮六十六师援越抗美老兵一行三十六人组成祭奠团，我是其中一员，分别从上海、马鞍山、镇江、扬州、大丰、江都、邗江等地会聚南京禄口机场，集中前往当年越南安沛战场，祭奠四十三年前牺牲在那里的战友们。同行的扬州战友江含月同志用文字记录了祭奠的全部过程。

我们一行经过近万里的长途奔波，经凭祥友谊关、下龙、海防，15 日上午抵达越南首都河内巴亭广场。下午集体拜谒瞻仰了已故胡志明主席的遗容和陵园，参观了胡主席的故居方角楼、主席府，并在那里集体留影纪念。

第二天，我们一行在越南导游阿勇的引领下乘车前往越南西部重镇安沛。汽车在崇山峻岭蜿蜒的山间二号公路上，途经我们曾经熟悉的郎盖、孙寨、保河、大象、安溪，跋涉颠簸了近七个多小时后，终于在下午三时许到达了当年浴血奋战的旧战场。阿勇姓黎，是一位热情、奔放、真诚的越南年轻人。一路上，他一口一声“老爸老妈”地称呼着我们，使我们每个人都不太好意思了。到了安沛后，在他的帮助下，我们在一家豪华宾馆里住下。

安沛处于越南西部山区，奔腾的红河水从中国河口经这里继续向东南流去。当年这座英雄的城市和这里的人民承受着来自美国发动的战争的苦难，那时战火像魔鬼般残酷地吞噬着大地，整个安沛一片废墟。四十三年后的今天已是旧貌换新颜，现在的安沛给我们的印象是：四周苍山滴翠，街道宽敞整洁，房屋高低错落有致，几乎所有建筑都是法国风格，美观而又大方。街上的行人和车辆寥寥可数，整个城市显得十分恬静与安详。随处可见的越南国旗在迎风飘扬。虽然我们事先有思想准备，但面对去寻找当年牺牲在这里的战友们的归宿处仍陷入了一片茫然之中。我们只好驱车四下奔波打探，沿途问讯了许多人，他们都回答说“不知道”。我们当年牺牲的战友到底魂归何处？中国烈士陵墓又在哪里？我们一度大失所望，原来那满腔希望此时几乎降到冰点。当有人说中国军人坟茔早已用推土机给填平了后，我们每个人心中都充满着极大的怨恨。阿勇这位热血的越南青年，在一旁被我们的情绪所感染，他决定帮助我们再次去探寻。他独自一人租用了一辆摩托车向远方驰去。临行时，他恳请我们停车耐心等待他寻找的结果。

越南的旱季，天阴沉沉的，不时下起毛毛细雨。两个小时后，突然天空渐渐放晴，云层空隙间露出一缕阳光。这时手机里传来了阿勇的声音，他告诉我们在三十公里外一处山岗上寻找到一座当年埋葬中国军人的坟茔。得到这一消息，我们顿时激动起来，急切集合起来并请司机开车赶往。半小时后来到大山深处一个十字路口，在拐弯处见到了阿勇。这里群山环抱丛林叠嶂，下车后阿勇领着我们沿着杂草丛生的小路徒步向上走去。阿勇告诉我们，他寻找了近百人才从一位妇女口中得知这一地点。他又告诉我们在得知这一消息的过程中颇为神奇的一段小插曲：那位妇女对他说，在前面远处的山中，傍晚常看到一缕神奇的光芒映射天空，化为祥云在飘动，顺着那妇女指点的方向阿勇说他真的看到了。根据这一线索，阿勇就找到这里来了。他的认真精神令我们感动。

绕过山梁，眼前顿时一亮，一座用水泥砌成的白色纪念碑跳入眼帘。纪念碑虽不高大雄伟，却很醒目，碑下宽上狭，四方一品“人”字形，上端镌刻着红色五星，下书一行通体黑色汉字“越南人民记功”。整体墓地呈梯形，占地约一千二百平方米，以白色纪念碑为中轴线，分左右两部分各四排，每排再分上中下三层，层排之间相距整齐划一，从下向上望去一目了然，无一重叠之感。这里共埋葬着一百一十位援越抗美战争中牺牲的中国军人。我们注意到每座坟茔都用高标号的水泥砌成长方形，宽约一米，高约五十厘米，长约两米。每座墓前都竖立一块高五十厘米、宽七十厘米、厚二十厘米的石碑，上方均镌刻着一枚红色五星，下方都用工整的中、越文刻写着中国军人的姓名、籍贯和牺牲时间。由于时光的流逝和岁月的更迭，整个墓地显得十分陈旧，但却很整洁，无一杂草。在前排的坟墓前还可以清楚地看到焚香的痕迹和敬献后干枯了的鲜花及贡品。显然是有人特意看护的结果，一问果不其然。阿勇领着一位住在山岗下的普通越南村民来到了我们面前。他告诉我们，这里是安沛省安平县盛兴七圩，他叫武春世，全圩仅他一户人家，四十多年来他和他的父辈两代人一直精心地守护着这座埋葬中国军人的墓园。面对这位普通的越南农民，除了向他表示深情感谢之外，我们觉得所有语言在这里都显得十分苍白了！我们这批老兵只能向他和他的全家鞠躬，以表示心中无比感谢之情。

原本我们以为四十三年来牺牲在异国他乡的战友会很寂寞，现在看来我们的担心是多余的，牺牲的战友们如今已经成了越南人民敬重的英雄。故事肯定有误，我们的烈士们仍旧“一股正气凌霄汉，忠肝义胆照河山！”

阿勇陪着我们认真地在墓丛中寻找着曾经熟悉的姓名，并一一进行仔细认真的翻译和解说，人群中不时传出带有哭腔的唏嘘声。我们熟悉的战友蔡明贵、雷松发、张玉生、缪家俊、秦文元、薛应富、卜万义、尤胜玉、高桂瑾、黄兆胜……静静地安息在这里左边第三层第七排和第八排。我们终于找到了他们！我们每个人都潸然泪下，哭声一片……整个山岗的空气在这时仿佛都凝固了。起风又下雨了，山林都在风雨中摇撼，大地悲歌，苍天垂泪，佛可怜见！风萧萧兮，易水寒，壮士一去兮，不复还。

我们采集路边的野花编成花圈，庄严肃立，举行了一次简短而又庄严的祭奠仪式。祭奠仪式由扬州的吴春锁同志主持，上海张炳兴同志宣讲祭文：

> 辛卯四月，大地吐绿。我们三十六位当年共同在越北战场的战友，怀着对安息在异国他乡的英雄战友们的思念，相聚一道，万里赴越，拜祭英灵。四十三年前，

诸君怀着援越抗美报国之志，与越南人民一起投入伟大的抗美救国战争，你们不幸英勇捐躯，血洒沙场，壮怀激烈，感天动地。你们用生命为越南人民革命胜利，谱写了可歌可泣的一页。

今天，我等在你们陵前，怀着敬佩和思念的心情，垂泪肃立祭奠各位英灵。今我等都已白发皓首，七十古稀，请各位烈士接受我们的躬身拜祭。今在诸君墓前请各位在天之灵，凭栏低视，中越两国人民正以昂扬奋进的步伐，走向世界民族之林。我中华民族正在崛起，振兴之日已为时不远，敬请烈士们安息宽慰！

呜呼！愿你们的英灵与越南青山同在，日月同辉！祖国将永远怀念和敬仰你们。

安息吧！亲爱的战友！

蔡明贵烈士、秦文元烈士的亲属蔡军、秦根喜同志在祭奠仪式上发表了讲话，字里行间充满着对牺牲在这里的叔叔们的深情怀念。我和熊模贵、冷凤章、陆全发、佘彪同志代表大家向烈士们敬献花圈，并把事先带来的运河水、家乡土、江苏的苏烟苏酒也敬献在墓前，我们用庄严的军礼代替枪声向战友们致敬。此时此刻，我们这些当年与他们一起浴血奋战的三十六名满头白发的老战友们，无语哽咽，哭声一片。我们这些援越抗美的老兵整整等了四十三年才等来这迟到的拜祭。四十三年后的这一拜，当年患难曾相随，今日野花映祭台；这一拜，思绪化作千滴泪，生死茫茫两分开；这一拜，留下人间一片情，不知何年何月我再来！我们也在问苍天，这是为什么？假如牺牲在这里的战友的英灵在责问我们，你们为什么到现在才来看望我们？我们真的无法面对，也无法回答！我们只能这样说：“现在许多年轻人忘记了你们，但是往日并肩战斗的我们没有忘记，中国军人没有忘记，家乡的人民也没有忘记。四十三年中无时无刻不在惦念你们，今天我们终于万里迢迢来了……请烈士们予以理解和原谅！我们都已逾古稀之年了，不久的将来，我们会亲自对你们说，以求宽恕！”

此时此刻，我们站在陵前那高高的山岗上望着四周的苍苍群山，感慨万分！四十三年前的一场恶战和生死冲撞就发生在这里，残酷的战争风暴漫卷了山峦起伏的越南西部大地。安沛处在越南和老挝边境，是纵贯南北绵亘一千多公里山脉的界城，美军把它叫作“胡志明小道咽喉”。四周山高谷深，气候多变，雨多雾重，河溪横纵，流向各异，绿幽幽、黑沉沉的原始丛林密布其中。为了阻止越南人民解放南方，美军千方百计地要摧毁这座城市。那时，每天都有美国的轰炸机群躲在云层之上，寻找目标，炸弹的尖啸声和爆炸声，犹如阵阵闷雷震撼着大地，低空扫射的鬼怪式飞机时时喷射出死亡的吼叫……山谷间千年大树被连根拔起，城市中的座座高楼纷纷倒塌，粉身碎骨的尸骸躺在新翻起的泥坑中。这丛林覆盖的群峰间有一群中国军人不惧强敌，用生命和鲜血顽强地战斗，和美国大兵进行艰苦地拼杀。这群刘永福、冯子材将军的子孙们用青春和血肉之躯在捍卫着这座咽喉要冲，保卫着交通繁忙的运输网，以确保身后祖国的安全及各类援越物资源源不断川流不息地进入南方。四十三年过去了，战争的硝烟已经散去，安沛的一切变得这么美好、这么宁静、这么安详，我又一次默默地流下了宽慰的泪水。当我们听到秦文元烈士的侄儿秦根喜同志呜咽的一声“叔叔，我来看望你了”，看到他扑倒在墓前的那一刻，我再也说不出话来了。我的脑子里不是一片漆黑就是一片空白，我们每个人除了这句话外再也想不出什么可说的了，一切思路全部塞绝。我们这一群人仿佛从现实的空间和飞速的时间中隔离出来，一切欲望、追求、悲欢、感念全部戛然而止，又在这扑向坟墓的瞬间重温了一生。我们又看到了那火光四射的高炮阵地和呼啸而过的机群，又听到了那支《你知道不知道》的歌。我们又一次将刚刚采摘的鲜花敬献碑前，并愿它永远不再凋谢……烈士们用鲜血染就的五星红旗将会永远地迎风飘扬在万里神州大地上！

晚上，我们回到安沛宾馆，望着天上清冷的月亮在深思，彻夜未眠。望着眼前这座英雄的城市，往日那条“钢铁运输网”已经沉寂，但我仍然感觉到它的心在哭泣。我深深地知道，在这整洁的道路下掺着数不清的红锈斑斑的弹片和根根白骨，但战争给未来的发展大道铺平了路基！这次祭奠重访给我们留下的是深爱、醒悟、感念、追思、沧桑和天意……

第二天临行时，我们每个人都捧起一抔泥土带在身边，回来后准备放在家乡历史博物馆中，让它告诉后人永远要珍惜这宁静明亮的早晨和流辉五彩的夜晚，记住 20 世纪中叶那段难忘的岁月，记住越南的竹楼，记住那星、那月、那滔滔的红河、那莽莽高山和苍苍丛林，记住那香甜的菠萝、香蕉和鲜美的蘑菇，也记住那滚滚硝烟、累累弹坑，记住“越南人民记功”及坟茔中为祖国而战、为人民而献身的英魂，记住阿勇和那守墓的农民洋溢着感激之情的笑脸。临走时，我们还凑了两千元人民币送给那位守墓人，嘱咐他守护好我们的战友。

回到河口，边境的友好声代替了往日滚滚的硝烟和轰轰的战机声，边贸兴旺一片和平繁荣的景象令人欣慰，愿中越友谊与天地长存！愿红河水永远都在静静地流淌……

据了解，在越南国土上建成的中国军人烈士陵园共有四十座。

思念昔日战友

我曾读过一位知名人士写的一篇关于战友的文章，他说：什么是战友？战友就是曾经相遇过，在同一个地点，在同一个军营，在同一个战壕里，相互学习，相互帮助，生死与共。

战友就是回忆以后的一种牵挂、一种记忆、一种情分、一种回味的感叹。

其实，战友就是战友，一旦成了战友，就是永远的战友。可是，在部队时天天见面，并没人相互称呼战友，有的虽然在部队却也不曾相识，但是退伍、转业以后，我们都有了一个共同的名字——战友。

战友，是个抽象的名词，是精神上的血亲，融入了生命的名字，要比每个人的名字更重要，更温馨，更具魅力。

战友，是一种别样的情，有永远说不完的话，叙不完的旧，道不尽的喜悦，说不清的感觉，诉不完的忧愁。就算有一天沧海变桑田，那些笑或泪、共同的画面，也会永远留在我们的心里，不会改变。

战友，因为没有名利的杂质，所以没有物欲的浊流，只有共同走过的那一段黄金岁月和艰苦历程。

战友，因为至纯至真，所以像玉壶冰水，似银色月光，让人心生透明、魂魄温馨。

战友是一张不变的照片，虽然泛黄，在我们的心里，却依然如新。战友是一只沿江而下的帆船，不在乎终点在哪里，只看两岸郁郁葱葱、峰峦叠翠。

战友，是一笔丰厚的财富，它不会随时间的推移而贬值或遗失，任谁也不会掠走这笔内心的宝藏。

战友，它是存在于我们心中最珍贵的记忆。在失意或悲伤的时候，它给你抚慰；在挫折的时候，它给你提供价值感和方向感；在老去时，可以回忆、品味，使你重温那段岁月和并肩战斗过的那个年代……

逆境中，战友是一把火，燃烧你的激情，教你屡败屡战、永不言弃；顺境里，战友是一块冰，劝你头脑别发热，宠辱不惊；风雨中，战友是相携相扶的臂膀，是遮风挡雨的那把伞；阳光里，战友是蓝天上飘荡的白云，是雨后的那道彩虹。

战友，就像一杯浓烈的酒，晶莹剔透，此心永鉴。这杯酒存放的时间愈久，回味就愈加绵长。那浓浓的意味，那爽口的芳香，令我们在相聚时，会汹涌澎湃，壮怀不已，当离别后，会细流涓涓，源远流长。

我的一位战友陈明德，安徽青阳县人，1937 年出生，1956 年入伍。说是战友，实像一位兄长。他比我早当兵七年，我当兵时他已经是排长了。在部队论资排辈，我们并不在一个档次，也不是哥们儿战友。可是天作巧合，一件偶然的事将我们的战友情分紧紧地联系在一起，在尔后的几十年中让我难以释怀。

陈明德同志入伍之前是城市户口，他初中毕业后就到青阳县

“革委会”工作，在县“革委会”主任手下当秘书兼通信员。他年纪轻轻，身体棒棒，为人正派，做什么事情都劲头十足，很讨领导们的喜欢。他十分喜爱学习，什么书都要看看，什么事都要研究研究，他随身携带的笔记本密密麻麻记满了读书的心得体会和为人处世的感悟。县机关的同事们常被他的学习劲头和工作精神所感动，在批准他入伍时，领导们对他恋恋不舍，很不愿意他走。分别的时刻，他和同事们更是难舍难分。

由于他根红苗正，到了部队第四年就被提为排长。我俩认识是在援越抗美的战场上。记得是在 1968 年春季的一天，越南正是梅雨季节，成天细雨蒙蒙。这一天，我正给四连运送高射炮弹。85 高射炮弹每枚有三十多斤重，一车弹药有四吨多重，两个押运员卸车，累得满头大汗。正在休息时，一伙年轻军人跑过来了，领头的大个儿自我介绍说：“我是四连副指导员，我叫陈明德，帮你们卸车来了。”我心里一惊，随后变喜，心想，真是雪中送炭，来得正是时候。经过二十分钟的紧张战斗，很快地完成了卸车任务。就在我们准备回撤时，美军的六架轰炸机发现了我们，苍蝇一样盯过来，我们送去的高射炮弹正好成了送给敌机的“礼物”。

既然来了，岂能轻易放他们走，我们奋起反击。美军飞机求胜心切，低空飞行，进入我们火炮的射程。这次战斗取得了击落一架、击伤一架敌机的战果。也就是在这次战斗中，我的两个耳朵被严重震伤，后来被评为 8 级军残。也就是在这次战斗中，我认识了陈明德，他给我留下了刚强、果断、热情的印象。

在中越军民共同打击下，美国侵略者节节败退，终于在巴黎谈判桌上签字，同意停战撤军。我高炮第六十六师经过十八个月的英勇战斗，胜利地完成了援越抗美作战任务，终于在 1969 年 3

月撤回到国内。

更加难忘的事情是发生在回国以后。1970 年 10 月，部队接到上级命令，要从我部队抽调部分干部到祖国大西北参加核武器试验。任务紧急，确定被抽调人员十天左右就要奔赴边疆。这次抽调任务全师只有二十个名额，一半是军事干部，一半是政工干部。我当时在高炮第六一五团后勤处当战勤参谋，陈明德同志担任政治协理员，我俩正好是军政搭档。下达到高炮第六一五团后勤处机关的任务是要抽调一名政工干部，那么这次调动任务当然非他莫属了。

过几天他就要出发走上新的征程了，我从内心真是舍不得。尽管我们在一起共事的时间不长，但他在我心中有在越南战场上第一次见面的好印象，又加之我们半年来的朝夕相处，上班在一个办公室，下班在一间宿舍，在一个食堂吃饭，行动一致，感情融洽，而且他总像老大哥那样时时刻刻关照我。我年轻气盛，有热情但不大注意工作方法，他就经常提醒我，教我既要大胆工作，又要理性处事，科学办事。

记得有一天早晨，组织部队紧急集合时，修理所的同志晚到了五分钟，我就当场把修理所的所长和指导员狠批了一顿。陈明德同志把我拉到一边轻轻地对我说，修理所的同志昨晚对损坏的雷达组织抢修会战，全所同志彻夜未眠，早上刚刚躺下，就听到了紧急集合声。我心里一咯噔，知道了自己处理问题太草率，不太客观，觉得既难为情又下不了台。

这时，陈明德同志站到部队前边大声地说：“今天的紧急集合各单位表现得很好，修理所的同志在苦战了一夜后没有休息，也能基本上完成紧急集合的任务，精神可嘉。但是今后还要继续努力，锻炼提高部队不怕疲劳、连续作战的精神，在任何困难条件下都能准确无误地完成训练和战斗任务。”

陈明德的一席讲话，既客观地讲评了这次演练，又帮我解了围。

这一次抽调干部支核，实际上是在陈明德同志和我之间选一个。因为给我团后勤处下达的是抽调政工干部的任务，要是下达的是抽调军事干部的话，那肯定是我去了。谁去谁留，在当时我们都没有想得更多。因为在部队接受教育多年，军人调动是常事，我们都有一句口头禅：“共产党员是块砖，哪儿需要哪儿搬；部队处处是我家，调到哪儿哪儿安家。”当时就是怀着这样的心态，恋恋不舍也得舍，难舍难分也得分。

分别后的头两年，我俩一直保持着通信联系，各自交流部队的动态情况，互致问候，倾诉思念。后来由于他所在的参核部队工作性质保密，写信不好涉及，在他调走的第二年，我又调到师后勤部，工作十分繁忙，因此通信越来越少，四年之后我们就失去了联系。

又过了几年，我到了师后勤部的领导岗位上。有一次偶然的机会，碰到了炮兵第六一五团的王团长，他对我说：“你的老搭档陈明德生病了，你知道吗?”我先是一愣，忙问怎么回事。王团长带着十分敬佩和惋惜的心情把他的情况细说了一遍：陈明德同志到了大西北参核部队后，工作十分投入，带领核试验部队加班加点超负荷地进行工作训练。四年后他感到浑身无力，身体不适，开始硬撑着，后来撑不住了。他到医院检查，开始查不出什么问题。后来到兰州军区总院检查，一查吓了一跳，确定是核辐射感染，严重破坏了免疫功能，健康状况日趋直下。20 世纪六七十年代，我国的抗核辐射防护条件很差，参核试验的人员遭辐射感染的可能性很大。他先在兰州军区总院治疗了两年，没有效果，后又转到南京军区总医院继续治疗了一段时间，不但没有好转，病情反而不断恶化，甚至无法行走，不能言语，只能躺在病床上，靠医护人员喂养。

炮兵第六十六师是陈明德同志的老部队，考虑他在军区总医院也没有可行的治疗办法，觉得回天无力。陈明德同志在炮兵第六十六师战斗了十四年，老部队的领导和战友们对他怀有深厚的感情，研究决定并请示上级同意，将陈明德同志接回到老部队边治病边休养，让他在熟悉的战友们身边享受亲情的温暖。回来后将他安排在炮兵第六一五团卫生队，把他的爱人也一并接过来。陈明德同志身材魁梧，身高一米八，体重八十五公斤，当时说话和行动功能完全丧失，但头脑意识还比较清楚。开始都是躺在病床上休息，后来考虑到他长期卧床会形成肌肉萎缩。于是就安排两名个头大的战士每天扶着他在卫生队附近活动，说是扶着，实际上是背着。两位战士照顾起来非常吃力，一周就要轮换一次。

我永远记得，我第一次看他时，他被两名战士扶着站在卫生队的门口。十年不见，我简直不敢相信，原本年轻力壮的三十多岁的大小伙子，而出现在我面前的竟是一个目光呆滞、无法行动的重症病人。

我惊呆了！立即上前抱着他。我看到他的泪水夺眶而出，而我更是无语哽咽，难受到极点。此时我俩四目相对，虽然没用语言表达，但都知道各自心中在想什么说什么，真所谓此时无声胜有声。

在以后的两年中，我怀着战友间不同寻常的感情，每周都去看望他。但他的病情不断恶化，他那顽强的生命挣扎了九年，在

1984 年 2 月 8 日这一天永远地离开了朝夕相处的战友，离开了曾战斗过的部队，四十七岁英年早逝。

陈明德同志病逝后，组织上追认他为优秀共产党员、革命烈士，部队派专人护送他的骨灰到他的老家——安徽青阳县，在烈士陵园安葬。

陈明德同志的爱人叫冬梅，温文尔雅，长得很漂亮。他们育有三个女儿，取名字时都独具匠心。大女儿取名军兰，1966 年出生，是为了纪念他在大西北兰州地区第一次执行核武器试验防空作战任务；二女儿取名军越，1968 年出生，是为了纪念他在越南执行援越抗美作战任务；三女儿取名军宁，1970 年出生，是为了纪念他在南京孝陵卫执行防空任务。

陈明德同志逝世后，他的爱人和三个未成年的女儿都陷入极度悲痛和困难之中。部队为了关心照顾烈士家庭，决定安排他家一名子女到老部队当兵。这时二女儿军越十七岁，正好高中毕业，1984 年 10 月经体检合格后，很快地到了父亲的老部队。高炮第六十六师属野战高炮，常年担任军委作战值班任务，战斗分队不能安排女兵，只有师后勤部的下属医院可以安排女兵。当时我是师后勤部的副部长，二话不说，就将她和另外两名女兵领到师医院报到，当了卫生员。开始她并不知道我与她父亲的关系，我隔三岔五地去医院看望她，嘱咐医院领导对这位烈士子女多加关照，以了却我心头之愿。在以后的多次接触中，她逐渐知道了我与她父亲不寻常的关系。

1985 年全面大裁军开始，军委决定撤销高炮第六十六师，组建防空旅。部队决定将陈军越抽调到防空旅卫生队继续服役，而我担任高炮第六十六师的善后办副主任，负责处理高炮师撤销后的人员、装备、营房等的安排和移交之事。两年后移交工作全部处理完毕，1987 年上半年我转业到了镇江市京口区政府办公室，先后担任副主任、主任、党组书记。

陈明德同志逝世后的十年中，我曾三次专程去看望他的爱人冬梅。她家住在青阳县城里一条河流的南边，这条河的上游直通著名的九华山风景名胜区。她家是三间旧式的砖瓦盖的小平房，十分简陋，但很整洁。他们的大女儿军兰早已出嫁，三女儿军宁（后改为军林）后设法调到了镇江工作，安排在京口区建设局任会计。2003 年冬梅病逝，享年六十五岁。

1990 年军越服役六年期满，部队决定其退伍。按规定，战士退伍必须回原籍，军越考虑，如果回原籍，两眼一抹黑，前途未卜。一天上午，她心事重重地到了我的办公室，征求我的意见。当时她已习惯地称呼我钟叔，我二话没说，跟她说："就留在镇江吧，也许我能助你一臂之力。"我以关心革命烈士子女的理由向当时的戚中立区长做了汇报，很快就将这件事搞定，将她安排在区政府办公室秘书科担任值班秘书。因为她在部队期间工作优秀，担任过女兵班班长，1988 年 2 月入党，到地方后因为为人正派，肯学习钻研，工作积极肯干，没有几年工夫，就担任了秘书科科长，2002 年提拔到区交通局任局党组成员、纪检组组长，2010 年又调到京口区委区级机关工委任副书记。二十多年来她工作兢兢业业、勤勤恳恳，多次立功受奖，被通报表扬，并多次被评为优秀共产党员、优秀党务工作者，荣获"京口党员先锋"称号。

现在她们三姐妹都有各自幸福的家庭，一家人和睦相处，相互关心，温馨融融，和和美美，以十分美满幸福的生活告慰了她们父亲的在天之灵。

还有一位首长和战友让我终生难以忘怀，就是一生戎马倥偬的王怀义师长。

我刚入伍时，王怀义同志就是我们炮兵第六一五团的团长，第二年我就担任他的驾驶员。以后他又担任炮兵第六十六师的师长，我在师后勤部担任副部长，一直在他的领导之下。他文化水平不高，但作战勇敢，戎马一生。他严管干部，爱兵如子，我在他手下工作过二十多年，他是我十分敬佩和学习的榜样。王怀义师长生前珍藏着十多枚形状各异的奖章，有独立自由勋章、淮海战役胜利纪念章、独立功勋荣誉章、三级解放勋章等军功章。这些身价不凡的奖章被王怀义珍藏在箱底半个多世纪，从它们的年代和称号上能看出它们的分量及不平常。王怀义同志参加过抗日战争、解放战争、重庆谈判、抗美援朝等重要战事，这一路走来，几乎在每一次的冲锋陷阵中都屡建功勋，这些军功章就是对他出生入死的肯定。

王怀义同志 1923 年 4 月出生在江苏如皋江安乡一个农民家庭，1939 年 12 月参加新四军，1941 年 6 月加入中国共产党，历任战士、副排长、排长、副连长、连长、侦察参谋、副营长、团长、师参谋长、师长、南京军区炮兵司令部副参谋长等职，直到 1983 年 6 月离职休养。

王怀义同志自十六岁参加革命，南征北战几十年，历经无数个重大战斗。他忠于职责，不怕牺牲，先后参加过黄桥战役、苏中丰利战斗、清泰战斗、蔡桥战斗、宿北战役、山东鲁南战斗、莱芜战役、孟良崮战役、淮海战役、渡江战役、上海浦东战斗等战斗、战役，为中国人民的解放事业做出了巨大贡献。其中黄桥战役、山东莱芜战役、淮海战役都在他身上留下了严重伤残。黄桥战役中，他英勇抗击敌伪，爬上房顶与敌展开激战，不幸被敌人的枪弹打中了右臂，从房顶上摔了下来。从此他的右臂致残，但他学会了用左手写字干活儿。在山东莱芜战役中，他冲锋陷阵，被炮弹击中头部和脚，受重伤而昏迷。当时情况十分危急，但死神向王怀义低下了头，他坚强地挺过了这一关。他在此战役中被定为甲级一等伤残。

1945 年 10 月，重庆谈判结束后，王怀义同志回到苏浙军区某部任机枪排排长。为落实重庆谈判协议，苏南部队大批北撤。苏浙军区第四纵队政委韦一平等指挥员和苏南根据地的部分干部民工近千人，在完成了掩护主力部队北撤任务后，于 15 日奉命最后一批乘坐“中安”号江轮夜渡长江北撤，王怀义也在此部队中。待航渡至泰兴天星桥南约两公里的江面时，突遭重大变故，隐匿在船上的敌特凿破船底，船瞬间沉没，船上八九百名将士魂归长江。当时正逢秋寒，夜风浪急，王怀义在下沉的船只中摸黑与战友吃力地从烟窗中爬出，幸亏他水性好，经他人帮助才上了岸。据查逃生的包括他在内不足三十人。这就是新四军军史上令人悲痛的“中安轮沉船事件”。

1950 年全国解放后，他毅然听从党和军队的召唤，年末奔赴抗美援朝战场。他作为英雄杨根思所在营的副营长，率部队参加了第二次战役中闻名中外的、被西方军事学者称之为影响世界历史进程的“长津湖之战”，及以后的第五次战役。一枚 1951 年颁发的抗美援朝纪念章和一枚 1953 年由中国赴朝慰问团颁发的抗美援朝慰问证章，记录了他担任副营长时在朝鲜战场上的英勇事迹，更记录了在朝鲜咸镜南道长津郡下碣隅里南小高岭战斗中，他的属下特级英雄杨根思连长带领三排战士坚守阵地，切断美军退路，接连击退敌人八次反扑，最后身抱炸药冲入敌阵，与群敌同归于尽，用生命保住了小高岭阵地，为夺取第二次战役胜利立下卓越功勋。军功章让王怀义不忘往日的浴血奋战，更多的是对故去战友的深深思念。每一枚军功章的背后都有一个流血、流泪，甚至付出生命的难忘故事。

和平时期，王怀义同志没有躺倒在这些戎马一生的功勋里，他带着在战争岁月中致残的身体，仍坚持战斗在重要岗位上。他担任炮兵团某部高炮营营长时，在福建前线担负机动作战任务，保护了同安地区重要目标的安全。

20 世纪 60 年代，王怀义同志参加了援越抗美战斗。他时任炮兵第六十六师第六一五团团长，于 1967 年 7 月受领任务，1968 年 1 月跨过河口友谊大桥，在越南北部的安沛至老街地区与兄弟部队一起，展开作战四十二次，击落美机十二架，击伤八架，为维护世界和平做出了贡献。他在多年的战斗生涯中逐步成长为一名优秀的军事指挥员。

王怀义同志七十年来对革命事业忠贞不渝，无私奉献，经受了战争与和平环境的各种考验。为了新中国的独立解放，他贡献了毕生的精力和心血，身上留下了十多处伤痕。他工作认真负责，光明磊落，为炮兵部队建设尽心尽力，维护了党、国家和军队的利益。他团结同志，平易近人，对子女的教育严格，为部队和地方建设做出了重大贡献。1983 年 6 月，王怀义从南京军区炮兵司令部副参谋长职位上光荣离休。

离休后，王怀义同志仍关心国家和军队建设，保持了一名老同志、老党员崇高的思想境界。后因病重医治无效，于 2010 年 12 月 6 日 0 时 54 分，在无锡 101 医院去世，享年八十八岁。

战友相聚是缘分，也是一道军令，无论在天涯海角，都义无反顾。

正是为了铭记历史，弘扬爱国主义、国际主义精神，讴歌用鲜血凝成的中越人民友谊，根据众多入越参战老兵们的倡议，原炮兵第六十六师的老战友们多次组织了具有历史意义的纪念活动。

2009 年 4 月，扬州的战友牵头召集，举办庆祝原炮兵第六十六师援越抗美出国作战回撤四十周年纪念活动。华东五省市的六百余名老战友欢聚一堂，畅叙战斗友谊，倾吐思念情怀，会上还印发了江含月战友编写的有关援越抗美战斗的作品《但愿红河水在静静地流……》。

2017 年 5 月，由镇江、上海的战友牵头召集，举办了庆祝原炮兵第六十六师援越抗美出国作战五十周年纪念大会。来自全国二十一个省市的三百五十名各地战友再次欢聚一堂，回忆，畅谈，欢笑，感慨万分。会上制发了入越作战纪念章、纪念证书，编撰印发了部分参战战友通信录和援越抗美回忆录《决战南国显神威》一书，那激动的心情，那知心的场面，无以言表！大家又好像回到了往日的战场。

年轻的时候，青春是用来奋斗的；年老的时候，青春是用来回忆的。

战争是残酷的，战斗的青春又是美丽的。

在三年的大西北核试验防空作战和一年半的援越抗美战斗中，我们的部队受到了战争的洗礼，每个指战员都经历了苦与乐、生与死的考验。部队把我培养成合格的军人，战场把我锻炼成为无畏的勇士。现在回想起来，二十岁出头的小伙子都有一腔热血，都有一股激情，趁年轻气盛的时光，能够上战场去展现青春的风采，为国为民去拼搏奉献，可谓是人生一大乐事，即便是流血牺牲也是值得的。在战斗中让青春的生命得以焕发，使人生的梦想得以升华。

从战争中走过来的人，在日后的人生征途上，哪怕再有万难险阻，也会迎来光明一片。

战后的五十多年间，那青春的回想时常撞击我的心灵，每每在人生的关键点，总不经意地用当年的战场作对照，以此不断激励和升华自己，走好人生的每一步。

第四章

雨后复夕阳

1987年2月，我从战斗了许多年的炮兵第六十六师转业。那年，我四十二岁，正是年轻力壮干事业的好年华，就要与部队告别，内心依依不舍。

1985年，中央军委的一纸命令改变了许多人的命运。炮兵第六十六师响应中央军委的裁军号召，撤销原师、团，整编成高炮旅，旅部又从句容小衣庄搬到镇江，这中间经过了很多次的变革。

高炮第六十六师一直担负着中央军委的野战值班部队任务，国家安全一有风吹草动，该部队就要首当其冲。我师多数的营、连等组成单位，在新中国诞生初期都参加过抗美援朝战争；1953年我师在河北省涿县组建后，担任作战值班任务不断；20世纪50年代初，解放浙江大陈岛等诸岛时，我师担任浙江宁波、黄岩、临海等沿海地区空中掩护；1962年台湾当局反攻大陆蠢蠢欲动，为了粉碎敌人的企图，我师部队又投入了新的战斗：第六一五团在南京渡口展开，第六一七团在杭州笕桥机场展开，第六二四团在江西向塘机场展开，第六一八团仍守卫宁波机场。第六二四团在向塘作战中掩护导弹部队击落敌机U-2飞机一架，第六一八团与敌机 RF－101 作战一次，将敌机击伤，驾驶员在台湾北部海域跳伞逃生。其他部队未遇敌机。1964 年至 1967 年，炮兵第六一五团率第六二四团一营又被调防到大西北，担任核武器试验的防空作战任务；1967 年 11 月至 1969 年 3 月，该部队又全员出动，奔赴越南战场，执行援越抗美作战任务；1969 年回国后，先后积极参加高炮第七十五师和高炮第七十三师的组建，圆满地完成了任务；1971 年“9·13”林彪事件前后及 1976 年唐山大地震和国家重要领导人相继逝世时，我师担负了重要城市、重要目标的防空掩护任务。

1975 年以后，我逐步走上了高炮第六十六师后勤部的领导岗位，分管战勤、运输、营房、营区建设等工作，各项工作都有创新突破。十多年中我组织了全师三千五百余名后勤人员的战地保障和后勤战斗训练；组织培训了五千多名能担负战地驾驶的车辆驾驶员，保证了全师一千二百多台军车的维护保养和安全执勤；组织实施了师、团部队营区的“两管”（管房产、管绿化）“五改”（改水、改伙房、改厕所、改菜地、改猪圈）工作，南京军区和总后勤部在我部召开了现场推广会；我担任组织筹建小衣庄部队营房新水厂的任务，原计划三年时间完成任务，最后只用了一年时间圆满完成，极大地改善了全师部队的供水条件，时任六十军军长李元喜亲自到水厂视察，充分肯定了我做出的成绩，并与我交谈合影。

随着国内外形势的发展变化和部队现代化建设的需要，从 20 世纪 80 年代起，部队陆续裁减，首批大裁军一百万人。中央军委决定，撤销高炮第六十六师，新组建防空旅，第一任旅长、政委分别由原高炮第六十六师参谋长张炳兴和师副政委余有贵担任。

部队精简整编，在这场军队改革大潮中，我经受了又一场没有硝烟的战斗考验。

部队精简消息宣布后，许多人心事重重，谁都不愿意离开熟悉的岗位，但不得不服从组织的安排。部队撤销后，还有许多的后续工作要完成。我在师后勤部，当然是要最后离开部队，领导让我担任“善后办”副主任，章长根副师长担任主任，我协助他负责处理高炮第六十六师撤并后的善后工作。在“善后办”工作的两年中，并不轻松，每天都要面临与熟悉的战友告别，大约有五千余名干部战士顺利地转业或复员到地方。战备物资要清点移交，有两千五百余大件高炮、车辆、武器装备全部完整地上交军区。二十多万平方米的军营平稳地移交给兄弟部队，胜利完成了“善后办”的光荣任务，给高炮第六十六师的撤减工作画上了圆满的句号。第一集团军党委给我记了三等功。

从军二十五年，突然间改变身份，心里多少有些不习惯，离开熟悉的环境、熟悉的官兵们需要一个过程。可是我们炮兵第六十六师说散就散了，我和战斗了几十年的部队终于要道别了。离开句容小衣庄营房的那段时间，我在偌大的营区中行走，每棵树、每排营房都像老熟人那样亲切。我们当年栽下的水杉树已高耸入云，梧桐树如一把把大雨伞把道路遮掩，盛夏的时候走在路上一点儿也不热。我们建的营房，红砖黛瓦，朴素大方。记忆的潮水像海浪一般扑面而来，这里是我多少年来激情燃烧的地方，是我青春的见证。

转业后的使命

因着少年时代的苦难作为人生底色，加上二十五年军队生涯的锤炼，任何苦难对我来说都不算什么。我转业到地方时，正赶上了改革开放经济腾飞的好时代，正可谓天时地利人和。在这样的好年代，每个人心里都有一粒火种，只要遇到适合的条件，便能熊熊燃烧起来，大凡有点儿能力的人，都能焕发出灼灼光芒。

我很幸运地转业到镇江市京口区人民政府，在这个大舞台上又度过了三十三年的工作时光。

这漫长的三十三年时间，开启了我在和平年代的工作模式。在这里虽然没有战场上的暗流汹涌、剑拔弩张的浴血奋战，但却是一个需要运筹帷幄的平凡世界。我内心的激情与热情丝毫不减，反而越来越激越，希望自己在新的领域中纵横捭阖。

因为在部队时长期在后勤部工作，有较强的组织能力，我被分到了区政府办公室，任办公室主任一职。谁都知道，但凡是办公室，事情便多如牛毛，千头万绪，又错综复杂，恨不得有三头六臂才好。大大小小的事，事赶着事，事连着事，大事不能小做，小事不能大做；而小事又牵扯着大事，小事都办不好，大事更办不了。曾有人开玩笑说，在办公室做事，如果想做事，每天带着铺盖卷上班，都有做不完的事。

在区政府办公室工作的八年里，我在实践中总结出政府办公室的“三服务”的工作宗旨，即服务领导、服务社会、服务群众，以及办公室的“三办”职能，即办文、办会、办事。这“三服务”和“三办”的经验在全市办公室主任工作会议上被推广，在全省的政府办公室主任会议上进行介绍。除了本职工作外，从1993年开始，我还承担了新建京口区人民政府办公大楼和编撰《京口区城乡一体化发展规划》的工作，用两年的时间圆满地完成了任务，为此受到两次记功奖励、多次嘉奖。

建区政府大楼时，我担任了现场总指挥。

造房盖屋，是“伤筋动骨”的大事，要集中多方人力、物力、财力来完成。京口区政府大楼从开工，到1995年竣工验收，凝聚了无数人的心血和智慧。从新大楼奠基开始，我就担任施工一线总指挥，整天泡在现场。在部队时，我虽然不是建筑专业出身，也曾主抓过后勤营房建设，因此对建筑行业并不陌生，但这么大的工程建设，平生还是第一次遇到。都说万丈高楼平地起，基础工程是大楼的灵魂。区政府从选址到基础开挖准备了很长时间，在正式开工后遇到了淤泥层，三百二十根钻孔桩要穿过淤泥打到地底下的岩石层里，必定会遇到无法想象的困难。作为现场总指挥，我必须每天守在现场，从早到晚泡在工地。那时候我还年轻，但一天下来也感到疲惫不堪，到家倒头就睡，第二天起来时，力气又回到身上，再次投入战斗。当最后一根钻孔桩牢牢地楔入岩石层时，所有人都松了一口气，然后开始浇筑承台。

都说前人栽树，后人乘凉。区政府大楼后面院子里的无花果树、白玉兰、桂花树等，都是我当年亲手栽下的。每年夏秋，果子熟了，桂花香飘溢，自成一景。有的人说我这么多年来在区政府的工作，就像院子里的无花果树一样，只看见果实，却看不见花开。

除了要建一幢现代化的政府大楼外，还要改善新楼周边的交通环境，要在区政府大楼两边修建两条路：学府路和京口路。我担任现场的副总指挥，经过两年的奋战，高标准地完成了两条主干道的建设。随着这两条路的建成，使镇江市市区范围向东拓展了五公里，镇江东部地区的改造步伐不断加快。与此同时，我还参与了整个镇江东部地区的煤气管道工程。这条线路拖得很长，一直延伸到谏壁。这个浩大的工程涉及大量的拆迁、农村地区青苗费的赔偿等一系列问题，均一一得到妥善处理。

我除了主抓现场的施工建设外，办公室的事务一样也没有少干，这就需要用两条腿走路，两边都要兼顾交叉进行。

刚上任不久，我就遇到了一件特别棘手的事——近千名群众到区政府上访。这么大的上访阵势把区政府的领导给急坏了。上访的原因复杂，处理过程中无任何法律法规的依据，涉及上千名群众的生存问题，这是非解决不可的重大事情。面对门外庞大的上访队伍，大家一筹莫展，一时想不出解决办法。可箭在弦上，又不得不发。

近千名群众把区政府大门围得水泄不通，严重影响了政府部门的正常工作。

这个上访队伍是京口区交通局下属单位的一个土方队。那个年代还没有大型的挖掘机，工程施工都是靠人力挖土方。随着农村土地被不断征用，城区不断扩张，原住民中很多人失去了土地，当地的村民中有很多人成为这个土方队的主力军。他们因为手中没有土地，无田耕种，也无正式工作，就成了农村与城市二元化的边缘人。他们在土方队只是临时工，没有城里人的正式身份，也就没有编制，所以区政府在处理这件事的时候特别困难。

他们的上访初衷纵然有一万个理由，然而时代发展进程中摧枯拉朽式的大势所趋更势不可当。

人工挖土方，队伍庞大，人员消耗大，效率低下，随着社会的发展，这支庞大的土方队很快就被现代化的大型挖掘机取代。这群与泥巴打了一辈子交道的农民工，眨眼工夫就没了赖以生存的饭碗。在他们眼里，尽管这是只泥饭碗，但能保全家人不饿着。他们大都人到中年，上有老，下有小，没了赖以生存的土地，泥饭碗也没了，生活陷入困顿之中。面临激烈的社会竞争，他们文化水平低，根本竞争不过年轻人。这近千人的土方队伍，分成了四个公司，面临生存问题，来找政府帮忙，也情有可原。

作为他们上级部门的交通局没有能力解决这么多人的生存问题，只能靠政府出面。

政府办公室是政府的办事机构，也是解决问题的职能部门，作为刚刚上任区政府办公室主任的我，有责任与义务解决问题，但也感到很大的压力。

那时候，区政府的办公地点在镇江大市口的华联商厦原址，我的办公室在四楼。周围都是商场，人本来就多，加上这近千名来上访的群众，交通很快堵塞。楼下吵吵嚷嚷乱成了一锅粥，每个人的情绪都很激动，其中有一个情绪过激的人准备上楼顶跳楼。

在部队工作时纪律严明，一切过激行为都可以按军规处置，但到了地方面对老百姓，他们会为了一个“理”字而忽视法的存在。接到有人要跳楼的消息，我的一颗心顿时提到嗓子眼儿，不管对方是真是假，都得当成真的对待，万一真有人一时失去理智而丧命，那将是天大的事情，我这个办公室主任当得也不称职。

一群人围在大门口，把那个喊着要跳楼的人围在中间，其中不乏煽风点火说风凉话的人。我从楼上往下看，乌压压的一片。时间已近中午，肚子还饿着，面对一群情绪激动的老百姓，我觉得首要的事就是安抚他们的情绪。

我来到了他们中间，一群人立即把我团团围住，七嘴八舌向我讨要说法，其中有个人对我大喊："再不解决我的工作问题，我现在就跳楼。我死在你面前，我家的老小就由你来养活。"我当即就回他："好啊，你想跳楼的话，我跟你一起跳下去。你想以死的方式来解决问题，都想死了，还想谈问题的解决办法吗?"

那个想跳楼的人听我这么一说，立即噤声了，望着我发起呆。我的这句话把他给镇住了。我也知道他并不是真想跳楼，但也不排除他真的会一时鬼迷心窍而做了傻事。我把这几句话撂给他不无道理，他绝对没有想到我会跟他如此较真，不论真假，对他而言起到了震慑作用。

那时候镇江大市口有了全市第一家快餐店，我让快餐店送来了盒饭，先解决他们的吃饭问题，同时也缓解他们的情绪。然后告诉他们政府会竭尽全力帮他们解决问题，劝他们回家耐心等待消息。

其实，我也害怕，这么大的上访场面让我心里发慌，但还要克制自己，一定要先稳住自己的心。人心总是肉长的，我相信，只要我说的每句话都是真诚的，拿出诚意来和他们谈问题、解决问题，必定能打动他们。

第二天，来上访的人数少了许多。我继续给他们送盒饭。

第三天，上访的人数比前一天又少了许多。我的努力终于见效，精诚所至，金石为开。

就这样，这千人上访队伍在区政府门口围了三天才彻底散去。说实话，那几天我是疲惫不堪、心力交瘁，不断地向上级汇报情况，与各部门沟通，寻找可行的处理办法。

老百姓的事就是天大的事，不解决怎么行呢？

那时候还没有低保一说，根据国家劳动部门的规定，他们只是临时工，无法享受正式工的内退和退休待遇。如何在不违反国家政策的条件下，解决这么多人的生存问题？

为这次上访事件，区政府多次召开会议，提出多种解决方案，反复向市政府请示汇报，最后决定分期分批解决他们的问题。对年纪较轻的人进行逐步分流，与有能力的部门协商，优先安排这部分人就业，对部分年龄偏大又无学习能力的人员分批分期纳入社会养老保障体系。就这样每年解决一两百人，陆续用了五年的时间才解决了这个大难题。这五年时间中，为了这件事，我真记不清讲了多少话，想了多少法子，接待过多少人次，好在全部妥善解决，又顾全了大局，没有出现意外事情，悬着的心才放了下来。

事后我想过，当无数双企盼的眼睛像探照灯一样射向你的时候，你就处于这个光圈的中心点，你的一举一动、一言一行都将接受这束强光的照射，每一个动作、表情，哪怕你不出声，你的肢体语言都处在这束强光的中心点。这束光承载的内容太多太多，这束光是正义，是道德良知，也是一个人的心灵底线。我平生第一次遇到这么多人的上访事件，在多少年后通过记忆的反刍重新审视自己的内心时，我的心是震颤的，因为，如果我的言行无法建立在良知和道义上，只要说错一句话，上访事件就有可能演变成重大的社会事件。

这件事让我进一步加深了对“人民政府为人民”的深刻含义的理解。

政协与统战，民众的桥梁

在一个和平年代的生活背景下，很难发现“不寻常”和寻找到闪光的“金种子”，不会有特别的风浪，更不会有战争年代的那种惊心动魄，面对的只是平常的生活与工作。我后来调到政协和统战部门工作，真的没有什么了不起，但是如果你潜下心去挖掘，在平常的外表下，还是会发现不平常和不普通。这很像打一口深井，挖得越深才越有希望见到清泉，但不一定所有的挖掘都能见到清泉，也会遇到枯井，这就需要挖井人有恒心与定力。打井，就是在大地的裂缝中寻找希望，政协统战的工作便是如此，要想取得成果就要看你有没有能力去发现平常工作背后的东西——那就是平常工作中的“裂缝”。我们所处的时代变化特别快，它像自然界的地震一样，肯定会产生裂缝，而这个裂缝里肯定会掉进一些“种子”。如果你没有能力或没用心去发现这样的裂缝，那就很难发现这些“种子”的存在。

所以，生活在和平年代中的人们，一样可以有自己的精神图谱，一样能在生命的海平面上撷取一朵朵的浪花，成为新时代的追梦人。

与政府办公室相比较，政协和统战部的工作似乎更加单调和平凡些。如果说办公室的工作有些处在风口浪尖上，那么政协和统战工作相对四平八稳、按部就班，但并不代表平稳的工作中就翻不起现实的浪花。

1994 年，我从政府办公室调到了区政协担任政协副主席，并兼任区委统战部部长。政协、统战部的工作是和而不同，都要与民主党派、党外代表人士及不同阶层的人士打交道，我把“广交朋友，广纳群言，广求善策，广为实事”作为自己的座右铭，从广泛凝聚人心、最大限度地调动积极因素的目标出发，把全区的统战工作提高到一个新的水平，为此，我荣获全省“优秀统战部长”称号，并两次荣获“振兴京口特别奖”。

这个奖在京口区是最高荣誉。说起这个奖的由来，与当时的政府经济工作有关。

那时候，区政府财政很困难，只能叫“吃饭财政”，政府机关的财政收入还不够养活机关人员，连工资都要向市政府借钱发，更谈不上扩大生产和改善社会民生。为了让财政步入正常轨道，大家献计献策。那时候有个口号“保工资”。要求全区上下，包括机关干部都要积极投入发展经济，扩大税源，增加财政收入，确保工资的及时发放，保证机关的正常运转。那个时候全党以经济工作为中心，国家允许政府部门发展第三产业。按理说统战部长与发展经济没有直接关联，但统战部是党委的工作部门，同样有责任和义务，同样必须围绕党的中心工作开展服务。

在统战部的那几年，除了做好统战工作以外，我的精力都用在为财政创收上，利用统战部工作的优势办成和发展了三十多家经济实体，历尽千辛万苦，承担了许多的风险。

比如服务行业，我们筹集社会资金一百多万元，购买了十九台黄面的（黄色面包车）作为出租车开始运营。在当时，镇江还没有出租车，这是镇江市第一家出租汽车公司，很快成为镇江市的一道亮丽的风景线。我聘请了一个总经理专门负责运营，每台车都进入网络，配备专职调度。这种车子很便宜，政府办了运营牌照，手续办全了上路一台大约要八万元。这些黄面的用“侨台”作为标志，经多方努力，运营了三年半，产生了可观的税收。遗憾的是，四年后随着大众出租车的兴起，黄面的很快遭遇瓶颈，淘汰出局，主要原因还是数量不够，无法形成大的格局，无法满足出租车市场的需求。随着出租车行业的不断壮大，政府不得不控制黄面的数量，最终被淘汰也属正常现象。除了黄面的“侨台”出租公司，我们还办成了纯净水、摩托车、液化气、水暖器材、装潢等三十多家生产商贸企业，除了上缴国家税收外，每年给区政府的地税纯收入增加一百多万元，解决了区政府财政的部分缺口。那个时候我们每个人的工资月收入只有两千多元，一百多万元的创收让区财政如久旱逢甘霖。

那几年，民营企业领营业执照受到限制，统战部便千方百计帮助企业做一些实质性的事情。在企业遭遇资金困难时，帮助解决资金问题，千方百计想办法融资，指导民营企业合法经营，发展壮大。

在扩大政府三产经营的过程中，也有个别失误的情况。以前有个扬子玩具公司，是一家非常有名气的民营企业，在公司蒸蒸日上的时候，老板不知道哪根筋搭错了，却跑到澳门去赌博，一下子输了五十万元，被澳门黑社会的人关进笼子里，求生不得，求死不能，让他找亲戚朋友拿钱赎人。当他打来电话向我求救时，我也惊呆了，黑社会可是只认钱不认人，如果拿不出钱来，他的命在他们眼里恐怕连一条狗都不如，死在外面也没有人问。这家公司也是在政府的关心下一点点成长起来的，好不容易发展到今天，不能让它垮掉，而且还有那么多的员工。怎么办？不管如何，先拿钱出来赎人。我们让他的家人搜集全部的资金，政府又帮他垫了四万元，才把他从澳门的铁笼子里给救了出来。在他重获新生后，跪在我面前发誓："钟部长，我不能对不起你，我一定好好努力，把欠政府的钱尽快还上，不枉费你对我的希望。"后来我还把他推荐为区政协委员。又过了两年，这家伙又失踪了，从此杳无音信，欠政府的债至今也没有还上。又过了许多年，我突然接到一个电话，才知道他去越南发展了，再后来又音信全无。他不仅欠政府的钱，还欠银行的贷款和许多个人的钱。

统战部是民主党派和党外代表人士的学习活动之家。统战部就是要为他们认真服务，调动他们的积极性，争取一切可争取的力量。

我遇到过一位特殊统战对象，这个人是吴引威先生，他是辛亥革命志士吴次藩（国民党高级将领顾祝同的老师，前镇江市政协委员）的儿子。他曾担任过孙中山的卫士，是民革成员，在国民党内部属于左派人物。他原本是黄埔军校的毕业生，一个很有才华的人，台湾那边有他的许多朋友和战友。这个特殊人物一生未婚，照顾父亲终老。他的父亲去世时，他的年纪也很大了，因长期劳累，加上生活条件艰苦，便一病不起，生活无法自理，生活很快陷入困境。知道他的情况后，我们在第一时间上门看望，安排人照顾他的日常生活。但是祸不单行，吴引威老人后来不幸摔伤骨折。当我们再次走进他家时，一股恶臭袭来，原来他受伤后便瘫痪卧床不起，大小便全在身上。统战部立刻安排人背他去住院治疗，轮流照顾。出院后又委托大市口街道所属居委会雇人照顾他的起居生活，在他病重的三年期间，都是统战部的人员送他去医院治疗，直到他病逝，还负责处理他的后事。他去世后，我们发了一个简报，台湾方面得知消息后，对我们尽心尽力照顾吴引威很是感动，我们的工作在海峡两岸受到许多人的称赞。

统战的事情无大小，一件小事就可能发展成大事。记得有一个叫刘国安的台湾商人来镇江投资，在生活方面出了点儿问题，他便吓得扔下工厂回了台湾。这家台资企业是我牵线帮助引进的，如果倒闭了，几百号工人的饭碗就没了。这是个大事，我直接找到派出所及相关部门，通过调查了解，妥善解决了刘国安的困难，然后打电话请他回来。他回镇江后非常感动，给统战部送来了锦旗。后来他又增资扩股几百万美元，把这个厂规模扩大，经济效益非常好。

民族宗教无小事，对民族工作讲团结，宗教工作抓管理，抓好民族宗教工作保稳定促发展。

在镇江居住的有十几个少数民族，一万五千多人，京口区就有六千多人。

我在任期间抓了三件事，这三件事在市、区都是首创。第一件事，成立了少数民族联谊会，经常开展联谊活动，让少数民族与汉族融合到一起，并请区领导都来参加会议，把民族团结的氛围搞得浓浓的。第二件事，成立民族学校。民族学校很重要，一个城市如果没有民族学校，就不能参评文明城市。五条街小学周围是少数民族群众集中居住的地方，办民族学校选在这里最合适。民族学校要省里授牌，要满足许多硬条件。为了挂牌，我到省里去过很多次，找过许多人。大市口的大爸爸巷和小爸爸巷是少数民族集聚的地方，人数条件是够了，但氛围远不够，还要有民族宣传的长廊、要上民族课等。经过一年的努力，这些条件全部到位，省民委主任亲自来给民族学校挂牌。第三件事，办好民族饭店。现在镇江有三家民族饭店，以前只有一家。民族饭店经营很困难，汉族人吃不习惯，亏本的多，这一家民族饭店也曾面临关门。我帮助他们找税务部门申请免税，找相关部门减免房租，经费不够，请求市宗教局支援，于是这家民族饭店的经营一直坚持到现在。

宗教工作不是小事，公民有信仰宗教的自由，这是无法改变的事实。

我们统战部按照党的宗教政策认真抓好管理。首先就要确定合法的宗教活动场所，那时京口区有二十几个宗教活动点，宗教活动比较混乱。我们到每个点调查研究，经过半年时间，最后确定了五家宗教活动场所，颁发了宗教活动许可证，帮助他们建立活动规章制度，让安全消防制度上墙，引导宗教活动与社会主义道德规范相适应，同时取缔了非法宗教组织和宗教活动场所，使京口区的宗教活动管理有序、活动正常，自觉融入社会主义精神文明建设。

在我刚转业的那年，区政府就安排我为区政协委员。开始我并不了解政协工作，后来我到统战部工作，同时兼任政协副主席，并且连任了京口区第三、第四、第五、第六届政协委员，直到 2005 年退休以后，我还担任着镇江市和京口区的政协联谊会的会员。我与政协有缘，越干越觉得政协、统战工作十分重要。

统一战线是党的三大法宝之一，政协、统战工作是一个和而不同的工作，更是一个凝聚人心的工作。各行各业的人才精英们在一起，思想上的火花不断发生碰撞，可以生发出新的思想、新的观念，为着经济社会发展和进步做出巨大的贡献。

走马上任后，区政府领导就安排我负责牵头、协调、承办政协提案工作。我一方面是政协委员的角色，要履行政协委员的职责；另一方面又要代表政府负责协调办理政协提案，这样一干就是十多年。回顾多年来的政协生涯，我与政协从相识到相知、相融，真是有情有缘。我深深地感到，政协是大学校、大家庭、大熔炉、大舞台。

政协更是个人才库，政协委员中人才荟萃，委员中不仅界别众多，而且文化层次也很高。从构成来看，京口区政协委员的文化水平都在大专以上，有高级职称的占到三分之一，还有为数不少的委员都是某一行业、某一技术领域的精英。

区政协成立三十多年来，每年“两会”期间的政协提案，不仅数量多，而且质量佳。这些提案包罗万象，集思广益，充分发挥了政协参谋智囊团的作用。

众多的政协委员通过深入调研视察，关注民生，体察民情，积极参与和推动党委、政府的工作。就从京口区政协多年来开展的主题活动来看，既体现了政协工作的主动作为、积极参与，又彰显了政协工作的重点突出、主题鲜明，更注重了政协工作的实效性，很有特色。连续多年开展的“三争”“三百”“三助推”活动和“百名委员农家行”“百名委员企业行”“百名委员学校行”等主题活动，使政协委员在政协组织内有话可说、有事可干、有劲可使，更使政协委员有了奉献光热的空间、施展聪明才智的舞台。

在任统战部长期间，我千方百计联系，为全区引进了第一家台资企业和第一家侨资企业，同时为侨台资企业排忧解难，为五家合资企业增资扩股创造了条件。

与民主党派和广大无党派代表人士广交朋友，一方面让他们积极参与，为我区的经济和社会事业发展建功立业，另一方面为区委区政府的重要工作、重大项目和民生改善多提提案、建议，为京口区高质量的发展多做贡献。

推进党外代表人士的培养选拔工作，努力把统战部办成党外代表人士温馨之家。推动建立了区委、区政府领导与党外代表人士联系制度和情况通报制度。以议事会、座谈会、培训班等多种形式对党外代表人士进行培养提高，并积极推进党外代表人士的实职安排。

在我任职统战部长期间，培养储备了党外代表人士骨干二百余名，推荐安排担任各级领导干部六十余名，为全区大统战格局的形成做出了贡献。本人也因此而荣获“全省优秀统战部长”称号。

关工委，青少年的渡口

如果说从军营转业到地方是一级跳，那么从行政部门转身到关工委似乎走得行云流水，却也是另一种生命的回归。至于为什么，我自己也说不清楚，后来想想又很释然。我只不过是回到了从前，回到了童年的追忆中。许多人说，一个人小时候的样子，就是他年老的样子，等他老的时候，他必然会回归到他小时候的样子，这才算是生命的圆满。天注定让我回到小时候，又承担着与老人和小孩子打交道的关工委工作，也算是人生的圆满。

少小离家，最后落户镇江。我对镇江有着特殊感情，从军时就是从镇江的码头上岸，当时的情景仍历历在目。说明我与镇江这个地方有缘，从年轻小伙子到白发老人，在这个地方完成了人生的三级跳。

时间荏苒，转瞬间我就到了六十岁。2005 年 5 月 1 日我正式退休。在退休的前两年区委领导就找我谈过话，希望我退休不退岗，能够接着干，担任区关工委常务副主任，负责抓好关心下一代工作。我想，尽管已到花甲之年，但自己身体棒，精力充沛，完全可以为党和人民做点儿实事，更重要的是我有时间、有信心去做事。

关工委工作是一项关系党和国家命运的战略工程、关乎千家万户的民心工程，也是关系到社会主义千秋大业的基础工程，任重而道远，我有责任挑起这副担子。

人还没离职，我就提前接受了这个两年后的新岗位。办完退休手续，我一天也没耽搁，换了一个地方继续办公。

关工委这个部门，在别人的眼中做好做差也许是无关紧要，但它潜在的力量却不可小觑，它不是夕阳事业，而是像早晨八九点钟的太阳一样的火红事业，它是黑暗中的一星烛火，哪怕并不太明亮，但可以为那些浸泡在苦水中的人引路。有一些残缺不全的家庭，因为种种原因身陷困顿，大人们尚能自食其力，最可怜的是那些孩子们，因为家庭和社会的原因而走上歧路。他们的内心是昏暗的，找不到前进的方向，如果他们感受不到太阳的温暖，就容易掉进深渊，关工委要做的事，就是把这些迷失在深渊中的孩子们救上岸，让早晨的太阳照进他们冰冷的心，让他们成为明天的太阳。最最重要的是，要通过我们的努力，为广大青少年创造一个良好的环境和条件，让他们健康地成长成才，成为有理想、有担当、有本领的新时代中国特色社会主义可靠的接班人和建设者。

我到关工委的时候，办公条件很差。办公地点在华联商厦那边，办公室是一间二十平方米的房间，两个退休的老同志驻守，一年的工作经费只有一万元，想做事真是寸步难行。

那时候区政府新大楼已经投入使用，我首先考虑的是要改善办公条件。当时的新大楼一楼到十楼都已分配完毕，只有十一楼是仓库，没有窗户，房间也不成形，脏兮兮的。想改成办公用房有些困难，牵涉水电等各种问题。但我想，条件差是客观，只要主观努力就可以改善现在的状况。这点儿小困难难不倒我，说干就干，我开始实地勘察，先画出草图规划关工委的办公室。

巧妇难为无米之炊，瓮里有米，才能做饭。我希望用最少的资金做最大的事，粗粗预算了一下，装修至少要六万元。怎么办？请求区政府支持，同时我利用在统战部工作时的人脉资源，向社会求援，六万元资金很快到位，将办公室改造得像模像样。

我们真正是从无到有，白手起家，大约花了三个月的工夫，把区关工委的基本建设全部落实到位。

区关工委条件改善了，如何开展工作？我用感情投入、激情办事、智慧创新、汗水浇灌，连续使出“六招”。经过多年持之以恒的努力，使全区关心下一代工作走上了规范化、制度化、常态化的轨道，并不断向更新更高的水平迈进。

第一招是强化组织建设。原有的基层关工委组织残缺不全，有的只是“空架子”，有名无实。我深入基层调查研究，到街道、社区、学校一一走访协商，用了半年的工夫，全区一百三十八个基层单位全部建立了关工委，实现了街道、社区（村）、学校、规模民营企业关工委组织全覆盖。

第二招是优化队伍建设。“五老”（老干部、老战士、老专家、老教师、老模范）是关工委工作的主力军，我刚到关工委工作时，全区有中、小学生近三万人，当时参与关工委工作的“五老”只有九百余人，而我区离退休老同志有五万余人，潜力很大。我决心把工作队伍进一步扩大。首先，我从调查研究出发，把老同志的情况掌握起来。通过调查，表示愿意参加这一社会公益活动的老同志有两万四千余人。其次，加强宣传发动，把老同志的积极性调动起来。我组织关工委和老干部局、民政局、教育局两次联合发出五万余份“致全区老同志公开信”，并通过登门拜访、召开座谈会动员、组织人事部门推荐、“五老”串联举荐、领导出面邀请等方法，宣传关心下一代工作的重要意义，增强老同志关心青少年健康成长的责任感和使命感，调动他们参与关心下一代工作的积极性。通过努力，“五老”队伍扩大了，从2003年的九百六十人增加到2019年的八千七百余人。

第三招是设置工作平台。八千七百余名“五老”同志的特长、爱好都不一样，因人制宜，各得其所，才能充分调动他们的积极性。我根据“五老”的实际情况，把他们分成核心层、骨干层、参与层三个层次，赋予不同的工作任务。组织各级关工委根据本辖区“五老”的专长、特点、身体条件、住地情况，结合校外教育辅导站、电子阅览室、网吧监督队、关爱工作团（组）、爱心辅导组、夕阳红科技致富指导组、主题教育宣讲报告团、法制教育组、革命传统教育组、科技教育组、才艺培训班等十多个工作平台开展活动。同时，建立健全了“一站”（辅导站）、“两室”（青少年电子阅览室、图书室）活动阵地，把八千七百余名“五老”人员进行合理编组，让他们参与各种平台，利用各种教育阵地开展活动，这样既使老同志有效地发挥余力，自得其乐，又使青少年获益匪浅。

第四招是完善保障措施。为了调动“五老”人员的积极性，我通过多方沟通、协调和争取，一方面改善了基层关工委的办公条件，另一方面确定了“五老”骨干的工作补贴和开展活动的经费标准及开支渠道。同时通过“五老”优秀工作者、“五老”楷模、“十佳”常务副主任的评选表彰，从政治上关心爱护“五老”。

第五招是开展活动育人。为了增强关心下一代工作的针对性、实效性，我精心筹划、设计组织开展形式多样、生动活泼、寓教于乐的青少年教育实践活动，不仅言传身教，而且老少互动，相得益彰。在组织全区关工委每年开展的青少年思想道德主题教育中，我认真设计，精心组织，探索出了宣讲认知、读书明理、征文悟理、体验实践和总结表彰等五步操作法，效果很好，得到了省、市文明办和关工委的充分肯定。我倡导和精心设计的“城乡青少年手拉手，大中小学生手拉手，民营企业家与青少年手拉手”的牵手活动，连续开展多年，至今热情不减，效果显著。我倡导和设计的“三百行动”，即对百名贫困学子的“关爱朝阳”助学行动、百名外来务工人员子女的“圆梦”行动和百名优秀学子的“看京口话发展”行动，连续十年深入开展，已成了京口区加强青少年思想道德建设的品牌。“关爱朝阳”助学行动连续两届被镇江市政府授予“最具影响力”慈善项目，被京口区评为青少年思想道德建设创新奖。为了提高活动效果，我倡导建立了京口区青少年思想道德建设十大教育基地和十三个重要节日的革命传统教育制度。我认真组织关工委“五老”人员参加文化市场监督，安排了一百多名“五老”监督员对全区五十多个营业性网吧进行挂牌上岗监督，消除了未成年人进入营业性网吧的问题。同时想方设法，调动多方力量，筹办成了六十六个社区的青少年电子阅览室，做到每个社区全覆盖，让青少年健康上网有去处，为青少年健康成长创造了良好的环境。为了给全区青少年提供爱国、爱乡的教育资源，十多年来，我呕心沥血编著了《京口掌故》《京口古韵》《京口与名人》《京口名胜》《京口群贤》《京口风物》《京口名人逸事》等十多部介绍镇江、介绍京口悠久历史文化的乡土读本，供全区青少年阅读。为了巩固教育成果，扩大影响，我带领全区关工委系统精心打造教育活动特色，创新了“关爱朝阳”“金色阳光”“正凯育秀”“金秋助学”“圆梦行动”“心系矫正浪子”“童眼看京口”“网络建设同心圆”等十多个青少年教育实践品牌，在区内外产生了较大的影响和推动作用。

第六招是倾心、全力帮助弱势群体，特别是青少年。

梁启超在《少年中国说》中说：“故今日之责任，不在他人，而全在我少年。少年智则国智，少年富则国富；少年强则国强，少年独立则国独立；少年自由则国自由，少年进步则国进步；少年胜于欧洲，则国胜于欧洲；少年雄于地球，则国雄于地球。”

每一个孩子，不只属于家庭，更属于社会，他们是社会的基石，如果基石出现了问题，整个社会的根基就会不稳，更遑论健康地发展。

一辈子帮助弱势群体是我最大的心愿。小时候的经历深深地刻在我的脑海里，随着生活条件的提高，温饱不再是问题，但精神世界在任何时代都会存在困境。想想当年，如果不是学校的老师帮我走出困境，也不可能有我今天的成绩。

托尔斯泰说过一句话：“幸福的家庭都是相似的，不幸的家庭各有各的不幸。”到关工委工作的这些年，我创建了“关爱朝阳”“金色阳光”等助学品牌，经过多方努力，每年都会向社会单位、各界爱心人士募集捐款六十万元以上，用来帮扶千名之多的贫困学生。在京口区，没有一个失学的小孩子。我经常和同事们带着慰问金和学习用品上门，及时给他们送上温暖，创造较好的学习条件。

在走访中，我们遇到过各种各样的破碎家庭。这些家庭中的老人们目光无助，这些问题家庭中的孩子身上戾气很重，看人的眼神空洞无助，表情桀骜不驯。很难想象这样的孩子在感情上经历过怎样的磨难，从生活上到心理上，他们幼小的心灵根本无力承受成人世界带给他们的双重灾难。因为家庭的残缺不全，才导致了他们今天的模样。我倍感心酸，因此帮助他们的想法越来越强烈。

我见过许多困难家庭，其中有一个家庭的孩子给我留下了深刻的印象。女孩的父亲去世，母亲改嫁，她跟着年迈体弱的爷爷奶奶生活。两位老人根本管不了这个小孙女，慢慢地她便和社会上的一些有不良习气的小青年厮混在一起，流连于不同的舞场和网吧。两位老人急得不知道如何是好，但也没有法子箍住这个可怜的孩子。

我们通过居委会了解到这些情况，大家都为这个孩子担忧，如果她再这样滑下去，没有人拉她一把，弄不好就会走上犯罪的道路。我们通过各种渠道帮她联系了一户人家，这户好心人家表示愿意把她接过去抚养。我们都为帮她找到这么好的人家而高兴。可是好景不长，这孩子养成的坏习惯得不到彻底的改正，她在这户人家里小偷小摸，被主人发现。主人说，他们夫妻俩对这个女孩非常好，可是她不领情，恶习难改，真是感到毫无办法。万般无奈之下，我们又寻找到她的母亲，而她的母亲早已改嫁到外地，且又生了孩子。经过多方面做她的思想工作，毕竟女儿是她亲生的，她还是接纳了这个可怜的孩子。后来这个孩子考上了一所中专学校，成了自食其力的劳动者。

从物质上帮助这些青少年，只能一时解决他们生活上的困难，从思想道德上培养青少年具有良好品德，更是关工委的责任。

提供物质帮助只能解决温饱问题，但很难触及他们的内心世界。这样家庭的孩子，通常学习成绩不好，上课注意力不集中，很容易沾染社会上的不良习气，或者选择另一种逃避生活和学习的方式——把网吧当成另一个家，不愿意回家。

关工委在没有成立网吧监督队以前，未成年人去营业性网吧的情况时有发生。鉴于此，关工委组织了百名“五老”人员，担任网吧义务监督员，挂牌上岗，深入到区内每个网吧执勤监督，发现有未成年人上网的，立即阻止并打电话汇报。这一举措对网吧经营者来说起到了震慑作用，未成年人进入营业性网吧的现象终于得到了有效的扼制。十五年来，我区关工委曾两次荣获全省“五老”网吧监督先进单位，有二十多名“五老”网吧监督员荣获全省“先进个人”。

京口区关工委给各个街道社区（村）共配备了四百多台电脑，区政府支持，机关帮助，街道出力，建成了六十六个电子阅览室，每个阅览室至少有六台电脑，让青少年上网查阅资料、学习知识，文明上网。

除了关心一些问题家庭的孩子，我还特别关心身体有残障的青少年，比如脑瘫姑娘王千金和骆焱这两位残疾人。

说起王千金，她真是一个奇人。王千金从小患有脑瘫，失去了走路和讲话的能力，但是她很坚强，她虽然没有上过一天学，但靠自学精通了汉语、英语、日语。她凭着对人生的渴望与热爱，学会了用嘴巴击键在电脑上写网络小说。对这么一位如此聪明的孩子，上帝对她太不公平，可她是那么的聪明顽强，用嘴巴写网络小说至今。我经常上门看望王千金，和他们一家人有了很深的感情。这样一位被上帝折断翅膀的天使，她所受的痛苦常人无法想象。去了解和帮助残疾人，让他们少受磨难，从磨难中崛起，实则是对这个世界的另一种感恩与报答。这个世界并不是圆满的，如同月缺月圆一般，那么我们更应该去帮助他们。

面对这么一个可怜的孩子，我被她的精神深深打动，健康的人尚不能如此，一个残疾人要用多大的意志力才能奋力笔耕多年。我常去她家，和王千金及她的父母交流，谈她的写作，谈她的现状，讲我在战争年代致残的故事给她听，鼓励她战胜困难，坚持写下去。关工委给她送去了电脑和打印机，我联系镇江市统计局的爱心人士与她结对，他们特地赶到丹阳轮椅生产厂，给她订制了高质量的轮椅。王千金不负众望，用嘴巴击键在电脑上写出了二百多万字的网络小说《拽公主的霸道太子爷》，点击量有一百三十多万人次。她还自学了日语，根据日本动漫《家庭教师reborn》，改写成六万多字的小说。有一天我去看她，这个被折断翅膀的天使用嘴巴在电脑上写下一行字："感谢钟爷爷。"当时我的眼睛都湿润了。说实话，我在通过社会的力量帮助她，而她用自己的行动在一次次感动着我们，我们才是最大的受益者。

2015年，在我的倡议和支持下，京口区残疾人作家协会正式成立，我担任协会主席，王千金成了协会的首批会员。我鼓励大家用手中的笔呼唤友爱，赞美真情，颂扬时代，向社会昭示人生的价值和生活的真谛，创作思想性和艺术性俱佳的文学作品。这两年我又努力推荐她成了镇江市作家协会会员和江苏省作家协会会员，她感到无比的自豪。

残疾人的自强不息，让人想到有一种土窑里煅烧的冰裂纹瓷器，这种瓷器因在烧制过程中炸碎而开裂，冷却成器后留下不可复合的裂纹，抱着向死而生的信念，重新成全自己，形成残缺的美，但也展示出无限的自然之美，化腐朽为神奇的残缺之美。这又让我想到在战争中受伤致残的战友们，他们也像这种冰裂纹瓷器，在战争的浴火中伤痕累累，许多人留下终身残疾。那么社会中的这些残障人士，因为种种原因而致残，受着残疾灾难的“枪伤”，他们从身体到精神世界被现实的“机关枪”扫射，“伤痕累累”的肉体导致从苦痛中挣扎出来的精神世界也残缺不全，他们除了需要自身的救赎，更需要社会力量的救赎。

我相信自己多年来关心的王千金和骆焱，就是人世间最珍贵的冰裂纹的化身。

不幸的是，骆焱于2019年12月20日这天永远告别了这个世界。这位“镇江的张海迪”在六十岁走完了自己的一生，她这一生被人关心，又反哺社会去关心别人，她的故事激励了很多人。

了解和帮助残疾人，实则是另一种感恩与报答，让残缺走向光明与圆满和谐。这样的工作，我越干越有劲，用全部的热情与激情来做好这项工作。

积极参与社会矫正工作，帮助违法犯罪的青少年改邪归正、回归社会，也是关工委的重要工作。从2012年开始，我连续八年组织关工委的“五老”同志去社区与矫正对象结对帮教，采取一帮一的方法，签订承诺书，制定了每周见面、每月书面汇报的制度，组织矫正对象参加社会公益活动，到革命根据地去参观，参与文明城市建设，到老红军家庭慰问等。通过这些教育活动，让矫正人员内心受到震撼。后来，有的矫正人员除了出力参加社会公益活动，还自己出钱上门慰问有困难的人，从原来被帮助的对象成为帮助别人的爱心人士。

爱心是可以辐射的，烛照困难者们脚下的路。

八年来，我们帮助过的矫正对象有二百五十多名，没有一个人重新犯罪，大部分提前解除教育。

新的使命在前，重任在肩，我凭着对党的忠诚，对工作的敬业精神，一干就是十八年。十八年来，我呕心沥血，把我区的关心下一代工作开展得红红火火，区关工委三次获得全市先进，两次获得全省先进，2015 年获得全国先进的荣誉。我本人也曾两次荣获全市离退休干部先进个人，两次荣获全省离退休干部先进个人。2019 年 1 月，我还被评为镇江市“不忘初心，牢记使命”正能量先锋标兵，市银发宣讲团成员。

一个人做一件事，一天两天不要紧，长期坚持下去不容易，这是需要信念和对事业的忠诚。

许多人都说我早就到了退休的年龄，没必要这么辛苦，可以享享清福了。可我还有一说：“小车不倒只管推。”我没有别的想法，只想把手中的小车推到底。忙习惯了，不想享受，只想做点儿实实在在的事，舍也是得。我的脑子里整天想的都是工作上的事情，没有好的思路，就没有好的结果。我将永远不改初心，牢记使命，为党和人民的事业奋斗一辈子。

人只有精神还不够，还要有境界，这是一个人更高贵的一面。

后　记

逝者倘不留在活人的心中，那就是真正死掉了。当满头银发的我们站在当年的战友墓碑前，他们在我们的心里正年轻着。当年我们在战场上一起作战，开着玩笑，说些不着边际的话，展望我们的未来。几十年后的今天，他们活在我们的纸页中，活在我们的心中，我们才意识到真正失去的是什么。

当年在越南战场上，他们说完最后一句话就魂归战场上的热土。我们需要用文字的刀锋刻下他们的样子。如今，他们的墓碑周围长满南国的花树，但，并不仅是用以招吊他们的亡灵，我们不远千里去为他们扫墓，想说的话可以概括为两个字：久违。你们的战斗精神不死。

他们年轻的样子活在我们的记忆中几十年。可我们呢？我们在和平年代里替他们活着，在时光中苍老，在琐碎中怀念那段血与火的青春时光。我们这些活着的战友们，在每年中几个特定的日子里，比如清明节、中元节、除夕夜，凡是与祭祀有关的日子，我会本能地想起逝去的他们曾经的样子。他们有限的生命里，和我们说过的话，他们走路的姿势，他们抱着枪在炮位上、在战壕里……炊事班里的战友们，把做好的饭菜送到一个个战壕里，那么多的哨所，他们一个都不能少……这一幕幕，像电影胶片那样，在大脑中回放。他们每一个鲜活的面孔，都刻在我们心灵的拓片上，无法忘记，更不能忘记。如果忘记他们，等于忘记我们今天的存在。

直至今日，我和战友们谈起战争时，我们都是那么痛恨战争，痛恨一切制造战争的始作俑者们。是他们让这个平静美好的世界不得安宁，是他们任意妄为地制造了无数的血腥事件，而他们对自己犯下的罪恶从不知道羞愧、自省，更别说去向那么多的死难者忏悔。

可是，人类的战争从来不会停止，包括今天中美之间的贸易战争，只要是有人的地方就会有无休止的战争，而人类的自然法则证明了一点：哪里有压迫，哪里就有反抗。这才是真正的自然法则。但这只针对被欺压的一方而言，而不包括那些侵略者。

诚然，前怕狼，后怕虎，最终的结果只会被虎狼连皮带毛吞噬干净。战争的铁律就是，有人在作战，就有人在受磨难。所有的战争史都是一部以牙还牙、以血还血的史诗。

无论是侵略者，还是被侵略者，其结局都是悲伤的，胜者在欢乐中见泪光，败者在悲鸣中彷徨。“战争的尽头是白色的墓碑，把新逝者的名字刻上，还有那阴沉的铭文：‘这里躺着一个傻瓜，他曾想夺取东方。’”（〔英〕吉卜林）这是侵略国美军司令威斯特摩兰对这场惨烈战争发出感慨时吟的诗句。毕竟仅一年时间，美军就有一万四千五百九十二人死在越南战场上。

古人云：五十知天命。而我在知天命的年纪，还能拥有一颗少年的心，这一切都源于那场炮火的洗礼。一场战争让自己从此成熟，做一个坚强不屈服于命运的人，哪怕是天命之年，也要学萤火虫一般，在漆黑的夜里，努力发一点光。许多时候，我们不必去等候炬火，特别是在困难的黑暗中，自己就是自己的炬火。

我本是写公文资料的命格，对纯粹文学的写作还欠火候。写这本书的想法源于一次市作协的文学采风活动。我刚好与本市原作协主席王川先生坐在一起，不经意间讲述了自己人生中的几次重大经历。王川先生当即说："你这样的经历常人少有，何不把它写下来存于世，是个人的，也是历史的活见证啊。"这话一说便是五年过去了，由于工作与生活的繁忙，一直无法实现心中的愿想。

我这一生，是战斗的一生。童年苦难的磨炼，为我的战斗人生铺缀了底色；雨后的夕阳是我战斗人生的拓展和延伸。哪怕是后来在和平年代，我仍然保持军人的胸怀，在生活和工作中都以军人的标准严格要求自己，做任何事都力求完美，把工作场当成了战场，砥砺前行。

退休后的工作又一直与书有关，为了关心下一代的工作，我编著了许多让青少年阅读成长的书籍，忙忙碌碌中无法完成自己写一本书的心愿。我是那么热爱书，纵观一生，是无数的智慧之书改变了我一生的命运。

身在家中，一走进我的云鹏书屋，我就变成了孤独者。我推心置腹地和自己谈心，回忆过往有种哽咽不能语的境况，半晌才能恢复常态。这种孤独是别人无法理解的，它像一座孤岛，悬在大海中央，又如同一个人独行旷野，有无边的孤独。我们永远无法让另一个人真实了解自己的内心，我们永远无法真切地向人毫无保留地展示我们的内心。有时候，人与人之间永远只能一知半解或者误解，我们看到的别人，永远只是我们以为的别人；别人看到的我们，永远只是他们以为的我们。几十年来，我一直努力想用文字记叙的方式，将我遇到的人和事真真实实地展示出来，让自己心安，也分享给读者品鉴。

对于写作，许多人说我手写我心，可是写作的最大悲哀是，我们永远无法写出自己真正的内心，那个心在哪儿？是在孤岛上、在荒野里。因此我的梦里经常出现里下河地区的水域，那里才是我精神的原乡、心灵的腹地。这种行为最后落实到在每年清明节前后，我的心开始动荡不安，因为我要回乡，去给父母上坟。那块坟地，是我的胞衣之地，不回心会不安，跪在父母的坟前，心则安了。每年的这个时候，无论风雨，我都会开着车一路狂奔，清风拂面，一路油菜花的香气背后，是远去的父母永恒的脸庞。上过坟回到城里的家，我会有短暂的沉默，当我沉默着的时候，反觉得特别的充实，在我将开口的时候，却感到了空虚，可是我不愿意彷徨于这明暗之间。无数的白天，我要忙于公务，只有到了晚上，静坐在我的云鹏书屋，这样的时候，我往往会陷入长久的孤独。寂寞是有话要说，身边却无人可说；孤独是身边围满了人，却无话可说。我想许多人都会遭遇到同样的处境，自己和自己战斗的经历总是时常在梦中出现。

这样的时刻，如果打开一本适合自己的书籍，内心所有的矛盾将迎刃而解。

那段时间正好在读一本书，书中马克思有一个很重要的论点，即人的本质是一切社会关系的总和，而理解这里的“一切社会关系”的关键一点即关于人的“目的性意识”。人生活在这个世界上，其“目的性”当然不光是政治的，也有自然的、生理的、社会的，这就为我们认识人、表现人提出了很高的要求。抛开物质世界的需求，精神世界的生活更高于物质生活。日常性的生活细节是要在学习中积累起来的，这些东西作不了假，比如我后来从事的关工委工作，它没有我在战场上那么惊心动魄，更没有多少波澜壮阔，因此也算不上伟大，它只是日常生活中的平面式的体现。

我这平凡的一生，和伟大的共和国一同成长，有幸见证了七十多年来国家、社会和个体家庭中的风云变幻，一路苦辛的心底常泪花闪烁。这种感情很复杂，复杂到无法言说，更多的时候是埋藏在内心的深处，独自一个人慢慢地去咀嚼，似苦犹甜。

圣人王阳明有“三不朽”，“太上有立德，其次有立功，其次有立言”，意思是说人生要有最完美的道德品行，建立伟大的功勋业绩，确立独到的论说言辞。这“三不朽”被后人作为人生的最高境界，寻常人能做到其中一项便是了不起，能做到三项的可谓凤毛麟角。纵观自己的这一生，在战场上并无立下不世之功，在文字世界中也无彪炳史册的力作。作为新中国的同龄人，还是觉得由衷的自豪——诚然我是配得起所经历过的苦难。因为一个人年轻的时候就应该多吃点儿苦，这样到老了才不会受苦。

许多事总是在等待机缘，当机缘累积到一定的时候，缘起才会出现。这几年来写这本书成为我心中最大的目标与向往，经常日思夜想，辗转难眠。说实话，写一本书是个浩大的工程，但好在我脑子里有一堆的故事，这难不倒我，加上自己一点儿浅显的文字功底，开始动笔也就是水到渠成的事了。

前年我和战友们一起组织原炮兵第六十六师的战友举办大型聚会，全国各地近四百名战友相聚于镇江的京城饭店，盛况空前。我作为组织者之一，在此之前我们就着手编撰了一本五百八十六页的援越抗美战争回忆录——《决战南国显神威》。这本书被中央军委档案馆收录了五十本，作为战争年代的史料保存，大量的图片资料非常珍贵，成为那场战争的稀有证据。那一段时间全国各地战友撰写的故事像雪花一样飞来，读他们的故事，如读我的故事，热血沸腾，泪花闪闪。在大西北，在援越抗美的战场上，我和他们在一起经历生与死的人生考验，我的故事在他们的故事里，他们的故事也在我的故事里，气息相通，血肉交融。我们在这片多情、苦难的大地上战斗，为的是让大地上的人们能够在春天播下希望的种子，静待秋天去收获。我们被迫参加战争，血与火的厮杀，只为保护普天下大地上的人们生活安宁祥和，从此远离战争。艾青说："为什么我的眼里常含泪水？因为我对这土地爱得深沉……"我们生于斯，长于斯，我们有责任去守护脚下的每一寸土地。写这部纪实作品时，我忍不住把战友们的故事一并放在我的书中，他们的故事已经与我的生命交融为一体，像连体婴儿一样，无法分割。所以我想这本书应该是我和战友们之间的一部热血相融的战争之花、和平年代的大地之花，于是才想到为这本书取名为"血融大地"。我深深地感谢他们的故事融入我的血脉里。

在许多文友的支持与鼓励下，这本二十几万字的拙作终于面世，不论美丑，都是自己生命的真实记录，也是我们这代人的历史见证。

庚子年春　云鹏书屋

图书在版编目(CIP)数据

血融大地 / 钟程发著. — 北京 : 中国文史出版社, 2021.1

ISBN 978-7-5205-2135-2

Ⅰ. ①血… Ⅱ. ①钟… Ⅲ. ①纪实小说-中国-当代 Ⅳ. ①I247.5

中国版本图书馆 CIP 数据核字(2020)第 141586 号

责任编辑：卢祥秋

书名题字：王　川

出版发行：中国文史出版社

社　　址：北京市海淀区西八里庄路 69 号院　邮编：100142

电　　话：010-81136606　81136602　81136603（发行部）

传　　真：010-81136655

印　　装：北京新华印刷有限公司

经　　销：全国新华书店

开　　本：720×1020　1/16

印　　张：20　　　　字数：216 千字

版　　次：2021 年 1 月第 1 版

印　　次：2021 年 1 月第 1 次印刷

定　　价：66.00 元